董贝父子（一～八章）◆ 斐多 ● 杨绛生平与创作大事记

董贝父子

杨绛全集 丨

[英] 狄更斯等 著
杨绛 译

人民文学出版社

| 1983年11月，在伦敦大本钟下

1983年11月，于英国

| 2000年，时已译完《斐多》

| 杨绛早期译作（初版于1948年）

董贝盼望已久的事居然实现，喜得把他笔挺的蓝外衣下悬挂的粗金錶链震抖得铃铃作响。他衣上的钮扣映着幽暗的炉火，也熠熠放光。儿子攥着两个小拳头，好像他诞生出乎意外，虽然没力气，也在向人世挑衅呢。

董贝先生说："董贝太太啊，'董贝父子商行'以后不光是空名，又名符其实了。'董贝父子商行'——'父子商行'！"

这几个字把他变得温柔了。他不惯对太太甜言蜜语，这时虽然也呐呐说不出口，却在董贝太太名下加添了一个亲昵的称呼，说道："董贝太太，我的——我的宝贝。"

这位病恹恹的夫人有点惊讶，抬眼看他的时候，脸上竟泛出一阵红晕。

"他就取名保罗，我的[redacted]——董贝太太——这是理所当然的。"

她有气无力地应了一声"当然"，其实她只动动嘴唇，又合上眼睛。

"董贝太太，他爸爸，他爷爷都是这名字！他爷爷今天若还活着，该多高兴！"他又用刚才

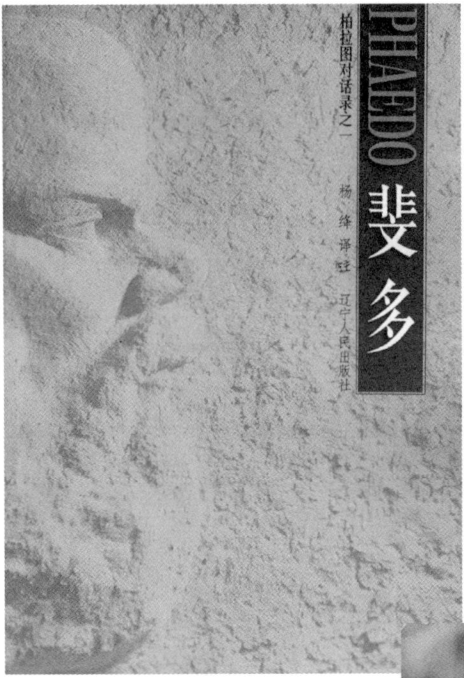

|《斐多》，辽宁人民出版社2000年4月版

|《斐多》，香港天地图书有限公司2000年8月版

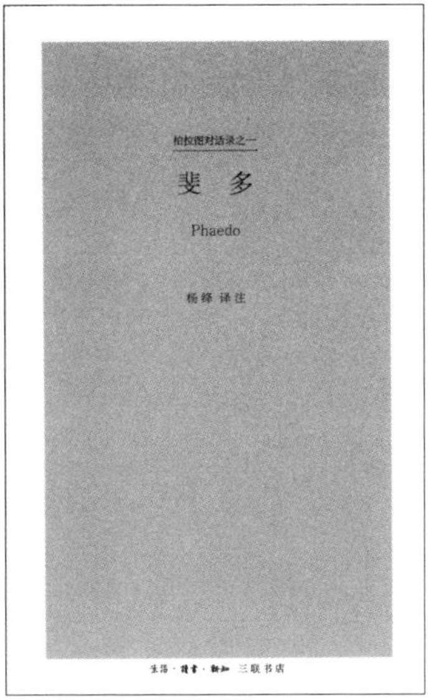

|《斐多》，三联书店2012年1月版

|《斐多》中英文对照本，中国国际广播出版社2006年6月版

| 杨绛，于2005年

目录

✥ 董贝父子（一～八章）

✥ 斐　多

✣ 一九三九年以来英国散文作品

插图目录

董贝父子

（一～八章）

译 本 序

十多年前，我开始翻译狄更斯的《董贝父子》，译了八万字。我多年做翻译工作，伤了视力，眼睛酸痛，只好搁笔。但是我和出版社订过约。所以就把这项工作，交给当时尚在北大读书的薛鸿时君，请他为我完成。

《董贝父子》一八四六至一八四八年出版，写一个运输公司的老板和他儿子的故事。董贝的妻子在儿子出生时去世了。这个没娘的孩子，没长大，出世不久也去世了。当时英国读者，为这个早殇的儿子，伤心得痛哭流涕，足见这部小说多么受读者喜爱。董贝的公司不久倒闭。董贝有个女儿弗萝任斯（Florence），相貌姣美，品性温厚，但女孩子对公司的事无能为力。董贝商人重利，对女儿漠不关心，直到他一败涂地之后，赖女儿照顾，对女儿方知爱情。这个女儿也是深受读者喜爱的角色。

十九世纪的英国文学，称现实主义文学，主流作家是狄更斯和萨克雷。狄更斯熟悉中下流社会，萨克雷熟悉上流社会。狄更斯专写中下流社会的黑暗，萨克雷专写上流社会的黑暗。两人各有所长。萨克雷写的人物面面俱到。狄更斯呢，他的人物批评家称为平面人物（Flat Character），不如萨克雷的人物面面俱到。但是狄更斯才华横溢，他笔下的人物如 Mr. Pickwick、Mr.

Jingle ①,堪称千古绝唱,无人能及。

十八世纪还有一位劳伦斯·斯特恩(Laurence Sterne),可称“意识流”的鼻祖,他只是一个小作家,不过也是名作家。

薛鸿时君当时是北京大学毕业生,不幸毕业那年在“反右”运动中遭难,被送到农村和煤矿工人同劳动改造。多年后,他“归队”恰又成了外文所我的同事。他酷爱狄更斯。当时他生活艰难,老伴又有重病。他断断续续共费了十年工夫,完成了全书译作。为保持译文风格前后一致,薛君是从头译起的。

薛君的译笔不亚于其他老手,经出版社审阅,决定出版他的译本,他央我为他写一篇序文,我义不容辞,却又深自愧惭;因为我的开头八万字,至多起了点示范作用。薛君的译文全是他自出心裁,和我并无关系。

薛君的译文流畅,译笔忠实,读者只需略翻几页,就知我的称许完全合适。

杨　绛

2009 年 12 月 29 日

---

① 编者按:匹克威克先生与金格尔先生。

第　一　章

董贝父子

屋里遮得暗暗的,董贝坐在角落里靠壁炉的大圈盘椅上。儿子包得暖呼呼,躺在小摇篮里;摇篮端端正正放在炉前一张矮长椅上,紧挨着炉火,好像他的身体和黄油软松饼一样,得乘它刚做出来就烤成焦黄。

董贝大约四十八岁;儿子大约出世了四十八分钟。董贝有点儿秃,脸色微红。他相貌漂亮,身材匀称,可是神气太一本正经,叫人不愿亲近。儿子头很秃,脸很红。不消说,他是个俊秀的娃娃;可是皮肤又皱,颜色又斑斑驳驳,看样儿好像有点挤压坏了还没有平复。时光和忧虑像一对冷酷的孪生兄弟,把芸芸众生当作供他们采伐的森林,一路经过就在人身上斫一道痕子作记号,准备到时斫倒。董贝额上已经着了些痕迹。儿子脸上虽然纵横着千道皱纹,调皮的时光老哥却惯爱用他镰刀的平面抚摩得平滑光润,准备将来再深深刻画。

董贝盼望已久的事居然实现,喜得把他笔挺的蓝外衣下悬挂的粗金表链震抖得玲玲作响。他衣上的纽扣映着昏暗的炉火,也荧荧放光。儿子攥着两个小拳头,好像他的诞生出乎意外,虽然没力气,也在向人世招架呢。

董贝先生说："董贝太太啊，'董贝父子商行'以后不光是空名，又名符其实了。'董贝父子商行'——'父子商行'！"

这几个字把他变得温柔了。他不惯对太太甜言蜜语，这时虽然也讷讷说不出口，却在董贝太太名下加添了一个亲昵的称呼，说道："董贝太太，我的——我的宝贝。"

这位病恹恹的夫人有点惊讶，抬眼看他的时候，脸上竟泛出一阵红晕。

"他就取名珀尔，我的——董贝太太，这是理所当然的。"

她有气无力地应了一声"当然"；其实她只动动嘴唇，又合上眼睛。

"董贝太太，他爸爸、他爷爷都是这名字！他爷爷今天若还活着，该多高兴！"他又用刚才的调子重复了一遍"董贝父子商行"。

董贝先生毕生心心念念，都在这几个字上。上帝是为"董贝父子"经商，创造了地球；是为照耀他们，创造了太阳月亮；是为他们航行之便，开辟了长河大海。虹霓为他们预报好气候；风是顺是逆，只看对他们的事业便利或损碍。星辰沿着轨道运行，只不过是遵循以他们为中心的宇宙规律。常用的简缩字，在董贝先生眼里别有意义，都离不了"董贝父子"。譬如 A. D. 就不是耶稣纪元的缩写，却指"董贝父子"的纪元①。

他顺着生死的程序，步着他父亲的后尘，从"董贝父子"的小老板升为大老板；将近二十年来，这家商行的父与子，都只由

---

① 耶稣纪元的拉丁文是 Anno Domini，缩写 A. D.。"A"是"纪元"的缩写，"D"是"吾主耶稣"的缩写；但在董贝心目中，"D"成了"董贝父子"(Dombey & Son)的缩写。

他一人承当。他结婚十年了。据人家说，他娶的这位夫人对他毫无感情；快乐的日子在她都已经过去，她收拾起满腹郁抑，只求对丈夫千依百顺、得过且过。这些闲话对董贝先生牵连很深，大概不会传到他耳里。假如他听见呢，只怕谁也不会像他那样断然不信的。“董贝父子”一向经售兽皮，从来不买卖人心。人心这种花妙的货色，他们只撇给男女青年或寄宿学校或书本上去倾销。董贝先生准有他的见地，认为女人稍有常识，嫁了他一定觉得又称心、又体面，这是理所当然的。女人能有指望为他那商行生个小老板，就连最没志气的也一定会雄心勃勃。且不提为独家经营的商行传子传孙，女人要有地位、有钱财，结婚是必经之路。董贝太太和他缔结婚约的时候，对这种种便宜是一清二楚的。董贝太太每天亲身体会到自己丈夫在社会上的地位。董贝太太平时坐在她家饭厅的主位，或款待宾客，总非常高贵大方。董贝太太想必是称心的。她怎么能不称心呢？

也许有一件事毕竟是美中不足。真有，他也承认的。就只一件，不过一件事却牵连不少。他们结婚了十年，没生儿子；直到今天——董贝先生坐在床前大圈盘椅里，把他那条沉甸甸的金表链玲呀玲震抖的今天，才有了子息。

才说得上有子息。大约六年前，他们有了一个女儿。这小姑娘乘人不见，偷进屋来，正心虚胆怯地蹲在个角落里；那儿望得见她妈妈的脸。为“董贝父子商行”着想，一个女孩子算得什么呢？对商行的声望、地位都无足轻重，只是一枚不能通用的伪币、一个不够格的儿子罢了。

董贝先生的这个小姑娘，好比是他感情所不到的一条偏僻小路。可是他这会儿志得意满，竟不惜把心上洋溢的点滴，洒在这条小路的尘土上。

他说:“弗萝任斯,你大概想瞧瞧这漂亮的小弟弟吧? 你可以瞧瞧去。只是别碰他。”

小姑娘对他的蓝外衣和硬绷绷的白领结机灵地瞥了一眼。这件蓝外衣,这个白领结,加上一双叽嘎叽嘎的皮靴,一只滴答滴答走得很响的表,就合成了她心眼里的爸爸。她的眼光立刻又回到妈妈脸上;她既不动弹,也不回答。

她妈妈随即张眼瞧见了自己的女儿。小姑娘赶上去抱住妈妈,踮起脚尖,好把脸深深地埋在妈妈怀里;那股子如痴如狂的热情,和她的小小年纪很不相称。

董贝先生有点恼火,起身说:“啊呀呀! 真是! 怎么这样没脑子! 发了疯似的! 看来我还得请裴普斯大医师再上楼一趟。我就下去。我就下去。”他在炉旁的矮长椅旁边停了一下,说道:“这位大娘不用我说吧? 请好好儿照看着小少爷。”

那护士是个家道中落的上等女人,对谁都赔着笑脸。她不敢直说自己的姓氏,只委婉地暗示一下:“先生叫的是卜洛吉吧?”

“卜洛吉大娘,请你照看着小少爷。”

“先生,这还用吩咐! 我记得弗萝任斯小姐刚生的时候……”

董贝先生说:“行了,行了。”他伛着腰看那摇篮,一面略微皱皱眉说:“甭管弗萝任斯小姐那时候怎样——不是一回事。这个小少爷是负有使命的。你负有使命啊! 小宝宝!”他称呼着新生娃娃,把他的一只小手举到嘴边吻了一下。他好像怕这样有损自己尊严,怪不好意思地走了。

帕克·裴普斯大医师是一位御医，在助产接生方面颇负盛名。他这番为董贝太太助产是和董贝家的医药顾问合作的。这位家庭顾问大夫六个星期以来一直在对他所有的病人、朋友、相识们吹嘘，说他日夜等候召唤，要和帕克·裴普斯大医师合作呢。这时大医师正背着手在客堂里来回踱步，顾问大夫望着他说不出的钦佩。

帕克·裴普斯大医师那个圆润、深沉、洪亮的嗓子，这会儿也像大门上的敲门环那样，因家有产妇，包住了不让出大声。他对董贝先生说："哎，先生，你夫人见了你，精神振奋些吗？"

家庭顾问大夫低声补上一句："好比说，精神爽朗些吗？"一面对那位大医师躬一躬身，仿佛表示："对不起，我插话了；可是能和你合作，实在是难得的荣幸啊。"

董贝先生给他们问得很窘。他简直没关心到产妇，不知该怎么回答。他说，希望帕克·裴普斯大医师能再上楼看看。

帕克·裴普斯大医师说："行。我们也不该瞒你，先生，公爵夫人……对不起，我把名字混了，我是说，你那位和蔼的夫人体质虚弱些，有点儿委顿，全身瘫软。我们觉得不……不大……"

"放心。"家庭顾问大夫补足了这句话，又躬一躬身。

帕克·裴普斯大医师说："是啊，我们不大放心。看来，康贝夫人……对不起，我是说董贝太太……我把病号的名字混了……"

家庭顾问大夫喃喃说："帕克·裴普斯大医师西城[1]的营业

---

① 伦敦的有钱人和时髦人都住在西城。

太好了……就诊的人那么多……哪能把名字都记住呀！不混才怪呢。”

那位大医师说:“多承你看到,真是这么回事。我刚才是要说,我们护理的这位夫人看来是精疲力尽,身体垮了;要恢复过来,得要使出强大的……”

“而且旺盛的……”家庭顾问大夫低声补充。

大医师赞许说:“对呀,而且旺盛的……力量。皮尔金斯大夫是府上的医药顾问……他真是最称职不过的……”

家庭顾问大夫喃喃道:“喔唷！这是‘休伯特·斯丹雷爵士的称许’呀①!”

帕克·裴普斯大医师说:“这话太客气了！皮尔金斯大夫按他的身份,最熟悉我们这位产妇平日的体质;这对当前的诊断很重要。他和我一致认为,产妇这番得抖擞体力,狠命挣扎才行。董贝伯爵夫人……真对不起,我是说,董贝太太……假如使不出……”

“那股劲儿……”家庭顾问医师接口说。

帕克·裴普斯大医师也接下说:“挣扎不过来,保不定会有不测之变,我们俩就遗憾得很了。”

两人说完,低头站了几秒钟。然后帕克·裴普斯大医师做手势打个招呼,两人一起上楼。家庭顾问大夫为那位名医开了门,自己毕恭毕敬地跟进去。

如说董贝先生听了刚才那番话漠不关心,那是冤枉了他。

---

① 成语“休伯特·斯丹雷爵士的称许才真是赞赏”,出自英国喜剧作家莫顿(Thomas Morton)的喜剧《心痛疗法》(1797)第五幕第二景。

他那人,该说是从来不吃一惊、吓一跳的。可是他确也有点感觉。假如他妻子病倒了,他准会十分惋惜,觉得自己的日用家具里,就此短了一件很有用、很舍不得丢失的东西。不过他的惋惜,一定冷静而恰如其分,并且完全得体,也把持得住。

董贝先生正为医生的诊断默默沉思,忽听得楼梯上一阵衣裙窸窣的声音,接着客堂里冲进个中年太太来。她比中年还老些,不是少些,可是她的服装——尤其胸部裹得那么紧,还像小姑娘打扮。她抽搐着脸、拧着身子,浑身满脸压抑不下的感情,跑上来两臂搂住董贝先生的脖子,嗓门儿都堵塞了似的,说道:

“珀尔哥哥!他真是咱们董贝家的人哪!”

他们俩是兄妹。董贝先生对妹妹说:“是啊,我觉得他确是像咱们家人。露依瑟,你别激动。”

露依瑟一面坐下,一面掏出小手绢来,说道:“我太傻了。可是他……他真是个地地道道的董贝!我一辈子也没见过那么地道的!”

董贝先生说:“可是璠妮自己是怎么回事儿啊?她身体怎么了?”

露依瑟说:“珀尔哥哥,她没什么;你放心,一点没事儿。她的确是使尽了力气,可是比起我生乔治或费德利克使的劲儿,那就算不了什么。她得狠命地拼一拼,拼过就行。可惜璠妮嫂嫂不像董贝家的人!不过我想她拼得过,我拿稳她拼得过。她只要看到这是自己的本分,非拼命不可,当然就拼过来了。珀尔哥哥,我浑身从头到脚直哆嗦,我知道自己是脓包傻瓜,可是我晕晕乎乎的,得请你给我一杯酒,把那蛋糕也给我一片。我看了璠妮嫂嫂和那个小不丁点儿下楼,我只怕自己要从楼道窗口摔下去了。”新生娃娃的脸忽又活现在她眼前，所以她用了刚才说的那个称号。

这时有人轻轻敲门。

“戚克太太，”门外是个非常柔和的女人声音，“我的朋友，你这会儿觉得怎么样？”

露依瑟站起身，一面低声说：“珀尔哥哥，这是托克丝小姐——头等的好心肠，我今天要没她陪着，怎么也到不了你家。托克丝小姐，这是我哥哥董贝先生；珀尔哥哥，这位是我的好朋友托克丝小姐。”

她特地介绍的这位小姐是瘦高个儿，看来不是麻纱商所谓“永不褪色”的料，却是越洗越淡，已经黯然无色了。不然的话，照她那样对谁都讨好、客气，她在这方面可说是最出色的。她每逢人家说句什么话，总倾耳恭听，凝神望着那人，好像心上在摄取他的肖像、留作终身纪念似的。她经常如此，所以脑袋都歪到一边去了。她一双手惯会抽风似的自动往上举，好像因为倾心仰慕，不由自主。她一双眼睛也同样地会往上翻。她嗓子没那么样儿的柔软。她鼻梁高得出奇，正中有个节，由此就低垂而下，仿佛打定主意，卑逊到底，对什么也不撅一撅、强一强。

托克丝小姐的衣服很文静大方，可是好像不够丰软，带些寒薄。她各式帽子上惯爱缀些别致的野花，有时头发里会夹着些奇奇怪怪的草。好管闲事的人还注意到，她衣上的领子呀，绉边呀，遮脖子的花边呀，袖口的镶边呀，以及各种纱的、织花的东西……凡是两尽头需要扣拢的，那两头从来合不到一处，总得费一番周折才扣得拢。她冬天穿戴的披肩、围脖、手笼子之类是毛皮的，皮毛剑拔弩张地竖立着，一点不光润。她经常携带的小提袋都有揿扣，一按上就像放小气枪似的啪一响。她盛装的时候，项链上挂一块光秃秃的圆形玉石，像一只昏钝无光的眼睛。大家看到托克丝小姐这种种打扮，认为她自给自足的资本有限，打算盘却很有一手。或许她扭捏作细步的姿态也叫人这么猜想，好像是精打细算惯了，一步路也要分作三步走。

托克丝小姐深深行个屈膝礼，说道："能拜见董贝先生真是荣幸！我盼望好久了，没想到就在今天。亲爱的戚克太太……我就称你露依瑟行吗？"

戚克太太握着托克丝小姐的手，把酒杯底衬在上面，忍泪低声说："上帝保佑你吧！"

托克丝小姐说："那么，你就是我亲爱的露依瑟了。我的好朋友，你这会儿觉得怎么样？"

戚克太太说："好一些。你喝点儿酒吧。你简直和我一样地焦急，我想你准需要喝点儿酒了。"

董贝先生当然就为她斟了酒。

"珀尔啊，"戚克太太还握着托克丝小姐的手没放，"托克丝小姐知道我是一片心地盼着今天的事，所以特地为璠妮做了一件小礼物，我答应要代她奉送的。珀尔，那不过是妆台上的一个针插子①，可是我真要说——我得说，也该说——她表达的情意非常当景。'欢迎啊，小董贝'，我觉得简直就是诗呀！"

她哥哥问道："上面绣着这么几个字吗？"

露依瑟说："这就是针插上的花样儿呀。"

托克丝小姐低声恳求似的说："可是亲爱的露依瑟，请你谅

① 当时的女人衣服上别着许多大头针，脱衣时摘下插在圆鼓鼓的针垫上。

解我的苦衷——我都解释不清呢。我只因为拿不准小宝宝是男是女，才那么不客气。你一定知道，我要能用‘欢迎啊，董贝少爷’，我就称心多了。可是投来的小天使谁知是少爷还是小姐呢。我那么冒昧，尽管看来是岂有此理，我希望也情有可原吧？”托克丝小姐一面说，一面对董贝先生文文静静鞠了一躬，那位先生也客客气气地答谢。他连刚才谈话里对“董贝父子”流露的那种敬意都非常吃得进。尽管他好像是把戚克太太看作一个滥好人，这位妹妹也许是最能摆布他的，别人都比不上呢。

戚克太太称心地微笑说：“好啦！璠妮生了这儿子，我什么都原谅她了！”

这话符合基督教的精神，戚克太太说了觉得自己真好。她嫂子并没有哪一件事需她原谅，实在是什么也不用她原谅——只有一件，她不该嫁给珀尔哥哥。嫁给珀尔哥哥就是一种狂妄。而且后来又不生儿子却生女儿。戚克夫人常说，想不到她嫂嫂竟会如此，受了种种照顾和尊敬，这样报答怎么对得起人呢。

这时有人急急忙忙把董贝先生请出去了。客堂里只剩了两位女客。托克丝小姐的举动立刻就有点抽风似的。

露依瑟说：“我知道你准钦佩我哥哥。我的朋友，我不是早跟你说的吗！”

托克丝小姐的一双手和一双眼睛表达了她多么钦仰。

“我的朋友，你要是知道他那份财产呀——”

托克丝小姐深有感情地说：“啊！”

“不知多么雄厚哪！”

“可是，亲爱的露依瑟，他多神气、多庄重、多尊贵呀！我见过的画像里，哪有一人的仪表及得他那一半儿呀！你知道，他相貌堂堂，一付不讲价的脸色，胸又宽，背又挺，亲爱的朋友啊，他不折不扣，是商业界的一位唷克公爵①呀！我就得这样称道他！”

这时董贝先生回来了，他妹妹叫道：“啊呀，珀尔哥哥，你脸都白了！没出什么事儿吧？”

“露依瑟，怕是不好，据他们说，璠妮……”

“哎，珀尔哥哥，”戚克太太说着站起身来，“别听他们的。你假如对我的经验还相信得过，珀尔，你尽可放心，璠妮只要拿点劲儿出来就行。”她利利索索脱掉出门的帽子，穿戴端正了便帽和衣套，一面接着说，“得鼓励她作一番努力；如果不得已，真得逼着她来。好，珀尔哥哥，陪我上楼去。”

上文已经说过，董贝先生往常最听这妹子的话，而且认为她是个勤快老练的主妇，对她的经验确也信得过。他没别的话说，马上跟着她进了产妇的卧室。

产妇还像董贝先生出来的时候那样，搂着她女儿躺在床上。小姑娘紧紧抱住妈妈，还像先前那么热情。她没有抬一抬头，嫩脸贴着妈妈的脸没移动一下，也没对四周的人看一眼。她既不说话，也不动弹，也不流一滴眼泪。

“女儿走了她安定不下。”大医师悄悄儿告诉董贝先生，“我们觉得还是让孩子回来好。”

床周围肃静无声。董贝太太躺着毫无知觉似的；两位大夫瞧了她都好像满腔怜悯，并没几分希望。戚克太太当时只好暂且放弃她原来的打算。可是她立刻鼓起勇气，凭她所谓的急智，

---

① 唷克公爵(Duke of York)，英国皇室之外最高的世袭爵位。

在床沿坐下，想要把人从睡梦里喊醒似的，用低沉清晰的声音喊道：

“璠妮！璠妮！”

没一点回答的声音。一片沉默，只听得董贝先生的表和帕克·裴普斯大医师的表滴答滴答走得很响，好像彼此在赛跑。

戚克太太装出轻快的调儿说：“璠妮，我的好嫂子，董贝先生瞧你来了！你不跟他说句话儿吗？你的儿子……就是你那娃娃，璠妮，你大概还没看见他吧？……他们要把你儿子放在你床上呢！可是得等你清醒点儿才行啊！你说吧，这会儿你是不是该醒醒了？哎？”

她把耳朵凑到床上去听，一面瞧着四周的人，还对他们竖着个指头。

“哎？”她又问了一声，“璠妮，你说什么呀？我听不见。”

没一句回答，没一点声音。董贝先生的表和帕克·裴普斯大医师的表竞赛似的跑得更快了。

戚克太太扭过些身子说：“哎，我的璠妮嫂嫂。”她不由自主，口气已经不那么有把握，只是越加恳切了：“你若不抖擞起精神来，我真要对你发火了。你非努力不行，也许还得咬着牙狠狠努力；你懒得使这个劲儿呢。璠妮，你知道，这个世界全靠努力，咱们得挣命的时候，怎么也不能垮下来。好！试试吧！你若不试试，我真得骂你！”

她说完停顿一下。这时两只表拼命赛跑，发狂似的，彼此你推我挤，相磕相绊。

“璠妮！”蘼依瑟叫了一声，一面向四周扫了一眼，心上慌张起来，“你且对我看看；你且张开眼睛，让我知道刚才那些话你听见没有，听懂没有，行吗？天哪！两位大夫，这可怎么办呀？”

两位大夫隔着床彼此使个眼色。家庭顾问大夫伛下身，附着小姑娘的耳朵悄悄说了一句话。小家伙没了解他的用意，把一张苍白的脸、一对深色的眼珠子转过来望着他，可是还紧紧抱住妈妈，一点没放松。

顾问大夫把他那句话悄悄重复一遍。

小姑娘就叫一声：“妈妈！”

这轻轻一声呼唤是妈妈熟悉的、心爱的；便在气息奄奄的时候，好像听了也有所知觉。一时上，那双合下的眼皮微微抖动，鼻孔一张一噏，脸上浮现出若有若无的一丝笑意。

“妈妈！”小姑娘喊着出声哭了，“啊呀！我的妈妈！啊呀，我的妈妈！”

大医师把小姑娘散在妈妈脸上、嘴上的鬈发轻轻掠开。唉！那一缕缕头发丝儿已经寂然不动；微弱的气息还在吹拂吗？

妈妈紧紧抱住怀里那根纤弱的船桅，漂流到围绕着人世滚滚翻腾的苍茫大海上去了。

第　二　章

经不测之变，及时采取措施

戚克太太说：“我早就声明的：我对可怜的璠妮嫂嫂什么都原谅。当时我一点没想到会出变故，这么声明简直好像是受了什么启示呀！我一辈子都得说自己好运气呢！不管再出什么事，我说了那句话，想到就舒服！”

几个女裁缝在楼上赶做全家的丧服，戚克太太刚检看了她们的活儿，下楼在客堂里说了以上那番动人的话。话是说给戚克先生听的。他是个秃头的胖子，一张脸很大，一双手老插在衣袋里，惯爱吹口哨、哼小调。他觉得在丧事人家奏这种音乐不得体，当时正留心遏制自己。

戚克先生说：“藟，省点儿力吧，你若劳累过头，我看呀，你得抽风，那就起不了床啦！……啦啦啦里啦……该死！没记性！——咱们今天在，明天就没啦！”

戚克太太只不过怒目瞅了他一眼表示责备，还接着讲自己刚才的话。

她说：“我真希望咱们大家能由这件悲惨的事得到警诫，从此养成习惯，需要咱们努力，就及时抖擞起精神来拼一拼。什么事都有个教训，只要咱们能领会。假如咱们见不到这次的教训，那就都怪自己了。”

这番大议论发完，客堂里肃静无声。戚克先生突兀地哼起“从前有个皮匠”的小调来，和那里的气氛格格不相容。他有点不好意思，遏止了自己说：“逢到现在这种悲伤的事，若不看开些，那就都怪自己了。”

他老婆顿了一顿才回嘴：“照我想啊，戚先生，要看开些也有好办法，不必来个箫笛乐队，或是‘滴滴滴’呀，‘汪汪汪’呀，唱些既没意思又没心肝的词儿！”——戚克先生确是悄悄地哼了那么两声，戚克太太就用鄙夷不屑的腔调学了两声。

戚克先生强辩道：“老伴儿，那不过是个习惯。”

他老婆答道:“废话!习惯呢!你若是个有理性的人,别用这种混话给自己开脱。习惯呢!假如我像苍蝇似的老在天花板上走,也照你说,是个习惯,你瞧着吧,人家不议论我才怪呢!”

看来这个习惯准会引起大家纷纷议论,所以戚克先生没敢争辩。

他掉转话头,问道:“蠚,娃娃好吗?”

戚克太太答道:“你说的是哪个娃娃?今儿早上楼下饭堂里成堆的娃娃呀,我告诉你,头脑清醒的人简直不会相信。”

“成堆的娃娃!”戚克先生重复着老婆的话,惊慌地瞪着眼。

戚克太太说:“多半儿人都能想到:可怜的璠妮嫂嫂不在了,得找个奶妈呀。”

“喔!啊!”戚克先生恍然,“啦啦啦啦啦!——我是说,世事就是如此。老伴儿,我希望你找到合适的了。”

戚克太太说:“才没的事儿!照现在看来,合适的还不知在哪儿呢。目前,孩子当然……”

戚克先生有所体会地插话道:“不用说,孩子只好见鬼去了。”

戚克太太听说叫董贝家少爷见鬼去,满面愤怒。戚克先生一看不妙,知道自己得挨骂了;他想补过赎罪,忙提出一个聪明的建议,说道:

“能不能用把茶壶暂时应应急呢?”

假如他存心要把这问题撇开不谈,这么建议是最有效不过的。戚克太太瞅了他好半天,简直无话可说。她忽听得车轮声,就昂着头扬着脸走向窗前,隔着百叶帘子向外张望。戚克先生觉得自己这会儿倒了霉,闷声不响地走了。戚克先生并不向例如此。他自己也常占上风;那时候就狠狠地收拾藹依瑟。他们夫妻吵架各不相让,可说是势均力敌、旗鼓相当。谁胜谁负,一般很难预卜。常时戚克先生好像败了,忽又重新上阵,扭转局面,把戚克太太的话一句句顶回去,大获全胜。他自己同样也会意料不到,给老婆挫败。他们俩的战斗总是捉摸不定的,叫人深感兴趣。

托克丝小姐坐着刚才听到的那辆车来了,气喘吁吁地急步跑进客堂。

她说:“亲爱的藹依瑟,奶妈还没找到吗?”

戚克太太说:“我的朋友,还没呢。”

托克丝小姐说:“那么,亲爱的藹依瑟,我希望……我相信……可是我的朋友,我还是把人带进来吧。”

托克丝小姐下楼的脚步和上楼的时候一样快。她把车上的人叫下来,立刻带领着他们回客堂。

原来她说的“人”,不是法律上或商业上所指的人或法人,却是个多数的统称。托克丝小姐护送进来的有一大群呢。一个是年轻健康的胖女人,脸色像玫瑰,脸形像苹果,怀里还抱着个婴儿。又一个女人年纪比她小,没她胖,也是苹果似的脸,两手各牵着一个苹果脸的胖娃娃。另有个苹果脸的胖小子没人搀着。押后是个苹果脸的胖汉子,手里抱着又一个苹果脸的胖男孩;他把孩子放在地下,沙着嗓子叫他去“揪着小约翰哥哥”。

托克丝小姐说:“亲爱的藹依瑟,有一家专推荐已婚妇女当奶妈的介绍所你忘了去问,就是夏洛特皇后牌号的那家。我知道你着急得很;我想帮帮忙,就亲自坐车到那儿打听有没有合适的人。他们说没有,没合适的。朋友啊,老实告诉你吧,我听了那话，替你想想，简直觉得没希望了。恰巧有个等待推荐的奶妈听见我问，就提醒介绍所的女主管说，另有个等待推荐的奶妈回家去了，那人看来顶合适。我一听这话，又听女主管说那奶妈确是合适——推荐她的证件都十分可靠，她的人品也没一点毛病，我立即要了地址，又坐车找去。”

露依瑟说：“亲爱的托克丝，地道是你这好人！”

托克丝小姐答道：“哪里！我可不敢当呀！我到了那家——朋友啊，那里干净极了，地板可以当饭桌呢！当时全家正在吃饭。我觉得百闻不如一见，把他们一家形容得怎么生动，也不如让你和董贝先生亲自过过目来得踏实；所以我把全家都带来了。”托克丝小姐指指那苹果脸的汉子说：“这一位是爸爸。老哥，劳驾你向前走走，行吗？”

那苹果脸的汉子有点害臊，遵命向前走了一步，站在前排，嘻着嘴咯咯地笑。

托克丝小姐挑出了怀抱婴儿的女人说：“这当然就是他的老婆了。珀莉，你好？”

“谢谢你，小姐，我很好。”

托克丝小姐是要卖弄这个珀莉，故意和她寒暄，毫无架子，好像她是个半月未见面的老相识似的。

托克丝小姐说：“我听了很高兴——这大姑娘是她妹妹，还没结婚，住在她家里；这些孩子将来就由这妹妹照看了。她名叫纪迈茉。纪迈茉，你好？”

纪迈茉说：“谢谢你，小姐，我很好。”

托克丝小姐说：“我听了真是高兴，希望你一直这么好——这里五个孩子。最小的一个半月。这精精壮壮的小子，鼻子上有个疱儿的是老大。”托克丝小姐把那家人看了一周说:“我看这疱是偶然生的,无关体质吧?”

只听得苹果脸的汉子嗓子里在咕哝:“烙铁。”

托克丝小姐说:“老哥,我没听清,你说……”

“烙铁。”他重复了一遍。

托克丝小姐说:“喔!对了。对了!是这么回事。我忘了。这小家伙乘妈妈不在,闻了闻烧热的烙铁。你说得一点不错,老哥。刚才咱们走到大门口的时候,你正要告诉我你干的什么行业,说你是个……”

那人说:“烧锅炉的。”

“杀哥儿的!”托克丝小姐很吃惊。

那人说:“烧锅炉——蒸汽机。”

“喔!是的!”托克丝小姐若有所思地瞧着那人,看来对他的话还是不甚了了。

“你喜欢吗?老哥。”

“喜欢什么?小姐。”

托克丝小姐说:“那事儿——你那行业。”

“喔!小姐,顶不错。有时候灰跑这儿来了,”他碰碰自己胸口,“呛得人说起话来粗声大气的,就像我这会儿。这是灰呛的,小姐,不是脾气暴躁。”

托克丝小姐听了他解释,还是莫名其妙。这番话简直谈不下去了。恰好戚克太太亲自向珀莉查问她的孩子呀,结婚证呀,推荐书呀,等等,才免了托克丝小姐为难。戚克太太瞧珀莉是真金不怕火烧,准备去报告她哥哥。奶妈男家姓涂德尔;戚克太太挑了两个脸色最红润的涂德尔家孩子作为生动的例证,带着一起到她哥哥屋里去。

董贝先生自从妻子去世,成天耽在自己房间里,一门心思地想象他那新生儿子怎样成童、受教育、承担自己的使命。他冷漠的心上,压抑的心事更比往常阴冷沉重。他自己的损失无所谓,他儿子的损失却使他忧虑带些怨愤。儿子的成长是他一切希望的基础,谁料欠缺了些些最平凡的东西,一出世就生命难保;谁料董贝父子商行只为找不到个奶妈,就摇摇欲倒。这简直太气人了。他自己的妻子靠了他的关系,才不过是他儿子的妈妈;现在出钱雇用的老妈子,一时上就要充他儿子的妈妈了。他毕生的希望如要落实,首先还得靠这奶妈呢。他想到这层,实在气愤不过。他出于骄傲和忌妒,每次回掉一个荐来的奶妈,心上暗暗称快。可是他得赶紧抉择,不能再在这种矛盾的心情下游移。据他妹妹说,多亏托克丝小姐为交情不辞劳苦,找到了这么个珀莉·涂德尔。听来这女人当他家奶妈完全称职,他就不再犹豫。

董贝先生说:“两个孩子看来很健康。只怕他们将来要攀附珀尔啦! 露依瑟,带他们走吧。叫那女人和她丈夫来见见。”

戚克太太照她哥哥的吩咐,带走了那两个小涂德尔,带回了一对老一辈的。

董贝先生像个没有手脚骨节的人,在沙发椅里全身整个儿转过来说:“大娘,我新生的儿子下地没了妈妈;妈妈是谁也替代不了的。我知道你是穷,想当这孩子的奶妈,借此赚点儿钱。你靠这办法让家里宽裕些,我并不反对。照我现在看来,你这人不错。可是你要到我家来当奶妈,先得依我一两件事。我要你在我家的时候,改用个普通顺口的姓,譬如说,李切子。叫你李切子你没什么不愿意吧? 你最好问问自己的丈夫。”

涂德尔只嘻着嘴咯咯地笑，连连抬起右手来抹嘴，用唾沫润湿掌心。他老婆用胳膊肘儿悄悄撞了他两三回，瞧他满不理会，就屈膝行个礼说：假如得改姓，是不是要加些工钱。

董贝先生说：“喔，当然。照我的意思，你到我家来纯是雇佣性质。你听着，李切子，你如果来奶我这没娘的孩子，我要你把这句话经常记在心上。你得做好职分里的事，和自己一家人尽量别有来往，你的工钱不会少给。等你职分里的事完毕，不再支付工钱，咱们彼此就一刀两断了。你懂我这话吗？”

涂德尔老婆好像不大了解，涂德尔本人分明是茫然不解。

董贝先生说：“你有自己的孩子。照咱们的交易，你不必舍不下我的孩子，我孩子也不必舍不下你。这种感情，我并不指望，也不要求。我指望和要求的恰好相反。你在我家，不过是买卖雇佣关系；将来离了这里就别再来。孩子心上不再有你，请你也别再惦着孩子。”

涂德尔老婆的红脸涨得更红了，说她希望自己不至于忘了身份。

董贝先生说：“我希望你别忘记，李切子。我相信你很明白自己什么身份。这实在是显而易见的，你绝不会不知道。露依瑟妹妹，你和李切子讲定工钱，她喜欢什么时候领、怎么领法，都由她——你这位老哥叫什么名字，请等一等，我有话跟你说。”

涂德尔正要跟着老婆出去，在门口给喊住了，转身独个儿对着董贝先生。涂德尔是个须发蓬乱、四肢松散的壮汉，圆肩膀，脚步拖拖拉拉，衣服肋肋腻腻；满头满脸的头发胡子大概给烟和煤灰染深了颜色，粗硬的手上尽是老趼，钵儿头的脑门子粗糙得和橡树皮一样。董贝先生呢，是那种头光面滑、衣服称体的有钱绅士。他整洁光致，像新发行的钞票；紧俏利索，像沐浴了金钱雨精力充沛。这两人处处都是鲜明的对照。

董贝先生说："你不是有个儿子吗？"

"四个呢，先生。四个小子，一个丫头。都活着！"

董贝先生说："唷！养活这么一大群儿女，真够你受的！"

"我只有一件事更受不了，先生。"

"什么呢？"

"养不活他们，先生。"

董贝先生问道："你识字吗？"

"凑合，先生。"

"写呢？"

"用粉笔，先生。"

"随便什么笔呢？"

涂德尔想了一想说："一定要我写，我能用粉笔胡乱写几个字。"

董贝先生说："可是我看你才三十二三岁吧？"

涂德尔又想了一想，回答说："大概差不多，先生。"

董贝先生说："那你为什么不学呢？"

"我就要学了，先生。等我哪个儿长大，上了学，我就跟他学。"

他站着目光四转，尤其在天花板上转；一只手在嘴上抹一回，又一回。董贝先生看着不大顺眼，注视着他说："好吧，我刚才跟你老婆讲的话，你都听见啦？"

涂德尔拿帽子的手朝肩后门外方向一挥，说道："珀莉听见了。没错儿。"他那神色表示对老婆信任得死心塌地。

董贝先生本来以为丈夫比老婆精干，打算把自己的主张再向这男人讲讲清楚。他不大称心，说道："看来你什么都听她的。跟你讲大概没什么用。"

涂德尔说："一点儿没用。反正珀莉听见了。先生，她清楚。"

董贝先生不免失望，答道："那我就不再耽搁你了。你一向在哪儿工作？"

"先生，我结婚前多半在地底下，结了婚就到地面上来了。等咱们这儿的铁路发达，我就到铁路上干活去。"

董贝先生心情已经很沉重，听了这番话，好比"最后添上的一根草，压塌了骆驼的腰"①，消沉得抬不起头来。他做手势请孩子的奶公出去；那汉子巴不得走了。董贝先生锁上门，一人百无聊赖，在屋里来回踱步。他尽管死板板硬撑着架子，声色不动，可是一边踱步，一边却在擦他满眶的眼泪，喃喃说："可怜的小家伙！"他当时的感情是怎么也不肯给人看见的。

董贝先生假借孩子来自哀自怜，这也许地道是他的骄傲。他不说自己可怜。他不得不依赖的奶妈，丈夫是一辈子在地底下干活的无识贱民；这家伙家里却未遭死丧，四个儿子天天在吃他的苦饭呢。可是董贝先生不说自己没了老婆可怜，只可怜他那小家伙。

他的希望、他的忧虑、他的心心念念都集中在他儿子身上。他喃喃怜惜小家伙的时候，忽想到这奶妈会受到很强的诱惑。她新生的娃娃也是个儿子，她会不会掉包顶替呢？

---

① 谚语。

他觉得自己想入非非;这事当然也办得到,但毕竟不大可能。他立即撇开了这点顾虑,可是总放心不下,直在想象如果自己老来发现这么个骗局,是何情景。冒充的儿子多年来经常一起相处,推心置腹,当作亲儿子,这一片深情,一下子能收回来再放在陌生的亲儿子身上吗?

他心情平定下来,疑虑逐渐消释,可是还留着些阴影,所以打定主意,要亲自仔细监视着李切子,只不过面上不露;这点决心他始终没放松过。当时他想开了些,觉得这奶妈身世卑贱倒也有好处,她和他儿子地位悬殊,将来各走各的就顺顺当当,自然而然。

这时托克丝小姐已经帮着戚克太太和李切子讲定了工钱。董贝家郑重其事,把他们的小少爷像授予勋章那样交托给李切子;李切子簌簌流泪,连连吻着自己的娃娃,把他撇给纪迈茉。董贝家斟上酒来,为沮丧的涂德尔家人打气。

托克丝小姐看见涂德尔跑来,就说:"老哥,你也喝一杯,好吗?"

涂德尔说:"你一定要我喝,那就谢谢你,小姐。"

托克丝小姐对他点头晃脑,私下丢个眼色说:"老哥,你把亲老婆安顿在这么个舒服的家里,高兴得很吧?"

涂德尔说:"小姐,我没什么高兴。这杯酒预祝她再回家来。"

珀莉听了这话,越是哭个不了。戚克太太是做过妈妈的,生怕珀莉任情痛哭对董贝小少爷不利(她悄悄告诉托克丝小姐:"奶会变酸。"),忙上来劝解。

戚克太太说:"李切子,你娃娃由你妹妹纪迈茉带着,一定长得又红又胖。你知道吗,李切子,这世界是个努力挣扎的世界;你只要使点劲儿,挣扎一下,你准会很快活。你的丧服已经量了尺寸吗,李切子?”

珀莉抽噎着说:“量……量过了,太太。”

戚克太太说:“你那套衣服一定称身极了;我知道的,因为那个年轻女裁缝给我做过好儿套衣服了。而且那是最好的料子。”

托克丝小姐说:“唷!你准漂亮得连你丈夫都不认识你了!老哥,你还能认识她吗?”

涂德尔粗声粗气地说:“不管她是什么个样儿,在什么个地方,我总归认识。”

涂德尔分明不吃这一套。

戚克太太接着说:“至于你的饭食呢,李切子,我告诉你吧,嘿嘿,最好的东西,样样都由你挑选!你天天自己点菜,就像贵夫人似的,想吃什么,马上给你做来。”

托克丝小姐热心帮腔说:“对呀!还有葡萄酒呢,爱喝多少喝多少!可不是吗,露依瑟?”

戚克太太和她一吹一唱:“哎,当然!不过,好奶妈,蔬菜得少吃。”

托克丝小姐建议:“泡菜大概也不好。”

露依瑟说:“除了这些,都可以随意挑选,谁也不来管你,好奶妈。”

托克丝小姐道:“再说吧,她尽管宝贝自己的亲娃娃——露依瑟,你,我想总不会怪她宝贝自己的娃娃?”

戚克太太宽洪大量地说:“哎,不会!”

托克丝小姐接着说:“她对自己照管的小少爷当然也是喜欢的;看到富贵人家的小天使也吃了她的奶茁壮成长,一定觉得格外光彩。露依瑟,你说不是吗?”

戚克太太道："那还用说！瞧，我的朋友，她已经称心乐意，准备高高兴兴、带着笑脸，和她的妹妹纪迈茱、她的一群小宝贝和她的好丈夫告别了。朋友啊，我说得不错吧？"

"对啊！"托克丝小姐说，"一点儿不错呀！"

尽管这么说，可怜的珀莉和家里人一一拥抱，非常伤心。她不愿意再和孩子们明明白白告别，赶紧抽身逃走。可是她空有这番苦心，她的策略并不成功。比婴儿略大的那孩子看透她要逃走，立刻手脚并用，跟着往楼上爬——假如应用于昆虫的字这里可以借用。最大的孩子为了纪念蒸汽机，取名"锅炉"，这时表示悲痛，双脚乱蹬；一串孩子都跟着学样。

董贝家忙拿出许多橘子和半文的便士，往涂德尔家一个个孩子身上乱塞，抑止了他们刚爆发的懊恼。雇来的马车还在门口等着，他们一伙人仍由这辆车急急送回家去。纪迈茱管着几个孩子；这群小家伙都拥在马车的窗口，橘子和半文的便士沿路抛滚。涂德尔自己宁愿站在车后有一排钉子的地方，他乘车向来这样。

第　三　章

董贝先生在家，以男子汉和
父亲的身份独当一面

董贝太太的丧事办得很不错。承担丧葬的人完全满意。四邻街坊在这方面是惯爱挑剔的，礼节上略有欠缺就不答应；这回

也都没话说。此后，董贝先生一家各各回复了日常生活。这个小世界和外面的大世界一样，都容易把去世的人忘掉。厨娘说，这位太太脾气顶好；管家妈说，谁也不免一死；门房说，真想不到；女佣说，她简直不信；听差说，就像做梦一样：大家再没什么可说的，渐渐觉得身上的丧服都穿旧了。

李切子住在楼上，虽然是个有头脸的奶妈，却没有自由，只觉得新开始的生活阴冷灰黯。董贝家住在坡特仑街和布赖恩斯街之间①，那条街又长又暗，非常阔气。房子很大，在街上背阴的一边，恰在转角处。里面一大片地下室，一个个装铁栅的窗，好像对着室内瞪眼睛；通向垃圾箱的几扇玻璃的门，好像两眼斗鸡似的向室内窥望。这所房子很阴暗，后背是圆形。里面一套几间客厅，对着一个铺碎石子的院子。院子里两棵憔悴的树，枝干都成了黑色；烟薰的叶子，干得不飒飒作声，只喀嗒喀嗒地响。街上难得见到阳光。只在夏天吃早点前后，推车卖水的、卖旧衣的、卖天竺葵的、修阳伞的、把自鸣钟上的小铃开足了一路滴玲玲响的——这伙人陆续经过的时候，太阳才照到那条街上。一会儿太阳过去，当天就不再回来。一队队奏乐的、一批批演木偶戏的随后也都走了。直到黄昏，逗留在街上的只剩了沉闷不堪的手风琴和串戏的白老鼠；偶尔花样翻新，也有串戏的刺猬。傍晚有些人家出外赴宴，他们家的门房就跑到门口来站着。点路灯的夜夜点亮了煤气灯，可是总无法把这条街照亮。

董贝家的房子里外一样黑暗。董贝先生一心一计为儿子着想。他也许是为儿子保藏家当，丧事完毕，就吩咐把家具都遮

---

① 这是伦敦西城有钱人住的地区。

上;除了楼下几间自己住的屋子,其他屋里,陈设全撤掉。桌子椅子堆在屋中间,盖上大单子,看来好像不知什么奇怪东西。拉铃的把上、百叶窗上、镜子上,都糊着报纸;日报或周报上片段的死人讣告、谋杀惨案的新闻赫然刺目。悬挂的烛架都包上麻布,像天花板上大眼睛里垂下的大滴泪珠。烟囱里回出来的气,像地窖等潮地方出来的。那位死了埋了的太太,画像的框上包着绷布,显得面貌可怕。她病中房前的街上铺着稻草①,有些霉烂的还沾在地上,一阵风起,草屑就沿着邻近马房的角落里打转。对门一座肮脏的房子是要出租的,那些草屑不知受了什么招引,都去聚在那个门口,对着董贝家的窗子如有所诉,很动人愁思。

董贝先生留给自己住的那套房间,由进门的走廊出入。一间是起坐室。一间是书房,其实当盥洗室用,所以里面两股气味一样浓郁:一股是加光纸、皮纸、摩洛哥皮和俄罗斯皮的气味,一股是各双皮靴的气味。最靠边一间是小小的早餐室,像养花的暖房,向阳的一边全是玻璃,望出去就看见上面讲的那两棵树,经常还有几只猫儿来来往往。这三间房连成一套。董贝先生早上在起坐室或书房吃早点的时候和下午回家后吃晚饭之前,总拉铃召李切子抱着小宝宝到他那间玻璃房里去来回散步。这宅房子从前他父亲住过多年,很多陈设是老式古板的。李切子奉召跑去,能瞥见里边昏暗的屋里,董贝先生坐在深色的笨重家具中间,远远望着小娃娃。她看了总觉得董贝先生一人独处,像单身牢房里的囚犯,或不与人交往的孤鬼。

几星期来,小珀尔·董贝的奶妈带着小珀尔也是过这种孤

---

① 免得车轮声打搅病人。

寂生活。逢到好天气,戚克太太往往由托克丝小姐陪着来拜访。她们就带着李切子和小宝宝出门呼吸新鲜空气——就是说,来回在人行道上像送丧那样一本正经地走路。李切子一人从不出门。有一天,她在凄凉的一间间厅堂上走了一转,回到楼上自己房间里,正要坐下,忽见房门慢慢地、轻轻地推开了,一个深色眼珠的小姑娘向门里张望。

李切子从没见过这小姑娘,心想:"这一定是弗萝任斯小姐从姑妈家回来了。"她说:"小姐,你好吧?"

小姑娘指指小娃娃说:"那是我的小弟弟吗?"

李切子说:"是啊,我的小乖! 来吻吻他呀!"

那小姑娘不跑近来,只真挚地望着她的脸说:

"你把我妈妈怎么了?"

李切子说:"啊呀,这小宝贝! 问得人多伤心啊! 我把她怎么了? 小姐,我没怎么呀!"

小姑娘问道:"他们把我的妈妈怎么了?"

李切子当然联想到自己的哪个孩子也这样打听自己呢,她说:"我一辈子没见过这样叫人心疼的孩子! 过来呀,小姐,别怕我。"

小姑娘挨近些说:"我不是怕你,我是要问问,他们把我妈妈怎么了。"

李切子说:"小宝贝,你身上这件漂亮的黑衣裳就是纪念你妈妈的。"

小姑娘眼睛里汪出泪来,说:"我穿什么衣裳都记挂着我妈妈。"

"可是一个人去世了,咱们就穿黑衣裳纪念。"

小姑娘说:“去哪儿了呢?”

李切子说:“来挨我坐着,我给你讲个故事。”

小弗萝任斯很机灵,知道这就是要回答她问的话。她放下拿在手里的帽子,去坐在奶妈身边的小凳上,仰脸望着奶妈。

李切子说:“从前有一位太太……一位很好的太太,她的小女儿一片心地爱她。”

“一位好太太,她的小女儿一片心地爱她。”小姑娘学着说。

“她随着上帝的意愿,生病死了。”

小姑娘打了一个寒噤。

“死了,这个世界上,谁也不会再看见她;以后就埋在生长树木的泥土地里了。”

小姑娘说:“冰冷的泥土地。”她又打个寒噤。

珀莉乘机说:“不冷!泥土地是暖的。丑的小种子埋在地里,就变成美丽的花呀,草呀,谷子呀,还有说不尽的种种东西。好人埋在地里就变成光明的天使,飞到天堂上去。”

小姑娘低头坐着,这时又抬起头来,一双眼盯在奶妈脸上。

珀莉直想安慰小姑娘,忽有点成功,却没多大把握,瞧她诚挚地望着自己,不免有点心慌。她说:“所以……嗯,嗯,这位太太死了,不管是抬去埋在什么地方,她反正是到了上帝那里!她就祷告上帝,真的。”珀莉一片真诚,自己也深受感动:“这位太太求上帝,叫她的小女儿心上拿定,妈妈是在天堂上;叫她知道妈妈在那里很快活,照旧还在疼她;叫她希望并且争求……哎,要一辈子争求,将来和妈妈在天堂上相会,永远永远不再分离。”

小姑娘跳起来,抱着珀莉的脖子说:“这就是我的妈妈呀!”

珀莉把她搂在怀里说:“那孩子——那小女儿完全相信。尽管跟她讲这话的不过是个陌生的奶妈,话又讲不清,可是奶妈自己也是个可怜的妈妈呀;只为这个缘故,小姑娘听了她的话心上就踏实了,不觉得孤单了……就在奶妈怀里哭了一场……她很喜欢奶妈带的娃娃……哎,好了,好了。”珀莉一面说,一面抚摩着小姑娘的鬈发,眼泪簌簌地往上掉:“好了,好了,可怜的乖孩子!”

忽然门外来了个爽利的声音:“嘿! 茀萝小姐,你爸爸得生气了!”说话的是个十四岁的姑娘,看上去已经成年,矮矮的个子,黑苍苍的皮肤,大蒜形的小鼻子,黑玉似的眼珠;她说:“早就明明白白吩咐过你,不准和奶妈捣乱。”

珀莉惊讶地说:“她没和我捣乱。我很喜欢小孩子。”

黑眼珠姑娘答道:“唷,李切子大娘,对不起,你知道,这话不在筋节上。”她说话非常尖利,好像能刺得人眼里冒出泪水来:“譬如说吧,李切子大娘,我很喜欢螺蛳,这并不是说,我就可以把螺蛳当点心吃呀!”

珀莉说:“倒是的,我那句话不在筋节上。”

那尖利的姑娘说:“好吧,李切子大娘,我的话不错吧! 反正请你记着:茀萝小姐由我管;珀尔少爷由你管。”

珀莉说:“可是咱们俩还是不用吵架呀!”

霹雳火似的姑娘说:“当然不用,一点儿没有必要,李切子大娘。我不愿意跟你吵架。管茀萝小姐是长远的,管珀尔少爷是临时的,咱们身份不同,不用争吵。”霹雳火毫无迟疑吞吐,心上想说什么,恨不得连珠箭似的用一句话、一口气喷射出来。

珀莉问道:“茀萝任斯小姐刚回家吧?”

“是啊,李切子大娘,刚回家。茀萝小姐,你瞧瞧,回来还不到一刻钟,你稀湿的脸,就把李切子大娘为你妈妈穿孝的好衣裳衬脏了。”霹雳火姑娘真名是苏珊·倪璞。她一面责备小姑娘,一面揪住她,像拔牙似的,把她从新朋友怀里拔出来。不过她这来好像并不是故意粗暴,只是尽自己的职责太急切了些。

珀莉朴实的脸上带着可亲的笑容,向她点头说:“茀萝任斯小姐回家了,一定很快活。今晚准要高高兴兴地去见见她的好爸爸了。”

倪璞姑娘听了这话,把身子使劲一扭,大声说:“嗐!李切子大娘,别说了!见她的好爸爸呢!真是!我倒想看看她去见爸爸呢!”

珀莉问道:“那么她不去见爸爸吗?”

“嗐!李切子大娘,她不去的!她爸爸一片心只在别人身上!从前没有别人霸占着他的心,也从来没宠过她。我告诉你吧,李切子大娘,这家子呀,女孩子不当东西!”

小姑娘目光灵活,把她们俩从这个看到那个,好像对她们的话有领会,也有感受。

珀莉说:“我可没想到。董贝先生后来没见过她吗?就是那天以后……”

苏珊·倪璞打断她说:“没有!一次都没有。那天以前也连着几个月难得看她一眼。李切子大娘,他假如路上碰见自己的女儿,我想他不会认识;假如明天路上碰见,准不认识。至于我呢,”霹雳火格格地笑了,“大概他压根儿不知道有我这么个人呢。”

李切子说:“乖宝贝!”她指的是小茀萝任斯,不是苏珊·倪璞。

苏珊·倪璞说:“哎,李切子大娘,我告诉你,咱们这儿一百里以内,有个人是粗暴的蛮子!……我不指咱们这儿人。李切子大娘,咱们再见吧。嘿,茀萝小姐,跟我走!别死赖着,像淘气的坏孩子,看了上天降罚也不悔改;别那样!”

小茀萝任斯尽管苏珊·倪璞这么严厉地命令,又拉得她右肩差点儿脱臼,她临走还是亲亲热热地吻了她的新朋友。

这小姑娘说:“再见,上帝保佑你!我不久就再来看你,你也来看我吧?苏珊不会挡着咱们。苏珊,你说行吗?”

有人认为童年的生气,好比金钱的光亮,得狠狠地颠簸震荡,才摩擦出来。霹雳火管教孩子也是这派主张。不过她底子里大概是个好性子的小家伙。茀萝任斯偎依着她讨好求情,她就叉着两条小胳膊对这小姑娘摇头,她那大黑眼睛里的表情已经软和下来。

“茀萝小姐,你不该这么求我,因为你知道我没法儿不答应你。不过李切子大娘要是愿意,我们俩可以一起想想办法。李切子大娘,你可知道,譬如我要到中国去旅行吧,我还不知道怎么离开伦敦码头呢。”

李切子赞成她的主张。

倪璞姑娘说:“这里也不是个欢笑快乐的家,咱们已经够寂寞的。李切子大娘,我就算让你们的托克丝一家子、戚克一家子把我一对犬牙拔掉,我也不用把整口牙齿都送给他们呀!”

李切子觉得这话分明是对的,也表示赞成。

苏珊·倪璞说:“所以,李切子大娘,珀尔少爷还由你照管的时候,我实在是赞成咱们一起和和气气过日子;不过得想个办法，别公然反抗东家的命令——啊呀呀，弗萝小姐，你还没把你的东西拿走呢，你这淘气孩子，你还没呢。来，咱们走啦。”

苏珊·倪璞一面说，一面大逞威风，冲着她照管的小姑娘，把她赶出房间。

这小姑娘尽管心上悲苦，经常冷落在一边，她非常温顺安静，一点没有怨意。她那满腔热情，好像没人稀罕；她懂事得可怜，好像也没人顾惜着不去伤她的心。珀莉在她走之后直心痛她。她们俩经过那番真率的交谈，珀莉那颗妈妈的心，和没有妈妈的小姑娘的心一样深受感动；从那时起，她们觉得彼此之间有了些共同的东西，只她们两人知道而关心。

珀莉虽然是她丈夫涂德尔十分依赖的人，论手艺，她未必比丈夫强。不过她是个单纯的好标本。她这种女人，大体说来，总是比男人善良、真诚、高尚；怜悯和舍己为人的心比较地容易感动而且经久不变。她是个无知无识的女人，可是董贝先生到死不会豁然醒悟的事，也许在他早年她就能启示他。

不过这话离题稍远了。她当时不过想：她已经把倪璞姑娘哄得很服帖，怎么更进一步，想办法让小弗萝任斯能名正言顺地和自己在一起，不受阻挠。她当晚就找到一个好机会。

她照常听了铃声召唤，跑到那间玻璃房里去，抱着娃娃来回走了好久。忽然董贝先生跑出来站在她面前。她大出意外，非常吃惊。

“李切子，你好？”

他仍然是初次见到的那个严肃、死板的绅士。李切子看到他那一脸难说话的神气，不由得低垂眼皮，行了个屈膝礼。

“李切子，珀尔少爷好吗？”

“先生,他很健康,很好。”

珀莉把娃娃的小脸露给董贝先生看。他看得大有兴趣,却装作不很在意似的说:“他看来不错。你需要的东西全都有了吗?”

“谢谢你,先生,都有了。”

她临时故意声调里带些迟疑。董贝先生要走开又停下,转过身来好像有话要问。

珀莉鼓足勇气说:“先生,我觉得要小孩儿活泼愉快,最好常有别的孩子一起玩儿。”

董贝先生眉头一皱说:“李切子,你来的时候,我好像跟你讲过:我要你尽量别和自己家里人见面。你要是愿意还在这里散步,尽管自便。”

他说着就走进里边去。珀莉分明感到董贝先生完全误会了她的用意。她心机枉费,只讨了一场没趣。

第二天傍晚,她下楼到那间暖房里去,忽见董贝先生在那儿踱步。她见所未见,不免愣住了,站定在门口不知该进去还是退回。董贝先生喊她进去。

他紧接着昨晚的话,严厉地说:“假如你确实认为娃娃最好有小孩儿做伴,你不能找弗萝任斯小姐吗?”

珀莉急忙说:“先生,弗萝任斯小姐最好没有了,可是我听带她的姑娘说,她们是不准……”

董贝先生拉了一下铃,只顾踱来踱去,直到来了人才停步。

“你去传话,李切子如果要弗萝任斯小姐做伴,或跟着出门等等,都随她们。传我的话,什么时候李切子要两个孩子在一起,就让他们一起。”

李切子认为这是好事,她尽管见了董贝先生不由自主地害怕,却有胆量鼓着勇气、趁热打铁,要求当场把弗萝任斯小姐找来,和她的小弟弟亲近亲近。

听差奉命出去的时候,李切子假装逗弄孩子,瞥见董贝先生好像面容失色,神气大变,急要转身把自己的话或李切子的话或他们两人的话收回不算似的,只是没这个脸。

她没有看错。董贝先生最近一次看见他疏远的女儿,是在她奄奄一息的妈妈怀里。母女俩悲惨的拥抱,对他是默示,也是责备。他尽管一片心都在他希望无穷的儿子身上,还是忘不了那临终的景象。他忘不了自己当时是个局外人。相抱的母女沉浸在亲密真诚的感情里,他只是个旁观者……没他的份……他插不进。

这些事他忘不了;他尽管骄傲,不肯正视其中的含意,却也模模糊糊有所感觉,心上不能释然。他原先对弗萝任斯的冷淡,变成了一种异常的不自在,简直觉得这孩子是在观察他、猜疑他似的。他仿佛心上有些秘密,自己还不知是什么,这孩子却看透底里;仿佛身子里有一条不协调的弦子是这孩子早就知道的,经她一吹就会震动发声。

董贝先生从这女儿出世以来,对她就没有感情。他并不嫌她,因为不值当,没这种闲心情。他从未明确地把这女儿看作厌物;可是现在她却搅扰着他,使他不得安心。他但愿能把这女儿完全撇在脑后,只是办不到。这些不可思议的心情很难捉摸,也许他生怕自己会恨她呢。

小弗萝任斯怯怯地跑来见她爸爸,董贝先生正在来回踱步;他站定了对她看着。假如他对女儿更关切一点,爸爸眼里也许能从她机灵的目光，看到她在犹豫：要任情却又不敢。她要热诚地赶上去抱住爸爸，把脸藏在他怀里哭喊：“爸爸呀！你就不能疼我吗？我只有你了！”她却又怕碰钉子，怕自己不知进退，怕触犯了爸爸；怪可怜的没人撑腰、没人鼓励。她幼稚的心，载不起那么许多痛苦和情爱，彷徨着要找个合适的归宿。

可是董贝先生全没有看到。他只看见这孩子犹豫不定地站在门口望着自己，马上又躲开了。

他说：“进来呀，进来呀，这孩子有什么害怕的？”

她好像拿不定主意，四面看了一眼，进来傍门站着，一双小手紧紧地握在一起。

她爸爸冷冷地说：“茀萝任斯，过来。你认识我吗？”

“爸爸，我认识。”

“你跟我没话说吗？”

她随即抬眼望望爸爸；一见他那付脸色，含在眼里的泪水立刻冻住了。她低着眼，伸出的手在战抖。

董贝先生冷漠地握着她的手，低头看了她一会儿，好像也和她同样地无话可说、不知所措。

他拍拍女儿的脑袋，疑惑不安的眼光好像是偷偷儿望了她一下，说道：“好！乖点儿啊！到李切子身边去吧！走！”

小姑娘迟疑了一会，好像还想偎依着他，还心不死，指望他把自己抱起来吻吻。她又抬头望望爸爸的脸。董贝先生觉得她这时的神色，和那晚上眼望着大医师的时候一模一样，不由得放下她的手，转身走开了。

茀萝任斯在她爸爸面前分明很不出色，非但精神上拘束，连行动都不自然、不活泼。珀莉看到这点，越发一片心地坚持自己的计划。她以己度人，拿定董贝先生看了可怜的小姑娘身穿孝服，会受感动。她暗想："面前一儿一女都是没妈妈的孩子，他心上却只有一个儿子；这实在是很难堪的。"

所以珀莉尽量让小姑娘在爸爸面前多耽会儿。她把小珀尔逗得很乐，让爸爸瞧瞧，小娃娃有姐姐做伴，分明活泼得多。她该带孩子回去的时候，想要叫弗萝任斯进里间去和爸爸说声再见。可是小姑娘胆怯不肯，一再强她，她摊开两手遮着眼睛，好像不愿意看到自己是不稀罕的。她说："不去吧！他不要我，他不要我。"

董贝先生正在里屋靠桌子坐着喝酒。她们俩这场小小的争执，引起了他注意，就问是什么事。

李切子说："先生，弗萝任斯小姐不敢进来跟你说再见，怕搅扰你。"

董贝先生说："不用；你随她来去，别理会我。"

小姑娘一听这话立即退缩。这位微贱的朋友转身找她，她已经不知去向。

不过珀莉那番好心眼的计划和她使用的手段都有成效。她颇为得意，回到楼上自己屋里，安顿下来，就把经过一一告诉霹雳火。倪璞姑娘虽然看到她推心置腹，并且听说她们将来可以自由来往，她却神情冷淡，一点不热心表示快活。

珀莉说："我以为你会高兴的。"

苏珊立刻身子挺得笔直，好像紧身背心里又多衬了一片鲸鱼骨。她回答说："是啊，李切子大娘，我高兴得很！多谢你！"

珀莉说："你好像并不高兴。"

苏珊·倪璞说："啃！我不过是个常人，不能像临时的人那样全露在脸上！我看呀，这里只有临时的人成功得意！可是，李切子大娘，尽管这间屋和旁边一间隔开的板壁非常精致，我却未必愿意过那边去呢！”

第 四 章

故事里续有新人出现

董贝父子商行在伦敦城里；街上不太闹的时候，那里听得见博街大教堂的钟声①。可是附近有些东西，还带着神奇故事的情味。不到十分钟的路，就看见郭格和梅郭格两巨人神气活现地站在那里②。不远就是伦敦交易所。英吉利银行是阔邻居，地窖里尽是金子银子，不比四周地窖里只有空酒瓶子。一拐弯是富庶的东印度公司。那里处处都叫人联想到贵重的料子呀，宝石呀，老虎呀，象呀，象背上的座儿呀，长管子的水烟筒呀，阳伞呀，棕榈树呀，轿子呀，还有脸色棕黄、服饰华丽的王子，穿着翘头的尖鞋坐在地毡上。四周张贴的画上，都是扯足了风帆开往世界各地的大海船。旅行社半小时内，能为各地旅客把各色行装置备齐全，随时可以出发。配置航海仪器的店门外，都装着

---

① 这就是说，地段在伦敦市中心。

② 郭格（Gog）、梅郭格（Magog），神话里两个巨人的名字，是伦敦市政府前面一对守门的巨人像。

个小木人，雕刻成海军准尉模样，穿一身古老的制服，日夜在那儿招徕顾客。

有一家店门口的小木人，不客气呢，可说是最木头木脑的。它临空迈着一条右腿，脸上那一团和气简直叫人恶心；扣鞋的皮带和背心的镶边，都花妙得岂有此理；它举在右眼前观望的那件仪器，和身材大小太不相称，刺目得很。这家商店是独资经营的，店主对他那木头海兵还得意得很。他是个老人，常戴着一顶毛线的便帽。他多年出店租、纳税、偿付各项费用；好些血肉之躯的海军准尉活一辈子，也不如他做这个店主的年份长，尽管英国海军里老当益壮的海军准尉并不少。

他店里的存货有航海时计、晴雨表、望远镜、罗盘、航线图、地图和天体图、六分仪、象限仪，还有纠正船只方向、推算船只地位、进行海上探索的各种仪器标本。他抽屉里和架子上那些铜的、玻璃的东西，只有内行人才知道哪头朝上、什么用处，看过了还能自靠自放回原来的红木匣里去。每件仪器都塞在最紧的套子里，夹在最窄的角落里，遮在最不必要的垫子下，折成最小的角度，防海上波浪震荡，失去平稳。一切东西都非常小心地紧排密放，不多占一点地方。种种航海用具都配着垫子，嵌在各式匣子里。有些匣子是平常的扁方形；有的却像三角帽，像海星——这些还是比较普通、不大古怪的。因此店里弥漫着船上的气氛，店屋就像一只小船，样样齐全，井井有条，随时可以出海；只要有空阔的海面，突然往海里一送，就能安然开到任何荒岛上去。

为那小木人自豪的航行仪器配制者，日常生活里还有许多小事助长这种幻想。他认识的人多半是船具商人之类。他每餐总吃许多真是航海吃的粗饼干；干肉、干舌头都带些绳屑的怪味;泡菜盛在批发坛子里,上面贴着“经售各色船上食品”的商标;酒是装在无颈方瓶里的①。墙上挂着些配镜框的旧船图,船身复杂的部分,有按字母附加的说明。有一幅印制图是驶行海上的鞑靼号巡洋舰。壁炉架上装点着奇异的贝壳、海藻和苔藓。小小一间后房装着护壁板,日光从天窗透进,像一个船舱。

他也像船长的派头,一人住在那里;一起的只有他的外甥沃尔特。如果店屋像船,这个十四岁的外甥正像船上的小海兵。不过这个幻想只到此为止,因为通称老索尔的索罗门·吉尔思,本人一点不像航海人员。且不说他那顶毛线便帽,分明是不折不扣的毛线便帽,戴了怎么也不会像海盗。他慢条斯理,说话文静,是个颇有心思的老头子。一双红眼睛,望着你像雾里的两个小太阳。他常把店里的光学仪器,三四天连着一一观测,突然放下仪器,眼前的东西都变成了绿色,所以他老像刚睡醒的样子。他经常穿一套非常刀尺的咖啡色衣裤,钉着锃亮的扣子;有时换一条浅黄裤子,就是他外表上唯一的改变。他衬衫的褶边很整齐,一付头等讲究的眼镜常掀在脑门上,表袋里放一只精密透顶的航海时计。时计如有差错,他只会想是全市的钟表合帮捣乱,甚至太阳都靠不住,决不会怀疑他那件宝贝。他在门口装着木头海兵的店里,多年来一直这样生活;每晚按时到风声呼呼的顶楼上去睡觉,远离着别人住宿的地方。安居楼下的英国绅士们还没大感觉到气候变化②,他那里已经听到狂风怒号。

索罗门·吉尔思初和读者见面是在一个秋天的下午五点半

① 海船上用这种酒瓶,便于紧叠着包装。

② 这是改用水手的歌:“安居家里的英国绅士们,不大想到海上的危险。”

钟。他正在看他那只绝没有差错的时计。伦敦市中心的商店照例已在一个多小时前打烊；行人还潮水似的滚滚西去。吉尔思先生说得不错："街上散掉不少人了。"看来晚上要下雨，店里所有的晴雨表气压都下落，门口那个木头海军准尉的三角帽上已经闪亮着雨点。

索罗门·吉尔思小心把时计放回袋里说："沃尔特不知哪里去了？晚饭已经等了他半个钟头，还不回来！"

他坐在柜台后的凳上，转身从许多仪器里张望窗外，指望看见他外甥过街来。可是没他的影儿。那一片浮动的雨伞里找不见他。有个戴油布帽的卖报童子挨着门外的铜招牌慢慢过去，一面用食指在吉尔思先生的名字上画着自己的名字。分明这也不是他外甥。

"我知道他和我亲得很，舍不得违拗了我逃到海船上当水手去。不然的话，我就得着急了。"吉尔思先生一面说，一面用指节骨叩叩两三只晴雨表，"我真得着急。气压都下降吗？潮湿得很！好啊，正用得着。"

吉尔思先生把罗盘盒玻璃面上的尘土吹净，说道："你恰恰对准我那间后房，直指正北，分毫不差；可是我相信那孩子的心，比你还不偏不歪地直向着我呢！"

"嗨！索尔舅舅！"

"嗨！我的孩子！"配制仪器的老人轻快地转过身，"怎么！你回来啦？"

这小子高高兴兴，满面快乐，刚从雨里跑回，脸色很鲜明。他相貌漂亮，双目炯炯，一头的鬈发。

"哎，舅舅，我没在家，你一天怎么过的？晚饭得了吗？我饿极了。”

索罗门随和地说：“怎么过的吗？我没了你这小家伙，若不好过得多，才是怪事！至于晚饭，半个钟头前就得了，直在等着你！饿呢，我正也饿了。”

那小子说：“那么来吧，舅舅。海军上将万岁！”

索罗门·吉尔思说：“去你的海军上将！你是说市长大人万岁吧？”

孩子说：“不，不是的！海军上将万岁！海军上将万岁！开步——走！”

这一声令下，头戴毛线便帽的老人顺从地迈开步子，好像带领着五百战士抢上敌舰似的走进他那间后房。索尔舅舅和外甥马上吃饭：第一道菜是煎鱼，下一道还有牛排。

索罗门说：“小沃，以后只说市长大人万岁，不再提海军上将；市长大人就是你的海军上将了！”

孩子摇头说：“哼！他算得海军上将吗？给他捧剑的都比他神气！那捧剑的倒有时拔剑跟人打架。”

舅舅说：“那就叫他当众出彩了。听我的话，小沃，听我的话。你瞧瞧壁炉架上。”

孩子惊讶道：“嘿，我那带柄的杯子谁挂在钉上了？”

舅舅说：“我挂的。你以后不再使带柄的杯子，从此和我一起用玻璃杯了，沃尔特！咱们是有职业的！是伦敦商界的人！你从今天起，也自己谋生了！”

孩子说：“好吧，舅舅，只要能为你祝酒，随你叫我用什么杯子都行。索尔舅舅，祝你，也祝……”

老人抢着说：“祝市长大人。”

孩子说:“祝市长大人、司法长官、市政委员、同业工会会员——祝他们长寿!”

舅舅很满意,点头赞许。他说:“好,现在讲讲你们那商行吧。”

“唷,舅舅,那商行没什么可讲的。”孩子直忙着使他的刀叉,“那是一套很暗的办公室。我坐的那间里,有一个围壁炉的高架子,一只铁的保险箱,几幅预告船只航期的广告,一份日历,几只办公桌子和凳子,一个墨水瓶,几本书,几只匣子,许多蜘蛛网;我头顶上一个蜘蛛网里还挂着个干瘪的绿头苍蝇,看来挂了不知多久了。”

舅舅说:“没别的了吗?”

“还有个旧鸟笼——我不懂怎么会有那么个东西!还有个煤桶。完了,没别的了。”

老索尔经常好像是笼罩在雾里的。他有所不足似的隔雾望着他外甥说:“譬如银行存折呀、支票簿呀、汇款单呀等等贮存着滚滚财源的东西,都没有吗?”他说到这些,声调里非常羡慕。

他外甥满不在意地说:“有啊,大概多得很吧。不过这些东西都在卡克先生、莫雰先生或董贝先生的办公室里呢。”

舅舅问道:“董贝先生今天去了吗?”

“去了!整天在那儿出出进进。”

“他大概没看见你吧?”

“看见我了。他跑到我坐的那儿……舅舅,我希望他别那么一本正经地绷着个脸儿……他说:‘喔!你就是配制航海仪器的吉尔思先生的儿子。’我说:‘我是他外甥。’他说:‘我是说外甥。’可是舅舅,我可以发誓,他说的是儿子。”

“也许你听错了。那是不相干的。”

“是不相干的呀,不过我觉得他何必那么严厉呢;尽管说了儿子,也没什么不好。他接着跟我说,他是因为你托了他,才把我安插在他那商行里的。他嘱咐我做事要认真、规矩;说完就走了。我觉得他好像不大喜欢我。”

配制仪器的老人说:“我看,大概是你不大喜欢他。”

那小子笑着说:“哎,舅舅,也许是这么回事;我一点没想到这点。”

索罗门晚饭吃完,神气更认真些,目光频频在孩子高兴的脸上掠过。他们的晚饭是从附近饭馆里买来的,饭罢撤去杯盘,他点了一支蜡烛,由他外甥站在阴湿的楼梯口,尽心地照着他下地窖去。他在地窖里摸索一会,拿着个灰尘堆积的古式古样的瓶子上来。

孩子说:“啊呀,索尔舅舅,你干吗呀? 这是了不起的马德拉葡萄酒! 再只剩一瓶了!”

索尔舅舅点点头,表示他自有道理。他一声不响,开了塞子,斟了两玻璃杯,把酒瓶和第三只干净杯子放在桌上。

他说:“小沃,等你交上好运,有钱、有地位、有福气,由今天开始的职业走上平康大道——我求天保佑你有那一天。到那时候,孩子,你再喝剩下的那瓶酒。这杯酒,表达我爱你的一片心!”

笼罩着老索尔的雾好像堵到他嗓子里去了,他声音有点嘶哑。他和外甥碰杯的时候,手也发抖。可是他酒一沾唇,就以大丈夫气概大口喝下,咂着嘴表示满意。

孩子眼睛里噙着泪,装作不介意的样儿,举杯说:“好舅舅,这是答谢你赏我的体面和说不尽的种种情意。现在让我为索罗门·吉尔思先生祝酒,三个三次,再加一次,欢呼他百年长寿!舅舅,咱们将来同喝那末了一瓶酒的时候,你再答谢,好不好?”

他们再碰碰杯。沃尔特舍不得喝,只吸了一点点,竭力装出品评的神气,把酒杯举在眼前鉴赏。

他舅舅默然看了他一会,后来和他目光相遇,就把心上的话嘴里讲出来;他心上好像直在想这些话呢。

他说:“沃尔特,你知道,我干这一行,其实只是个习惯。我积习难改,如果放下这买卖,就不知怎么过日子。可是没买卖可做了,没买卖了。”他指指外面的木头海兵:“从前穿那种制服的时候,真可以大发其财;财是那时候发的。可是商业界你追我赶,商品日新月异,这个世界早把我抛在后面。我自己落在哪里都不知道,更不知我的主顾在哪里了。”

“舅舅,别理会他们!”

索罗门说:“譬如你从沛坑的寄宿学校回来,已经十天了,我记得店里只来过一个人。”

“两个呢,舅舅,你忘了吗?一个人来兑换一个金镑……”

索罗门说:“就是那一个人。”

“哎,舅舅,还有个女人来问路到一里路外关卡上去,她就不算吗?”

索罗门说:“喔!是的,我把她忘了;一起两个人。”

孩子说:“不过他们没买东西。”

索罗门沉静地说:“没有,他们什么也没买。”

孩子说:“他们不需要什么东西。”

索罗门还是很沉静地说:“不需要;如果需要什么,就到别的店里去了。”

孩子说:“可是来了两个人呀！舅舅。”好像这是大可得意的事:“你说只有一人。”

老人顿了一顿说:“哎,小沃啊,咱们不是鲁滨逊·克鲁苏那岛上跑来的野人,一个兑换金镑的男人、一个问路到一里路外的关卡上去的女人,不能供咱们吃饱肚子呀。我刚才已经说了,这个世界早把我抛在后面。我不怪这世界,不过世上的事,我现在都莫名其妙了。做买卖的、当学徒的、商业、商品,都改了样儿。我的存货,八分之七已经过时。我这人是过时的;我这店是过时的;这条街也不是我记得的样儿了。我已经落在时代后面,年纪太老,再也跟不上去,就连老远乱哄哄的声音,都闹得我糊里糊涂。”

沃尔特正要开口,他舅舅举手止住他。

“小沃,我是为这缘故,急着要你就业,让你早早走上这个世界的轨道。我这店,其实早已死了,我是它的幽灵;等我死,它的幽灵也就安息了。这份产业,分明没什么可传给你的;所以我觉得最好还是借我多年来保留下来的一点交情,为你出一把力。有人以为我很有钱。我为了你,但愿他们没有看错。不管我遗下些什么,或能给你些什么,你在董贝家商行里做事,就有办法好好尽量利用。好孩子,你该勤勤谨谨,要爱你那商行,努力工作,打下基础,将来可以稳稳地自立,幸福快乐。”

孩子诚诚恳恳地说:“舅舅,我都听你的,尽力不辜负你的一片心。我一定好好儿干。”

索罗门说:“我知道的,我拿定你会好好儿干。”他斟下第二杯陈葡萄酒,喝得越有滋味。他接着说:“至于航海,小沃啊,故事里讲来顶好,当真可不行,压根儿不行。你成天看着这些航海的仪器,就想去航海,这也很自然。不过这是不行的!不行的!"

索罗门·吉尔思讲到航海,对搓着两手,还是掩饰不下私心的喜爱;他看着周围的航海仪器,说不出的得意。

老索尔说:"譬如说吧,你且想想咱们这酒。这是由东印度到这里往返了不知多少回的;全世界都绕了一周。你想想那漆黑的夜里,狂风怒吼,波涛汹涌……"

孩子接着说:"还有雷呀,电呀,雨呀,雹子呀,各式的风暴。"

索罗门说:"对啊,咱们这酒都经历过。你想想:船骨和桅杆震撼得叽叽嘎嘎响;大风扫过绳索、帆缆,嘘里里、哗啦啦地叫号……"

外甥兴奋地说:"船颠簸得像发疯,水手都往桅杆上爬,争先去卧在桅杆的横木上,把冻硬的帆卷上……"

索罗门说:"装这酒的旧木桶,在船上经历的正是这种情况呀。不是吗,'莎莉美人'号失事的时候,在……"

沃尔特起劲地抢着说:"深夜在波罗的海沉没;那是一七四九年二月十四日。船长死在大桅杆旁边;他表袋里的表正停在十二点二十五分上。"

老索尔说:"哎,对呀!一点不错!当时船上这种酒有五百桶。除掉大副、主管清洁员、两名水手、一个女人上了漏水的小艇,船上所有的水手都动手砸破酒桶,喝了个烂醉,高唱着'不列颠!在海上称雄吧!'①船直沉下海,大家在齐声怪叫的大合

---

① 英国诗人汤姆生(James Thomson,1700—1748)所作歌剧《阿尔弗瑞德》(*Alfred*)里的句子。

唱里同归于尽。”

“可是舅舅，‘乔治二世’号船上是二百来匹马。七一年三月四日，天亮前两小时，暴风把船刮到康沃尔海岸边。风刚起，甲板底下的马匹挣脱了身来回乱闯，互相践踏死不少，叫闹成一片，嘶号的声音仿佛人的呼喊。水手以为满店都是鬼怪，最刮刮叫的都吓糊涂了，走投无路，直窜到海里去。结果只剩两人没死；当时的情况就是他们讲的。”

老索尔说：“还有‘独眼巨人’号……”

沃尔特嚷着说：“往西印度去的商船……载重三百五十吨；船长是戴特福德的约翰·布朗。那是威格斯公司的船。”

索尔说：“就是那只。船从牙买加港乘着顺风出海，第四天晚上着火了……”

他外甥抢着讲那故事，说话又急又响：“船上有两兄弟；只剩一只小艇没淹没，坐不下两人。兄弟俩谁也不肯上去。后来哥哥拦腰抱住弟弟，把他摔在艇里。弟弟站起来大喊：‘爱德华哥哥，别忘了你家里的未婚妻！我不过是个大男孩儿，没人在家等着我！跳到我这儿来吧！’他自己就蹿进海里去！”

孩子讲来深有感受，激动地站起身，两眼闪闪放光，两颊添了颜色。这好像提醒老索尔有件事他忘了，或是笼罩在雾里没见到。刚才他分明还想讲些这类的故事，这时只干嗽一声说：“好吧，咱们谈别的吧。”

这实心眼儿的舅舅暗里最喜欢惊险的奇事。他的行业和这种事多少也有点牵连。他私心的喜好，其实大大助长了他外甥的同好。他劝诫孩子别追求冒险生活，可是他讲出来的种种道理，不知怎么的只增添了孩子在这方面的兴趣。事情往往如此。

专为劝阻男孩子向往海上的每一本书、每一个故事，好像都自然而然地把他们引诱到海上去。

这时来了一位客人。他穿一套宽大的蓝衣服；右腕没有手，安着个铁钩；毛丛丛的黑眉；左手拿一支粗手杖，上面一层疙瘩，像他的鼻子一样。他脖子上松松围着一条大黑丝巾；衬衫的领子质料又粗，尺寸又宽大，像小小一幅船帆。那只空酒杯显然是为他设的，他也分明知道。他脱下粗呢外衣，挂在门后他专用的钉上。他那只绷硬的加光便礼帽，敏感的人看见就会头痛；戴在头上好像紧紧扣着个盆儿，脱下了额上还留下一圈红印。他搬个凳子，对着放干净酒杯的桌子坐下。这位客人通常称为船长。他当过领港员，或商船船长，或武装民船的海员——也许三者都当过，看来确是个十足的水手。

他那脸，焦黄结实得出奇。他和舅甥俩握手的时候满面放光，不过看来不爱多话，只说：

“怎么样？”

吉尔思先生说：“都好啊。”一面把酒瓶推给他。

他拿起瓶子细看，又闻了闻，神情异常地说：

“那？”

配制仪器的老人说：“就是。”

他一面斟酒，一面吹口哨，觉得真像过节了。

“小沃！你看看他！”他用铁钩把自己稀少的头发整理一下，然后指指配制仪器的老人说，“要爱他！敬他！听从他！①你去查查《教仪问答》，找到了这一条，折下一个角。孩子，祝你

① 这是借用教堂里举行婚礼时教士嘱咐新娘的话。

成功!”

他引用了这句话非常得意,不禁低声重复一遍,说自己四十年来已经把这话忘了。

他说:“吉尔思,我这一辈子,要用到三两个字总有地方找。因为我不像别人那样多说废话。”

他大概是谴责了别人,就想到自己也该像小诺瓦尔的爸爸那样“多蓄养”①。反正他不说话了,总也不开口,直到老索尔上前面店里去点灯,才突兀地对沃尔特说:

“看来他如要制造一只钟,他也能。”

孩子说:“那不稀奇,柯特船长,他准会。”

“造了会走!”柯特船长挥舞着他的铁钩,“哎,走得好着呢!”

当时他出神似的只顾想他心眼里的钟走得多准,瞪眼坐着看那孩子,好像孩子的脸就是钟面。

他对店里的存货挥着铁钩说:“他满肚子尽是科学!瞧瞧!什么都有!陆地、天空、海洋,全是一样;想到哪里,只要说一声。乘个气球上天吗?这里有啊!封在钟形的舱里沉到海底去吗?这里有啊!你要把北极星放在秤上约约吗?他会替你称啊!”

从柯特船长的话里,可知他对店里的仪器多么崇敬。在他看来,经售或发明仪器,并没什么分别。

他叹口气说:“啊,懂得这些学问是好事;不懂也是好事。我简直说不上懂好还是不懂好。坐在这里,觉得人家可以把你

---

① 引用休姆(John Home)所作《德格勒斯》(*Douglas*,1756)悲剧中语。小诺瓦尔是剧中要角。

称呀，量呀，放大呀，通上电呀，变成个阴极或阳极呀，尽量作弄，全不知他用的什么方法，这也是顶舒服的。”

他是喝了那刮刮叫的马德拉葡萄酒，又加那天不同寻常，该让沃尔特增长点识见，才畅着嘴发了一番大议论。他十年来每星期日在店后房吃晚饭的快乐，尽在不言中；今天却讲出了他感觉愉快的道理，自己也很诧怪。他成了“更彻悟、更悲怆的人”①，默默沉思，不再开口。

他所钦佩的人物回房说：“来，爱德，咱们且干了这瓶葡萄酒，你再喝烧酒。”

爱德自己斟满一杯说：“等着，再给点儿孩子。”

“谢谢你，舅舅，我够了。”

索尔说：“不，再来点儿。咱们喝完了它。爱德，咱们为那商行——沃尔特的商行祝酒吧，说不定将来商行有他的份。谁知道啊！李切·威丁登爵士不就娶了他东家的女儿吗！②”

船长插嘴说：“‘回来！威丁登！伦敦的市长大人！等你老了，再也不离开伦敦！’小沃！我的孩子，你去翻翻那本书吧。”

索尔说：“尽管董贝先生没有女儿……”

孩子涨红了脸笑着说：“有，有，舅舅，他有！”

老人说：“有吗？真的，好像他有个女儿。”

孩子说：“哎！我知道他有个女儿！今天办公室里有人就

---

① 引用英诗人寇力支（S. T. Coleridge，编者按：今通译为柯勒律治）《老水手》（*The Rime of the Ancient Mariner*）一诗里的句子。

② 据童话，十四世纪的贫儿李切·威丁登娶了东家的女儿，做了伦敦市长。他初到伦敦，想往别处去，听得博街的钟声好像喊他说：“回来，威丁登！伦敦的市长大人！”下文船长引用了这段话。

在讲呢！舅舅，柯特船长，他们说——”他放低了声音：“他不喜欢这女儿，把她扔在女佣人一起，满不理会她。他一片心只等着儿子来经营商行。尽管儿子还只是个小娃娃，他已经打算更要加紧结账、仔细登记。他还跑到码头上去查看自己的船只、货色等等，好像估计着将来父子共有的财产非常得意似的。他以为人家没注意，可是有人看见了。这都是人家说的，我当然不知道。”

配制仪器的老人说：“你瞧，他对那女儿的事已经一清二楚了。”

孩子一付孩气，越发脸红了，笑着嚷道：“舅舅尽胡说！他们说给我听，我不是聋子呀！”

老人乘势取笑说：“爱德，我看那儿子目前有点儿碍着咱们的道儿。”

船长说：“很碍事呢。”

索尔说：“可是咱们且为那儿子祝酒，为董贝父子干杯！”

沃尔特笑得很乐，说：“好啊，舅舅，你既然提到了女儿，还把我牵在一起，说我对她的事都一清二楚，我就冒昧把你的祝辞修改一下吧。来，为董贝和儿子，和女儿，干杯！”

第　五　章

珀尔渐长，受了洗礼

涂德尔家的血液没有毒害小珀尔；他越长越壮实。托克丝小姐对他的热情也与日俱增。董贝先生瞧她一心向着那孩子，非常赞赏，觉得她天性很好，难为她这样有情，应资鼓励。所以他对这位小姐十分屈尊，不但几次特别对她鞠躬，还正式向她致意。他对妹妹说："藹依瑟，请告诉你的朋友，她真是好人。"或"藹依瑟，你告诉托克丝小姐，我感谢她。"托克丝小姐受到这样另眼看待，感刻很深。

托克丝小姐经常告诉戚克太太：这个乖宝宝的成长是她最关怀的事。这不用发表声明来证实，只要观察她的行为，就看得出来。孩子喂奶，她总在场主持，说不尽的得意，好像这份美味是她和李切子合资供给的。孩子洗澡把尿，她也热心帮忙；每次给孩子灌药，她同情得陪着吃苦。有一次，她正帮着李切子安排娃娃睡觉，董贝先生跟着他妹妹跑到育儿室来，托克丝小姐羞得躲进食柜里去。他们看小珀尔穿着一件风凉的短麻纱背心，踩着李切子的衣服直往胸脯上蹬，托克丝小姐喜欢得情不自禁，忘了自己正躲着人呢，喊道："董贝先生，瞧他多美呀！先生，他不像个恋爱神吗？"说完窘得满面通红，险得晕倒在柜里。

有一天，董贝先生对他妹妹说："藹依瑟，我实在觉得该乘珀尔受洗，送些小意思给你朋友。孩子一出世，她就非常热心，出力帮忙，而且她深知道自己的地位——现在时世，这样高明可惜很少见了。所以我真是愿意对她表示点谢意。"

这里不是瞧不起托克丝小姐的高明，不过有一点提示——有些人偶尔也能见到的——在董贝先生眼里，谁能恰如其分地尊重他董贝的地位，就是识得自己的地位，有自知之明。他们的高明，是能知道他的地位，对他足恭尽礼，而不是知道自己的地位。

他妹妹说："珀尔哥哥，你这样才不亏负托克丝小姐。你是个明白人，我知道你绝不会亏负她。英国语言里如有哪几个字她尊重得简直顶礼崇拜，我想就是'董贝父子'。"

董贝先生说："哎，你说得不错。真是难为她！"

他妹妹接着说："至于什么样的谢礼，珀尔哥哥，我只可以说，随你送什么东西，她一定当作圣物来宝藏。不过，珀尔哥哥，你如要表示好感，还有个更讨好、更凑趣的办法呢，只要你情愿。"

董贝先生问道："怎么呢？"

戚克太太说："为了权势、地位，教父当然是重要的。"

董贝先生冷冷地说："我不懂教父对我的儿子有什么重要。"

戚克太太马上顶嘴了；她要遮掩自己一下子变了脸，神情非常激奋地说："对极了，珀尔哥哥，地道是你的话！我早该想到你准是这样的！该知道你就是这么个看法！也许——"她把握不稳，又讨好说："也许正因为小宝宝不用教父，让托克丝小姐做他教母有什么不好呢？就算是代表别人也好啊！她一定看作了不起的体面，珀尔哥哥，这是不用说的。"

董贝先生顿了一顿说："露依瑟，你别以为……"

戚克太太料想他是不答应，忙说："当然不，我从来没那么想过。"

董贝先生不耐烦地看着她。

他妹妹说："珀尔哥哥，你别折磨我，那就要我的命了！我身子弱，自从璠妮嫂嫂去世，一直没有复元。"

董贝先生瞥了一眼他妹妹拿着擦泪的小手绢，重申自己的话：

“我是说，你别以为……”

戚克夫人咕哝道：“我是说，我从没那么想过。”

董贝先生说：“啊呀！露依瑟！”

“我没有！珀尔哥哥，”她带泪傲然抗辩，“你得让我说话呀！我不像你那么聪明、有道理、会说话，样样都好。我完全知道。我是个没造化的。可是，就算是我临终的话吧……珀尔，咱们在璠妮嫂嫂身后，得尊重临终的话……我临终还是要说，我从没那么想过。而且……”她好像还有个打不倒的招数没拿出来，加添了几分矜持说，“我从来也没那么想过。”

董贝先生踱到窗口，又踱回来。

戚克太太死咬住一句话，只反复说“我没那么想”。董贝先生置之不理，说道：“露依瑟，你别以为我儿子没有别人做教母。许多人想做呢。她们比托克丝小姐面子大，该尽先敷衍。可是我不敷衍她们，不要她们做教母。我和珀尔将来自己站得住——换句话说，我们的商行站得住、维持得下，能代代相传，不用借助这种平凡的交情。一般人常为自己的孩子求靠外人帮助，我可不屑那样，我希望在我是不必的。我只要珀尔幼年、童年顺溜过去，能看到他不多费时间，早日为自己将来的事业学好本领，我就称心了。等他将来经管了行里的事、商行的声誉靠他维持或者还能由他扩张的时候，他可以随意结交有权有势的朋友。目前，也许有我就行，有我，就什么都有。我不愿意谁来夹在我们俩中间。我宁愿对你朋友那样的好人表示谢意。所以，让她做教母也罢；教父由你丈夫和我担任，我看就行了。”

董贝先生讲来非常神气的这套话里，确实流露了他的隐衷。

他说不出地疑心人家要挤进他们父子中间去。他不肯认输地怕谁来侵占或分掉儿子对他的尊敬孺慕。他近来又非常心怯,觉得自己并不能操纵别人的意志;也非常多虑,怕再次碰到什么挫折。这是他当时的心境。他一辈子没交过一个朋友。他生性冷漠,既不寻求朋友,也没找到一个。现在他出于父亲的关怀、父亲的雄图,片面为儿子打算,全心灌注,非常热切;可是他的心情并没有脱去盖在面上的冰层而畅流无阻,只不过稍一融解,随即连着他的思虑,一起冻成了坚不可摧的冰坨。

董贝先生因为托克丝小姐微不足道,就此抬举她做小珀尔的教母,立即选派了她。这位先生还表示洗礼已经拖延过久,照他的意思该马上举行。他妹妹远没料到会大获全胜,急忙抽身去通知她最要好的朋友,撇了董贝先生一人在书房里。

育儿室里颇不寂寞,因为戚克太太和托克丝小姐同在那里欢度黄昏。苏珊·倪璞姑娘看不入眼,一有机会就在门背后扮鬼脸。当时她气愤得厉害,尽管扮了鬼脸无从博得旁人欣赏或同情,也非这么发泄一下不可。好比古代的游侠骑士,在人迹不到的荒野里,刻画着意中人的芳名聊舒相思之苦;苏珊·倪璞对着抽屉或衣橱皱起了她的塌鼻梁,或在食柜里轻蔑地挤眉弄眼,或瞟着水罐讥笑,或在过道里争骂。

两位不速之客对这姑娘的心情浑然不觉,直在观看小珀尔脱衣服、光着身子蹦跳、吃奶、睡觉。诸事完毕,她们才围炉同进茶点。那两个孩子多亏珀莉的圆转,现在同睡一屋。两位女客坐下喝茶,偶然瞥见两只小床,才想到茀萝任斯。

托克丝小姐说:"她睡得真熟!"

戚克夫人说:"你知道吗,朋友,她成天陪小珀尔玩,老在活动。”

托克丝小姐说：“这孩子有点儿古怪。”

戚克太太低声答道：“嗐！和她妈一模一样。”

托克丝小姐说：“是吗？哎呀！”

她声调里带着很深的怜悯。这只是迎合戚克太太的意思，她并不知道为什么要怜悯。

戚克太太说：“茀萝任斯活到一千岁，怎么也成不了一个董贝。”

托克丝小姐耸起两眉，又是满脸怜悯。

戚克太太微微叹息一声说：“我为她很担忧，真不知道她大了怎么办，将来能有什么地位。她爸爸一点不喜欢她。她全不像董贝家的人，怎么能叫她爸爸喜欢呢。”

托克丝小姐好像觉得这话切实有理，她也毫无办法似的。

戚克太太推心置腹地说：“而且你瞧，这孩子性格和可怜的璠妮一样。我说呀，她将来一辈子不会努力。绝不会！她一辈子不会撩绕着她爸爸的心，像……”

托克丝小姐点拨道：“像常春藤？”

戚克太太同意：“像常春藤那样，绝不会！她一辈子不会悄悄地挨上去，偎在她爸爸慈爱的怀里，像……”

托克丝小姐点拨说：“吃惊的小鹿？”

戚克太太说：“像吃惊的小鹿，绝不会！可怜的璠妮！不过我真是爱她呀！”

托克丝小姐柔声安慰说：“好朋友，你别难受。哎，真的，你太多情了！”

戚克太太一面哭，一面摇头说：“咱们都有过错。我承认咱们都有。我不是瞧不见她的过错。我从没说过这话。远不是这么回事。可是我实在爱她呀!”

戚克太太是够庸俗的愚妇人,相形之下,她嫂子是明慧温柔的天使。戚克太太在她嫂子身后,还一贯旧日对待嫂子的态度,施恩似的多情。她自骗自哄过了自己,自诩宽容大度,非常心安理得。戚克太太为此多满意呀!我们自己理长,对理亏的大度宽容是很可喜的美德;自己毫无道理,凭什么来宽容人呢?还说宽容大度岂不是大笑话吗?

戚克太太还在擦眼泪、摇头感叹,李切子冒昧告诫她,茀萝任斯没睡着,在小床上坐着呢。据奶妈说,她坐起来了,睫毛上眼泪还没有干。可是除了珀莉,谁也没看见她的滢滢泪光,谁也没俯身低语安慰她,或凑近去听到她怦怦心跳。

小姑娘诚挚地望着珀莉说:“哎,好奶妈,让我躺在弟弟身边吧。”

李切子说:“干吗呀?宝贝。”

小姑娘任情地说:“哎,我想他是爱我的;我求求你,让我躺在他身边。”

戚克太太慈爱地插嘴,叫她乖乖睡觉。可是茀萝任斯带着畏怯的神色,哽噎着还是一再要求。

她低头掩面说:“我不会闹醒他,只伸手碰碰他就睡觉。哎,求求你,今夜让我躺在弟弟身边;我相信他是喜欢我的。”

李切子一言不发,把小姑娘抱到婴儿床上,放在她弟弟身边。小姑娘并不搅扰弟弟睡觉,只尽量挨近去,小心翼翼地伸一条胳膊勾着弟弟的脖子,把脸藏在另一条胳膊弯里,泪湿的散发覆盖在那条胳膊上。她躺着一动都不动。

托克丝小姐说:“可怜的孩子! 她大概是做梦了。”

她们俩的谈话经这件细事截断,再连续下去有点勉强;而且戚克太太想到自己的宽容大度,感动得也没这精神了。朋友俩就匆匆吃完茶点,叫佣人为托克丝小姐雇马车。托克丝小姐对于雇用的马车经验丰富,有一套戒备,每坐车出发,总要费一番功夫。

托克丝小姐说:“陶林生,我第一要麻烦你带着笔和墨水,把车号清清楚楚记下来。”

陶林生说:“是,小姐。”

托克丝小姐说:“然后呢,陶林生,请你把坐垫反过来。”她转脸对戚克太太解释:“朋友,那坐垫往往是湿的。”

陶林生说:“是,小姐。”

托克丝小姐说:“还麻烦你拿着我这卡片和一个先令,叫他按卡片上的地址送我回去,讲明车钱一先令,怎么也不能再加。”

陶林生说:“是,小姐。”

“对不起,陶林生,麻烦你了。”托克丝小姐还担心地看着他。

陶林生说:“小姐,一点不麻烦。”

托克丝小姐说:“再请你对那人提一句,陶林生,说乘车的小姐有个舅舅是地方长官,如果对她无礼,准受到严厉的惩罚。陶林生,这话你不妨算是好意告诉他的,因为你知道有个人受罚处了死刑。”

陶林生说:“我一定告诉他,小姐。”

“现在我就和我宝贝、宝贝、宝贝的干儿子再见了!”托克丝小姐每说一遍“宝贝”，就对孩子来一阵轻柔的亲吻，“蘼依瑟，我的好朋友，你得听我的话，临睡喝口酒，别难过！”

黑眼珠的倪璞直盯着她们看；看到临别最热情的这一景，险些按捺不住，好容易忍耐到托克丝小姐动身。育儿室里总算出脱了来客。倪璞憋了半天气，急要吐一吐了。

倪璞说：“你若叫我穿了六星期的紧背心，我一脱掉越发憋不过气来！李切子大娘啊，这一对老怪真是少见的！”

珀莉说：“可怜的孩子！还说她做梦了呢！”

苏珊·倪璞对着客人出去的门，假意行个敬礼，嚷道：“哎！好太太！好小姐！一辈子成不了董贝吗？但愿她一辈子成不了！我们有那么一个，已经足够，不用再多了！”

珀莉说：“苏珊，别闹醒了孩子！”

苏珊发了火对谁都有气，大声说：“我多亏你，李切子大娘，我是黑奴，是黑人白人的混血儿，有你赏脸指教，荣幸得很！李切子大娘，还有什么别的吩咐，请说吧！”

珀莉答道：“什么吩咐！别胡说！”

苏珊嚷道：“啊呀，李切子大娘，咱们这儿，临时的人总把长远的人呼来喝去，你不知吗？你是哪儿的人啊？可是……”霹雳火坚决地摇摇脑袋说：“李切子大娘，随你生在哪里，随你什么样年纪，随你什么出身——这一点你自己最明白，你可记着，对不起，发号施令是一回事，听从命令是另一回事。有人可以叫别人从桥上倒蹿进四十五尺深的水里去，可是，李切子大娘，那人决不会蹿下水去。”

珀莉说：“哎，你是个好人，你心疼茀萝任斯小姐，所以气不过。可是你没别人出气，却拿我来杀性子了。”

苏珊气平了些，答道："李切子大娘，有的孩子给人捧得像王子，直稀罕，直宝贝，弄得孩子只要人家稀罕、宝贝了。谁带这样的孩子，要她不发脾气、说话和顺，容易得很。可是一个可爱的小乖乖，对她粗声大气，或是说她什么不好都不应该，却给人踩在脚下；你要带她的人也好脾气、好说话，那就远不是一回事啊！——啊呀呀！茀萝小姐，你这淘气的坏孩子！你这会儿不立刻闭上眼睛，我叫阁楼里的妖魔鬼怪来活活地吃了你！"

倪璞姑娘装出一声可怖的"哞！"仿佛真有个负责的牛鬼，呼吼着忙不迭地赶来吃掉淘气坏孩子。倪璞把床单蒙着小姑娘的脑袋，又把枕头气愤愤地捶了三四下，让孩子乖乖睡觉。然后她盘起双手，闭紧嘴巴，对着炉火直坐到夜。

小珀尔尽管是保姆辈所说的"比一般娃娃懂事"，他对刚才那些事却一无所知。他后天付洗，大家直围着他忙，比如准备他的衣着呀，他姐弟以及姐弟俩保姆的衣着等等，他也浑然不觉。到了举行洗礼那天早晨，他也并不感到是个重要的日子，却一反常态，只是渴睡。服侍他的人为了带他出门给他换衣裳，他脾气特别大。

那天是个灰黯的秋天，刮着凛冽的东风。一天来的事正和天气相仿。董贝先生就好比那场洗礼的寒风、阴影或秋天肃杀之气。他站在书房里迎接客人，像天气一样严冷。他望见玻璃房外小园里的两棵树，棕黄的落叶正飘摇而下，好像是经他一看，立即枯萎了。

哎！那几间屋呀，又黑又冷！好像是和屋主同在居丧。柜里的书，军队似的排成一列，高矮一崭齐，一律装潢着光冷的硬面，好像一心一意都志在冷藏。书柜上配着玻璃、上着锁，叫人无法亲近。丕特先生的铜像，没一点超凡入圣的气息，却像个魔法点化的摩尔人，站在柜顶上，守护着柜里那些拿不到手的宝物。从古墓里掘出来的两个骨灰瓮，供在柜顶两角，好像在说教台上宣讲人生的孤寂、世事的无常。壁炉架上的镜子里，一下照见了董贝先生本人和他的画像；彼此都满面愁思。

董贝先生衣服穿得整整齐齐，戴着白领巾，挂着沉甸甸的金表链，穿着叽嘎叽嘎响的皮靴，看来只有铁硬的火炉用具最像他的亲属——当然，这是他法定亲属戚克夫妇到场之前的话。他们俩一会儿就来了。

戚克太太一面拥抱他，嘴里喃喃说："珀尔哥哥，希望你从今以后还有许许多多快活日子。"

董贝先生严肃地说："谢谢你，露依瑟。约翰先生，你好。"

戚克先生说："先生，你好。"

他和董贝先生握手，生怕触电似的。董贝先生握到他的手，仿佛握到了一条鱼或海藻等黏冰冰的东西，非常客气地赶紧奉还原主。

董贝先生稍稍转过他那个插在白领巾里的脑袋说："露依瑟，你也许要生个火吧？"

戚克太太竭力管制着她那三十六个捉对儿厮打的牙齿说："喔唷，珀尔哥哥，我不冷，不用生火。"

董贝先生说："约翰先生，你不嫌冷吗？"

约翰先生早把两只手连手腕子都插进衣袋。戚克太太前番听不入耳的"汪汪汪"合唱曲，正卡在他嗓子里还没有出口。他说自己十分舒服。

他随即低声唱了一句"我嘀利利、多啰啰"，幸好没唱下去，因为陶林生跑来通报新到的客人：

“托克丝小姐！”

那位漂亮的迷人女子进来了。她为这番典礼郑重其事，穿上轻罗薄纱的衣服，浑身装饰着飘飘抖抖的花边缎带之类。所以她鼻子青紫，一张霜冻的脸简直无法形容。

董贝先生说：“托克丝小姐，你好！”

托克丝小姐展开蓬蓬松松的纱罗裙子，屈膝一蹲身，仿佛望远镜上下一压，短了半截子。因为董贝先生赶上一二步来迎接，她深深回礼，蹲得太低了。

托克丝小姐柔声低语：“先生，今天的大事，我一辈子也忘不了；没法儿忘记。亲爱的露依瑟，我只怕自己亲身的感觉都靠不住呢。”

假如托克丝小姐信得过她的一个感觉，就是天气严冷。那是很分明的。她早已找机会偷偷用手绢摩擦自己的鼻子，帮助血脉流通，免得她亲吻教子的时候，冰冷的鼻尖吓坏了娃娃。

一会儿娃娃到场，李切子捧活宝似的抱着进来。苏珊·倪璞像个机灵的小警察，押着茀萝任斯跟在后面。两孩子、两保姆这时已经脱去重孝，换上浅灰的丧服；可是看到这一对没娘的孩子，还是够叫人沮丧的。娃娃忽又哇地哭了——说不定是托克丝小姐那鼻子惹的。戚克先生一片真心，想把茀萝任斯爱抚一番；娃娃一哭，这件笨拙的事就没干出来。这位先生不觉得地道董贝家的人有什么地方出人头地。也许正因为他有幸娶到这么一位，深知好歹。所以他是真心喜欢茀萝任斯，而且毫无隐瞒。当时他正要照自己一贯的作风当众表演，恰是珀尔哭了，他的贤内助阻止了他。

这位姑妈活跃地说:“哎,弗萝任斯!你这孩子在干吗?到弟弟跟前去逗着他呀,小乖!”

董贝先生的大少爷和承继人高高坐在他的宝座上;小姑娘拍着双手,踮起脚尖,逗引他低下头来望她。董贝先生冷漠地站在旁边观看。屋里的气氛愈变愈冷——大概会愈变愈冷;幸亏李切子诚心帮小姑娘的忙,促使娃娃低头下望,停止了啼哭。小姑娘躲到奶妈背后,娃娃就转过眼睛去找。她欢呼着把脸一露,娃娃就蹦跳起来,高兴得直叫。她冲到弟弟身边,娃娃就出声大笑。她吻得娃娃喘不过气,娃娃小手摸着她的鬈发,好像是爱抚她。

董贝先生看了喜欢吗?他每一根神经都绷得紧紧的,看不出一点喜悦的心情。不过他任何感情都难得露在脸上。假如阳光要照耀孩子俩嬉戏偷偷进屋来,绝不会有一线光照到他脸上。他冷冷地一眼不眨,在旁看着。后来小弗萝任斯的笑眼偶然和他的冷眼相值,她眼里的温暖也立即消失了。

那一天真是个灰黯的秋天。刹那片刻的沉寂中,树叶愁惨惨地直在凋落。

董贝先生看看表,戴上帽子和手套说:“约翰先生,劳驾你扶着我妹妹,今天我得搀扶托克丝小姐呢。李切子,你最好还是抱着珀尔少爷打头走。多多小心啊!”

董贝先生那辆车里,坐的是董贝父子、托克丝小姐、戚克太太、李切子和弗萝任斯。戚克先生的小马车里,坐的是苏珊·倪璞和马车的主人。苏珊不停地向窗观望,免得时刻对着那位先生的大肥脸,怪不好意思。她每听到一点喀嗒喀嗒的纸声,就以为那位先生要给她赏钱,在掏摸钞票呢。

路上，董贝先生曾一度拍着手逗他儿子。托克丝小姐看到这位爸爸的热情，不胜倾倒。这一车赴洗礼的，除了以上那点细节，和送葬的没多大区别，只不过车辆马匹的颜色不同罢了。

车到了教堂台阶下，有个神气活现的教区执事在那里迎接。董贝先生先下车来搀扶妇女下车。他和教区执事并立在教堂门口，仿佛也是一位执事，但衣服不如那一位华丽，而状貌更狰狞些。他是一家的执事，掌管着咱们的家业，咱们的心情。

托克丝小姐伸手挽着董贝先生的胳膊。她觉得自己正由他扶持着走上台阶；一面看到教区执事戴着三角帽、披着华丽的领巾在前引导，她那只手直哆嗦。一时上，他们好像是去举行另一种典礼——“陆奎谐，你愿意嫁这人吗？”“我愿意。”——好像是问答这种话的典礼。

教区执事敞开教堂里面的一重门，小声说：“请快把孩子抱进去吧。”

里面寒气袭人，一股子泥土味。小珀尔也许可以学着翰姆立特问一声：“进我的坟墓吗？”[①]高高的宣讲台和讲经台都蒙着布。望去一片荒凉：空空的祈祷座一排排直延伸到走廊里；空空的长凳子一排高似一排，直达二楼，消失在大黑风琴的影子里。地下是满布尘土的地席和冷冷的石板。中间过道里添设的凳子，也凛然不可亲近似的。钟楼上打钟的绳子，在一个潮湿的角落里直垂下地；出丧搁置棺材的两个黑架子、几把铁锹、几个筐子、一两卷令人生畏的绳子，也堆在那里。再加上令人窒闷的怪味和惨淡的光

① 引莎士比亚《翰姆立特》（*Hamlet*，编者按：今通译为《哈姆雷特》）第二幕第二景的话。

线，全教堂气氛一致，呈现出一派阴寒凄凉的景色。

教区执事说："先生，教堂里正举行婚礼呢，不过一会儿就完事。请先到存放祭服的小堂里去等一等怎么样？"

他一面对董贝先生鞠个躬，好像见了熟人那样微露笑意，表示他这教区执事曾有幸参与董贝太太的丧礼，希望董贝先生别来无恙。然后他转身引导他们一行人到小堂里去。

他们掠过祭台前面走入小堂，只见当时举行的婚礼也够凄凉。新娘太老，新郎太少，主婚人是个老朽的花花公子，一眼已瞎，安着个玻璃眼；参与婚礼的朋友们冷得直哆嗦。小堂里的炉火只冒烟。一个年纪太老、工作太忙、工资太低的律师书记，在那里翻检一大本丧葬注册簿。那样的大本子有一大摞，他正用指头点着填满丧葬的皮纸书页，逐项往下寻找。壁炉架上张着一幅教堂地下的坟圹图。戚克先生把图上的注解大声略读，为同伙添些生意。他未及制止自己，早把有关董贝太太坟圹的情节，一一全读出来。

大家在小堂里挨冻了一会，来了一个照管祈祷座的小矮个儿女人，唏利呼鲁直哮喘——假如这种病不是教堂里的常病，也该是教堂墓地上的常病。她招呼董贝家人到付洗的地方去。他们在那里又耽了一会，等新郎新娘注册完毕。害哮喘的那小女人来回在教堂里大声咳嗽，简直像喷气的鲸鱼。她这来一半是病，一半也是要提醒新婚夫妇别忘了给她赏钱。

一会儿，教堂的书记拿了一罐热水来，倒在圣水盘里，说是去掉些寒气。其实，搀上十万加仑①沸水，也无济于事。教堂里

① 加仑(gallon)，容量名，合 4.5 公升。

只有这个书记表情愉快；他却是做殡仪馆生意的。接着教士也来了；是个和善的年轻牧师，显然对小娃娃很害怕。他像鬼故事里的主角："高高个儿，一身白"；小珀尔一见立即杀猪似的哭叫起来，直哭得满面紫涨，给抱出教堂去。

大家这才舒了一口气。洗礼继续进行。可是孩子在门廊下的哭声还能听到：一时轻，一时响，一时停止了，一时好像受足委屈，制不止又哭出来。两位女眷听得心乱如麻。戚克太太频频跑到教堂中间的过道里去，叫照管祈祷座的女人向外传话。托克丝小姐的祈祷书，翻在感谢"火药阴谋"失败的章节上，不时从那里念诵答辞。

董贝先生自始至终，维持他的绅士风度，一点不动声色。也许他增添了这场洗礼的寒冷；年轻牧师念诵祷辞的气息，竟凝成白蒙蒙的烟雾。洗礼结尾，有一段告诫教父教母将来得监视孩子的话；教士很自然地念到这里，偶尔对戚克先生看了一眼。只在这时候，董贝先生绷紧的脸稍为松了一下，严正地瞪着戚克先生，仿佛叫他小心，别再来他那一套。

董贝先生参与洗礼非常严谨。其实，他应该多想想洗礼的起源和宗旨何等伟大，少想想自己的尊严。他那样骄傲，和洗礼的历史很不相称。

行礼完毕，他又搀扶着托克丝小姐，把她送回存放祭服的小堂。他在那里告诉教士：他家门不幸，遭逢了丧事，否则他很想奉请教士先生到他家吃饭去。登记手续已经办妥，各项费用也已付清。照管祈祷座的女人又咳得厉害，没让人忘掉她的赏钱。教区执事也得了酬报。教堂管事员恰好站在门口台阶上，对天气大有兴趣；他也得了赏钱。董贝一家人重又登上马车，照旧凄凄凉凉地一起回家。

书房里，丕特先生的铜像正望着一桌冷餐鄙夷不屑。席上那些玻璃和银子的器皿，冷冷地摆足架子。那桌饭，不像招待客人吃喝的，倒像等待入殓的尸体。大家到了那里，托克丝小姐就拿出她送给教子的一只杯子；戚克先生拿出一套盒装的刀、叉和匙。董贝先生拿出一只手镯送给托克丝小姐；她收到这份人情，深为感动。

董贝先生说："约翰先生，劳驾你坐在长桌下首，行吗？约翰先生，你那头盘儿里是什么东西？"

戚克先生使劲摩擦着冻僵的两手说："我这儿是冷的小牛肉卷。先生，你那头呢？"

董贝先生说："大概是冷冻的小牛头肉。看去还有冷的野鸡——火腿——小面饼——色拉——大虾。托克丝小姐赏脸喝杯酒吗？给托克丝小姐斟香槟！"

每样东西都冰得人牙疼。托克丝小姐喝到冰凉的酒，差点儿失声叫出来，好容易才把她的惊叫变作一声"呣！"。小牛肉储藏的地方太风凉，戚克先生尝了一口，直冷得四肢都麻木了。只有董贝先生照旧不动声色。他可以悬挂在俄罗斯博览会上，当作一具冰冻绅士的标本出售。

寒冷的笼罩下，连他妹妹都受不住了。她鼓不出劲来拍马屁或说闲话，只竭力装出温暖的样儿。

大家沉默好久，戚克先生斟上一杯白葡萄酒，毅然开口说："哎，先生，请容我满饮这一杯酒，为小珀尔祝福！"

托克丝小姐举杯呷了一口，低声说："祝福他！"

戚克太太也喃喃说："亲爱的小董贝！"

董贝先生铁板着脸，一本正经说："约翰先生，假如我儿子能领会你这番盛情，我知道他一定感激，并向你道谢。我相信，无论私人之间亲友的好意，或者社会上我们那种任务繁重的地位，所寄予他的一切责任，将来他全都承担得起。"

他说话的口气，不容旁人再多嘴。戚克先生又没精打采，无话可说。托克丝小姐却不然。她倾听董贝先生说话，比平时更一心贯注，脑袋歪得更得神。她凑近桌子，向对面的戚克太太柔声说：

"露依瑟！"

戚克太太说："亲爱的朋友！"

"'社会上我们那种任务繁重的地位……'，我忘了底下怎么说的。"

戚克太太说："'交给他的……'。"

托克丝小姐说："对不起，朋友，好像不这么说；他的话还响亮、还流畅呢。'私人之间亲友的好意，或者社会上我们那种任务繁重的地位，所寄予他的……'是吧？"

戚克太太说："一点不错，'所寄予他的……'。"

托克丝小姐得意地轻轻拍着一双纤手，两眼望着天上说："真是好口才啊！"

董贝先生当时已经传出话去，招李切子来。小珀尔这早上疲倦得睡熟了，李切子没带他，只一人进来，一面蹲身行礼。董贝先生赏了这女佣人一杯酒，对她说了下面一番话。托克丝小姐早把脑袋歪在一边，做好种种准备，要把他的话铭刻在心上。

"李切子，你来了六个月左右，一向是尽责的。我想乘今天给你点报酬，曾经考虑到怎样最实惠。和我一起商量的，有我妹妹……”

戚克先生插话道:“戚克太太。”

托克丝小姐说:“啊呀！请悄悄儿听着呀!”

董贝先生对约翰先生狠狠地瞪了一眼,接着说:“我记起雇用你的那天,你丈夫在这间屋里讲起你们的苦况:一家子从他起,全都愚昧透顶,一字不识。我现在就是要告诉你,李切子,他那番话帮我打定了主意。”

李切子听到这样严词责备,惶恐得抬不起头来。

董贝先生接着说:“我远不是赞成平等主义所鼓吹的普及教育。不过对下等人,照旧还应该教他们知道自己的本分,循规蹈矩。在这点上,我是赞成学校的。有个老学校叫作‘碾磨慈幼院’①,因为是著名的碾磨业行会出钱办的。那里的学生,不但能受到健全的教育,还能领到一套校服、一个校徽。我有权保送一名免费生,现在正有个名额。我托戚克太太通知了你家里,然后提名保送了你的大儿子。据说他今天已经穿上校服。”董贝先生把那孩子当作一辆雇用马车似的转脸问他妹妹:“好像他的学号是一百四十七吧？露依瑟,你跟她讲讲。”

戚克太太说:“一百四十七号。衣服是蓝色的燕尾服,很好、很厚的粗呢料,帽子上的镶边是橘黄色,毛线袜子是红的;还有一条结结实实的牛皮裤子。”戚克太太讲来十分热心:“谁自己能穿上这么一套衣服,也感激不尽呢!”

托克丝小姐说:“好啊！李切子！你现在真该得意了！碾磨慈幼院!”

---

① 碾磨慈幼院(Charitable Grinders)是十八世纪中叶碾磨业行会捐资创办的。

李切子恐慌地说:“先生,我实在感激得很;您一片好心,还记着我的孩子。”她立即看到“锅炉”成了碾磨慈幼院的学生,小肥腿箍在戚克太太所形容的硬皮裤子里:这付模样浮现在眼前,泪水也随着出来。

托克丝小姐说:“李切子,我瞧你这样感激,心上很高兴。”

戚克太太自诩她对人性的信念,她说:“这简直真能叫人相信,这个世界上,还有一星半点知恩感激的心呢!”

李切子听着她们称赞,只顾蹲身行礼,喃喃道谢。她想到儿子小小的孩童,套着那条大人穿的皮裤,心疼得再也鼓不起兴致。她一步步挨近门,溜到外边,才透过一口气来。

她进书房,好像带来了一点暖意;她一出去,那里又回复了霜冻,像先前一样严冷。戚克先生坐在长桌下首,两次哼出歌来;不过都是《索尔》①歌剧里送葬曲的片断。这宴会越来越冷,渐渐凝成一团冷冻,像桌上的冷餐一样。后来戚克太太和托克丝小姐交换一个眼色,一起站起来说:该回家了②。董贝先生听了满不在乎。她们辞了他,由戚克先生护送回家。他们出了大门,撇了那位主人照旧独居孤处,戚克先生就双手插进衣袋,登上马车,往后一靠,把“嘿嘿嘿! 快快追!”的歌调,用口哨从头吹到底,一面还摆出一付气恼挑衅的神色;戚克太太竟没敢奈何他,也没敢说一句招惹的话。

李切子怀里抱着小珀尔,心上却忘不了她的大儿子。她觉得这是不知感激。可是那天的气氛,就连碾磨慈幼院都受到沾

---

① 《索尔》(*Saul*),德国作曲家所作歌剧。

② 西方宴会上,照例是女主人(或她的代表)和女客彼此看一眼打个招呼,一起先退席。

染。她儿子那个编号一百四十七的铝皮校徽,在她看来,总不知怎么的附有那天的死板和严厉。她在婴儿卧室里也说起儿子那双遭殃的大腿;想到他穿上校服的怪相,又不胜烦恼。

珀莉说:“那可怜的小宝贝儿时才穿得惯呀!我什么样的愿都许得下,只要能看看他。”

她把心里话告诉了倪璞。倪璞答道:“那么,你听我说吧,李切子大娘,你干脆去看看他,放下了心。”

珀莉说:“董贝先生不会乐意。”

倪璞道:“嗬,李切子大娘,他不乐意吗?我看呀,你去求他吧!他就乐意得很呢!”

珀莉道:“你的意思是,压根儿不去求他?”

倪璞说:“李切子大娘,你可千万别去求他。托克丝和戚克那两位警察,据我听她们说,明天打算不来值班了。我和茀萝小姐明儿早上可以陪你一起回家。我们反正要出门散步;街上来回走,还不如上你家去。李切子大娘,你若愿意和我们做伴,欢迎!”

珀莉开始竭力反对。可是,禁止她看望的孩子和家,在她心念里愈来愈亲切;她渐渐觉得这主意不错。后来她想想,回去在门口探望一下,不会出什么大乱子,就听从了倪璞的建议。

她们商量停当,小珀尔非常哀苦地哭起来,好像预先感到这事不妙。

苏珊说:“这孩子怎么回事呀?”

珀莉说:“大概是冷了。”一面抱着他来回走,哄他别哭。

那个秋天的黄昏真是凄凉。她来回地走,哄着孩子别哭;眼望到阴暗的窗外,越加把孩子紧紧搂在怀里。当时窗外枯黄的树叶，直在纷纷飘落。

第　六　章

珀尔再次失去亲人

那天早上，珀莉左思右想，顾虑重重，若不是那位黑眼珠伙伴儿不断撺掇，她准全盘打消出门的心念，正式请求在董贝先生家严厉的监督下，见见一百四十七号。可是苏珊自己很愿意走那一趟。她像同尼・仑普金①一样：别人失望，她足有力量忍受；自己失望，她可受不了。她巧妙地把珀莉那第二个打算说得一无是处，把自己原先的主张说得头头是道。结果，董贝先生稳重的身躯刚出大门，沿着惯常的路途到市中心去，他那个懵懵懂懂的儿子就取道往斯泰格司花园街去了。

这条街名称很美，坐落在郊区，斯泰格司花园街的居民称为坎伯林镇。供应外地人的伦敦地图，为了有趣、方便，有一种是印在手绢上的；这个镇名显然需要压缩一下，就简为坎登镇。两个保姆带着孩子往那镇上走去。李切子当然是抱着珀尔。苏珊搀着小茀萝任斯，不时把她推推搡搡，觉得这是良好的管教。

那里新近发生了大地震；第一个震动就把整个地区从中裂

① 同尼・仑普金（Tony Lumpkin），英国十八世纪作家苟尔斯密兹（O. Goldsmith）所著喜剧《将错就错》（*She Stoops to Conquer*）中的人物。

开。到处都是地震的痕迹。有的房子拆除了;有的街道截断了。地上掘了深坑深沟,翻起了大堆泥土。基础受损、摇晃不稳的建筑,撑上了大木柱。有的地方忽然拱成陡陡的山;翻滚在一起的车辆,乱堆在坡下。有的地方忽然陷成水塘;分辨不出是什么用途的铁制物件,浸在里面生锈。无路可达的桥呀,无法通行的大街呀,断成半截的高烟囱呀,意想不到处临时建立的木屋和圈地呀,成了空壳子的公寓房子呀,没完工的墙和拱形门呀,成堆的脚手架呀,散乱满地的砖呀,巨大的起重机呀,骑跨空中的三脚架呀——到处都是。许多东西失去了原样或残缺不全,变得千奇百怪,或错乱颠倒,有的陷入地里,有的掀到天上,有的在水里霉烂。这幅景象,就如莫名其妙的梦境。地震后经常喷发的热水热气,增添了当地的混乱。倒塌的围墙里,沸水嗞嗞直冒;喷射的火焰闪闪放光、轰轰作响。成堆的灰,堵塞了居民有权穿行的路径,使当地的成规旧法全都改变了。

千句并一句,那里正兴建铁路,还没完工通车。从那片荒芜混乱的中心,轨道平滑地一路前去,奔赴文明进步的伟大前程。

不过当时附近居民对铁路还有疑虑。一两个大胆的投机家设计了几条街道。一个投机家已经开工建造,可是在烂泥和灰堆里又停顿下来,重加考虑。一座簇新的酒店,满屋子新刷的灰泥和胶浆味,门前还只是一片空地,已经挂上了“铁道酒店”的招牌。这也许是太冒进了;可是店家指望铁路工人去买酒啊。一家啤酒店就变成了“挖土工人介绍所”;开设多年的火腿牛肉铺照样为了算盘,想马上在众人头上谋利,改成了“铁道餐室”,天天供应烤猪腿。客栈主也那么热心,因此也靠不住。群众的信念很迟钝。铁道近旁,尽是些臭烘烘的田野、牛棚、粪堆、垃圾堆、阳沟、菜地、凉棚和拍打地毯的旷场。高地上，牡蛎季节就有成堆的牡蛎壳，大虾季节就有成堆的虾壳；再加长年堆积的碎陶器、干菜叶，都侵占到铁路上去。柱子、围栏、“禁止入内”的旧木牌、卑陋的屋背、贫瘠的菜畦，大伙儿鄙夷不屑地瞪着铁路，叫它局促不安。谁都不信铁路能有什么用。假如铁路两旁那些肮脏的荒地会笑，准像附近的许多穷人那样，对它大声嘲笑。

斯泰格司花园街对铁道非常怀疑。那是一小排房子，房前各有一块肮脏的菜地，用破门呀、酒桶板呀、柏油布的碎块儿呀、枯树枝呀等等拼凑成围栏；漏缝的地方塞上些没底的铁壶和围挡火炉的破烂铁片。居民在这种“花园”里种植赤豆，养育鸡和兔子，盖个把破棚子——有一个是用破船改造的，还在那儿晾晾湿衣服，抽抽烟斗。据有人说，有个已故的资本家名叫斯泰格司，他为自己娱乐建造了这溜房子，街道由他得名。另有些喜爱农村的人说，从前这里还是一片田野的时期就有这名称，因为成群的鹿常聚在附近的树荫里；鹿不是称为斯泰格司吗？不管名称是什么来源，反正当地居民认为斯泰格司花园街是林荫圣地，不容铁路摧毁它的青葱。大家深信，这种新兴的玩意儿不久就会过时。住在拐角处的扫烟囱老板是街坊上公认的政治首脑；他曾当众宣称：假如铁路真有一天通车，他要叫他的两个男孩儿爬上他们家的烟囱，从烟囱顶上看到通车失败就大声讪笑。

珀尔由命运摆布，给李切子抱到这么个荒芜的地方来。董贝先生的妹妹一向留心，连这个地名都没让哥哥知道。

珀莉指点着她家的房子说：“苏珊，那就是我们家。”

苏珊屈尊说：“唷，是吗，李切子大娘？”

珀莉高兴地喊道：“啊呀！门口站的就是我妹妹纪迈茉！

抱着我自己的小宝贝呢!”

珀莉见到家人,急得身上添了好大一对翅膀,飞也似的前去,直蹦到纪迈茉身边,转眼已经和她交换了手里的娃娃。董贝家的少爷好像从云端落入纪迈茉怀里,把她愣住了。

纪迈茉嚷道:“嘻!珀莉!是你呀!吓了我好大一跳!真意想不到!进来吧,珀莉!你气色多好啊!孩子们见了你准要翻天了,珀莉,真的!”

照孩子们那样疯,真是要翻天了。他们叫啊,闹啊,冲到珀莉身边,拉她去坐在炉边矮椅子里,一个个小苹果脸都去贴在珀莉那张和善的大苹果脸周围,看来就像一棵树上结出来的果子。珀莉也和孩子们一样闹,一样疯。大家乱成一团,直到她气都喘不过来,头发都披散在通红的脸上,参与洗礼的衣服全弄湿了,这才稍稍安定下来。倒数第二个涂德尔这时还赖在她身上,两臂紧紧抱住她的脖子。倒数第三个涂德尔爬上她的椅背,一脚凌空,拼命想从侧面去吻她。

珀莉说:“瞧瞧,一位漂亮小姐拜访你们来了!她多文静呀!可不是一位顶美的小姐吗?”

弗萝任斯正站在门口观察他们。一群孩子都转眼去看她。珀莉乘此机会,正式介绍了倪璞姑娘。这位姑娘已经有点不自在,觉得受了简慢。

珀莉说:“苏珊,请进来坐坐呀!这就是我妹妹纪迈茉。纪迈茉,我若没有苏珊·倪璞,真不知怎么办了;我这番回来,全是靠了她。”

纪迈茉说:“倪璞小姐,你请坐呀!”

苏珊很矜持、很多礼地侧身挨着椅角坐下。

纪迈茉说："我见到来客，从没像今天这么高兴的！这可不是虚话呀，倪璞小姐！"

苏珊自在些了，身子也从椅边挪上了些，庄重地微露笑容。

纪迈茉诚恳地说："倪璞小姐，请别客气，把帽子解下吧。我们这种穷人家，你大概没见惯；不过我知道你是能体谅的。"

黑眼珠姑娘受到这般另眼看待，态度柔和多了，竟把跑过她面前的涂德尔小丫头一把抱起，让她跨坐在自己腿上"骑马"。

珀莉说："可是我那个乖儿子呢？可怜的小家伙！我老远跑来，就是要瞧瞧他穿了新衣服什么个样儿呀！"

纪迈茉说："嗐，真是不巧！他若听说妈妈回家了，不知多么伤心呢！珀莉，他上学了呀！"

"已经去啦？"

"是啊。昨天开始的，因为怕荒了课。不过，珀莉，他今天只上半天学，你……"她及时想到对黑眼珠姑娘的礼貌，补充说，"你和倪璞小姐至少且等他回家吧？"

珀莉迟疑地说："那小可怜儿！他成了什么个样儿啊，纪迈茉？"

纪迈茉答道："哎，他其实还不像你料想的那么怪样儿。"

珀莉心疼地说："啊呀，我知道他那两条腿一定太短了。"

纪迈茉说："腿确是短，尤其脚后跟短；可是珀莉，腿会一天天长起来。"

这点安慰还只在展望中，得慢慢儿来呢。可是那么高兴、和善的劝慰，虽是空话也听着心安。珀莉沉默了一会，加劲儿打起精神说：

"亲爱的纪迈茉，爸爸呢？"——涂德尔先生在家里，通常用这个家长式的称呼。

纪迈茉说:“哎呀,又是个不巧!爸爸今儿早上带了饭出去,天晚才回来呢。可是珀莉,他老在讲起你,也老跟孩子们讲你。他是最心平气和、最有能耐、最好性儿的人;从来就是这样,永远不会变。”

珀莉听了纪迈茉的话很高兴,但丈夫不在家又很失望,只老实说:“谢谢你,纪迈茉。”

纪迈茉在姐姐脸上使劲吻了一下,高兴地颠弄着小珀尔,说道:“哎,珀莉,你甭谢我,我有时候也那么说你,心里也那么说。”

珀莉虽然失望了又失望,回家受到这样欢迎总算不冤枉了。姐妹俩乐观地谈谈家务事,讲讲“锅炉”和他的一个个弟弟妹妹。黑眼珠姑娘一面让涂德尔小丫头跨坐腿上来回“骑马”,一面细细观察屋里的摆设:一只荷兰钟;一个碗柜;壁炉架上有一座小房子,安着红绿窗户,里面可以点蜡烛;一对黑绒做的小猫,各衔一只女人用的网袋——这在街坊眼里是了不起的工艺美术品。姐妹俩生怕这位黑眼珠姑娘心上不自在,会冷嘲热讽,所以拨转话头,和她一起泛泛聊天。这位姑娘把有关董贝先生的事——他的希望呀,他的亲属呀,他的职业呀,他的性格呀,按她所知道的讲了一个大概;又把自己所有的衣服一一点数,也报道了她主要的亲戚朋友。她谈了个畅快,随后又吃了一顿小虾下啤酒,热情洋溢,简直要发誓和珀莉姐妹做一辈子的朋友了。

小弗萝任斯也没有虚负这番做客。她由一群小涂德尔带出去看了这条街上的毒蕈和其他稀罕物儿;然后一心一意帮他们在路转角一潭青绿色的泥水中间修筑一条临时堤坝。苏珊找到她的时候,她正忙着干活儿呢。苏珊吃了虾滋生的人情味,抵不过她的责任感。她一面给小姑娘洗脸洗手,一面直训斥她不学好:训一句,捶一拳;还说她将来准害得董贝一家人愁白了头、死不闭眼。珀莉和纪迈茉上楼去逗留了一会,讲些有关一家开支的私房话;然后两人又掉换了怀抱的娃娃——因为珀莉始终抱着自己的孩子,纪迈茉抱着珀尔。来客就告辞回家。

可是为了方便,先得向那群小涂德尔行个骗局:借口叫他们到附近杂货铺去花掉一个便士,把全伙哄出门。珀莉忙乘机逃走。纪迈茉跟在后面大声说,他们如果绕道走"城关路"回去,半道准会碰到放学回家的小"锅炉"。

珀莉停步喘息的时候说:"苏珊,你说说,咱们能耽搁些时候,绕道往那边走吗?"

苏珊说:"为什么不能呀! 李切子大娘。"

珀莉说:"你知道,咱们就该吃晚饭了。"

可是她伙伴已经用过午餐,对这个重要问题满不考虑,认为不相干。她们决计绕道走。

且说那可怜的"锅炉"自从昨天早晨穿上碾磨慈幼院的制服,日子就不好过。街上的少年人受不了那套制服。他穿那制服并没有碍了谁,可是每个顽童一见就按捺不住地赶上去欺负他。他在当地简直像世纪初的基督徒,不是十九世纪无罪无辜的孩子了。人家用砖头掷他,推他跌下阳沟,溅他一身泥浆,或下死劲把他按在柱子上。素不相识的人,也摘下他的黄帽子随风扔。人家对他那双腿不但批评谩骂,还动手拧拧捏捏。这天清早他到碾磨慈幼院上学,路上无缘无故给人打得一只眼又青又紫,为此还受到了老师的惩罚。这老师是慈幼院里超龄的老学生，性情很暴戾，只因为一无所知、一无所能，就派作老师。一个个胖孩子看到他那支无情的教鞭，都吓得魂不附体。

“锅炉”那天回家，防人家折磨，只挑背人的僻路一溜烟地跑。可是他不能不转到大路上去。偏偏不巧，有个凶狠的年轻屠户，带着一帮孩童，正在那条街上找机会开玩笑起哄。这个碾磨慈幼院的学生撞来，适逢其会，恰恰落在他们手里；他们一齐发声喊，直冲到他身边去。

珀莉走了好一个钟头的路，看看前途茫无希望，正说不用再绕远去；忽然见到当前的情景，急叫一声，立即把董贝少爷递给黑眼珠姑娘，赶去救她的儿子。

祸不单行，意外事也层出不穷。一辆马车疾驰而过，苏珊·倪璞带着两个孩子猝不及备，若未有旁人救护，就压在车轮下了。那天正逢赶集，当时传来暴雷似的一声警报：“发狂的公牛来了！”

大街上乱成一团：路人叫嚷着东逃西窜，有给车子撞倒的；有些男孩子还直打架；几头发狂的公牛正奔跑而来。苏珊四面受敌，顾此失彼。小弗萝任斯身当此境，惊叫着拔脚就跑。她一面叫苏珊快跑，自己直跑得精疲力竭；忽想到奶妈还撇在后面呢，停下来交扭着双手着急。她这才发现自己孤单一人，伙伴全不见了，心上的恐慌简直没法说。

“苏珊！苏珊！”弗萝任斯吓疯了，拍着手大喊，“啊呀！他们在哪儿啊？他们在哪儿啊？”

一个老婆子一瘸一拐地从对街赶过来说：“他们在哪儿？你干吗丢了他们逃跑呀？”

弗萝任斯说：“我吓昏了头，糊里糊涂，还以为和他们在一起呢。他们在哪儿啊?”

老婆子抓住她手腕子说:“我带你找去。”

那老婆子丑得很:一对红眼圈;嘴里没话也直在咕哝;衣服破破烂烂,胳膊上搭几张皮革。她上气不接下气,想必是已经跟着弗萝任斯跑了一段路。她站住喘气的时候,枯皱的黄脸和脖子抽搐出种种怪相,越显得丑。

弗萝任斯心里怕她,犹豫地向街头观望。她已经快跑到街尾了。那里很偏僻,其实是一条背巷,算不得大街;除了她和那老婆子,一人都不见。

老婆子还紧紧捏着她的手腕,说道:“你现在不用害怕了,跟我一起走吧。”

弗萝任斯说:“我……我不认识你,你是谁呀?”

老婆子说:“我是布朗太太——好布朗太太。”

弗萝任斯就跟着她走了,一面问:“他们在附近吗?”

好布朗太太说:“苏珊离这儿不远,另外几个也在她旁边。”

弗萝任斯问:“有谁受了伤吗?”

好布朗太太说:“全没那事儿。”

小姑娘听了这话,高兴得眼泪直流,情情愿愿跟着那老婆子走。她一路上忍不住偷眼瞧那老婆子的脸,尤其那张嚼磨不停的嘴巴,暗想:如果有个坏布朗太太,是否就是像她那模样。

她们经过些砖窑、瓦厂等很不愉快的地方;没走多远,老婆子就转入一条肮脏的小胡同,泥泞里陷着深黑色的车轮窝。她在一间破房子前面停下。那房子虽然关闭得严密,全身尽是破洞和裂缝。她从帽子里拿出个钥匙开了门,把小姑娘推进一间后房;地上有一大堆五颜六色的破布,一堆骨头,一堆筛过的煤渣,可是没一件家具,墙壁和天花板都是黑黢黢的。

小姑娘吓得话都说不出,看来就要晕过去似的。

“你别像一只小骡子啊!”好布朗太太一面说,一面搡了她一下,让她醒醒,“我不会害你,去坐在那堆破布上!”

弗萝任斯听命坐下,伸出她原先互抱着的双手默默求告。

布朗太太说:“过不了一个钟头我就打发你动身,留都不留你;你懂我的话吗?”

小姑娘竭力克制着自己说:“懂。”

好布朗太太坐在骨头堆上说:“那你就别惹我生气。你不惹我生气呢,我保证不害你。你若惹我生了气,我就杀死你。尽管你是在家里自己床上,我也随时能杀死你。现在你说说,你是谁? 家里怎么样? 全讲出来。”

弗萝任斯和别的孩子不同,她经常不声不响,抑制着自己的感受、怕惧和希望;这已经习惯成自然了。再加布朗太太这样威胁和保证,她也不敢违拗。因此她居然能遵命把自己的身世,据自己知道的一一叙说。布朗太太仔细听她讲完。

布朗太太说:“哎,你姓董贝?”

“是啊,奶奶。”

“董贝小姐,我要你这件漂亮的连衣裙,还有你这帽子和一两件衬衣衬裙——能脱下的都给我。嘿! 都脱下!”

弗萝任斯虽然两手发抖,还是赶紧脱,惊慌的眼睛直盯着布朗太太。她把指着她要的衣服全脱下。老婆子拿来从容细看,对衣服的质料和价值好像相当满意。

她“哼!”了一声,举眼打量着小姑娘纤弱的身躯;“我看,除了这双鞋,没别的了。董贝小姐,你得把鞋给我。”

可怜的小茀萝任斯巴不得还有办法讨好,忙不迭地把鞋也脱下。老婆子就从那堆破布底下翻出些破衣服给小姑娘替换;还找出一件很旧的女孩儿披肩,一只大概从阳沟里或垃圾堆上拣来的压扁的帽子。她叫茀萝任斯换上这套雅致的服装。小姑娘料想这是释放前的准备,越加尽快照办。

那帽子不像帽子,却像个垫东西的托子;茀萝任斯戴得匆忙,她头发又多又长,把帽子缠住,一时上拉都拉不开。好布朗太太倏地拿出一把大剪子,不知怎么的忽然神情很激动。

布朗太太说:“我已经心足了,你还招惹我干吗?你这小傻子!”

茀萝任斯心蹦蹦跳,说:“请你原谅,我干了什么事自己都不知道,我是不由自主。”

布朗太太说:“你不由自主!你指望我能自主吗?”她乱翻着小姑娘的鬈发,发疯似的喜爱,一边说:“哎,我的天哪!换了别人,一上来先就铰了你这头发!”

茀萝任斯才知道布朗太太不过是贪图她的头发,并不要她的脑袋。她大为放心,竟没有反抗,也不求饶,只抬起温和的眼睛瞧着老太太的脸。

布朗太太说:“我从前自己有个女儿——如今在海外。她很得意自己的头发。我若不是想到了她,早把你这头头发剪得一绺不剩!她可是远在天边了!嗐!嗐!”

布朗太太的慨叹并不悦耳;她一面乱挥着干瘦的胳膊,声音悲伤得很。茀萝任斯越加害怕,可是也深受感动。她也许还是靠老婆子的伤感,保全了自己的头发。因为布朗太太像一只新奇的大蝴蝶似的,拿着剪子在茀萝任斯周围飞舞了一阵之后,就叫小姑娘把头发全拢在帽子里，别露出一丝一缕来引诱她。她克制了自己，又去坐在骨头堆上，拿着个很短的烟斗抽烟，嘴巴不停地嚼磨，好像在吃那烟嘴。

布朗太太抽完一斗烟，拿一张兔皮给小姑娘抱着，让她越发看似自己经常一起的人。这老婆子对小姑娘说：立即带她上大街，她由那里可以问路找她的朋友去。不过有几点警告：不准和路上的人说话；不准寻路回家（因为说不定她家离那儿很近，于布朗太太不便），只许到市中心她爸爸办公的地方去；她还得在大街拐弯处耽着，等打过三点钟再动身。布朗太太威胁说，如果不听话，马上就要她的命；还说自己耳目众多，都是些顺风耳朵、千里眼，小姑娘一举一动她全有报导。弗萝任斯诚恳地答应句句遵命。

布朗太太终于带着换上破烂衣服的小友出门。她们曲曲折折经过许多小街小巷，好半天才走到一个马棚的院子里，尽头有个通道口，从那儿能听到大街上闹嚷嚷的声音。布朗太太向弗萝任斯指出那个路口，叫她等钟上打过三点，就向左拐出去。老婆子临别情不自禁似的把小姑娘的头发紧紧握了一把，然后说：该怎么着，已经讲清楚；得一一照办，别忘了有人在侦察。

弗萝任斯觉得这就是释放她了，虽然还很害怕，稍为放心些，轻快地向那边跑去。刚才释放她之前叮嘱她的那几句话，是在短木板夹成的过道里说的。弗萝任斯到了路转角，回头一看，只见好布朗太太的脸正在短木板后面张望，一面还对她挥拳头。她想到这老婆子，一颗心就七上八下，至少每分钟回头一次；可是她尽管频频回头，老婆子却再也看不见了。

弗萝任斯站在那里，看着大街上忙忙乱乱，越来越心慌。所有的钟好像都打定主意,永远不再打三点。好容易,各处钟塔传出了三点钟;有个钟塔很近,她不会听错。她开始老是走几步就回头看看,或走一段路又退回去,怕触怒布朗太太手下的那些顺风耳朵、千里眼;后来,她紧紧抓住那张兔皮,拖着塌了跟的鞋,尽快地往前跑。

她爸爸办公的地方她全不熟悉,只知道是在董贝父子商行里,而那个商行在市中心商业界很有势力。她唯一的办法就是问路,打听市中心的董贝父子商行。她不敢问成年人,只打听小孩子,所以总问不出个名堂来。她暂时就不问详细地址,只寻路往市中心去。这样,她慢慢儿、慢慢儿深入尊严的市长大人所辖治的伟大地区,进了市中心。

弗萝任斯走得很累,直给人推来挤去,四周又闹又乱,吓得她不知所措。她牵挂着弟弟和两个保姆;想到刚才的遭遇,预期自己变了这付模样要见到怒冲冲的爸爸,心上很害怕。这番经历和当前的情景,再加面临的问题,都使她惊慌不安。她含着两包泪,不顾疲劳,还往前走去;有一两次心上沉重得承受不住,只好停下来哀哀哭泣。可是在那个年头儿,像她那付打扮的女孩子没人注意;即使有谁看见,还以为她是受了教唆,故意赚人怜悯的,都不予理睬。弗萝任斯身世悲苦,幼年就养成坚毅独立的性格;这时就全力以赴,认定目标,不休不懈地往前走去。

她这番新奇的冒险是下午开始的;足足两小时之后,她从一条车辆铿锵冲撞的小街上脱身出来。沿河有个码头;她往里张望,看见随处乱放着许多大包、木桶和箱子,还有一座木制的大天秤、一间装轮子的小木房。小木房外面站着个结结实实的胖子,眼望着附近的桅杆和船只,吹着口哨,耳上夹着支笔,双手插在衣袋里，好像一天的活儿快干完了。

那人偶然转过身来，说道："哙！小姑娘，我们没什么给你的。走开点儿！"

董贝家的小姐战战栗栗地问道："对不起，这里是市中心的商业区吗？"

"对！这里就是。我看你明知道呀！走开！我们没什么给你的。"

小姑娘胆怯怯地答道："谢谢你，我不要什么东西，只想问路到董贝父子商行去。"

那人正不经心地走近来，听了这话，好像出乎意外，仔细瞧着她的脸说：

"你！你要找董贝父子商行干吗呀？"

"对不起，我不认得路。"

那人看着她，越发觉得莫名其妙。他使劲摩擦自己的后脑，把帽子都推落了。

他一面拣起帽子戴上，喊了一声"玖！"——那人是个工人。

玖说："玖在这儿呢！"

"董贝商行里那漂亮小伙子，刚才不是在这儿看着运货上船的吗？他哪儿去了？"

玖说："刚从那一边的大门里出去。"

"叫他回来一会儿。"

玖一路叫唤着，从通大门的过道上跑出去；一会儿带了个满面高兴的小伙子回来。

先前的那人说："你是董贝商行里的小僮儿呀，不是吗？"

那男孩子说："克拉克先生，我是董贝商行里的。"

克拉克先生说："那么，你瞧瞧。"

那男孩顺着克拉克先生的指点，向弗萝任斯走去，不明白她和自己什么相干。当然他是不会明白的。可是小姑娘已经听到刚才的问答。她忽见自己有了保障，不用再往前寻路，大为放心；再看到男孩子那付朝气蓬勃的脸相和神气，忧虑尽释，急切地跑着迎上去，把一只塌了跟的鞋都掉落地下；她双手捧住男孩子的手。

弗萝任斯说："对不起，我迷路了。"

男孩子说："迷路了！"

"是啊，今天早上，离这儿好老远，我迷失了路。我的衣服给人剥掉了——现在穿的不是自己的衣服，我叫弗萝任斯；我弟弟只我一个姐姐——哎唷，请你照看我吧！"弗萝任斯小心眼儿里的情感，压抑了好久，这时全发泄出来，忍不住哭了。她那只破帽子这时也掉了，头发披散满面。小沃尔特——航海仪器商索罗门·吉尔思的外甥——看了她，爱慕怜惜得话都说不出来。

克拉克先生站在那儿也惊讶得出了神，低声自言自语："这个码头上，我还没看过这等奇事。"沃尔特拣起那只鞋，像童话里的王子给灰姑娘穿鞋那样①，给小姑娘穿上。他把兔皮搭上左臂，右臂扶着弗萝任斯。若说他自比李切·威丁登②，还不够味儿。他简直觉得自己像英国的圣乔治，刚刺杀了毒龙③。

---

① 童话《灰姑娘》(*Cinderella*)写一个受欺侮的灰姑娘经仙姑帮助，赴王宫舞会，王子看中了她。她匆忙回家时掉落一只水晶鞋。王子凭这只鞋找到了灰姑娘。

② 见第四章55页注②。

③ 圣乔治(St. George)，古罗马的基督徒，三〇三年殉教死。相传他闻说利比亚有一条毒龙，每天吃一个童女，就跑去用长枪刺杀毒龙，救了英王的女儿。英国人把他奉为国家的保护神。

沃尔特满腔热诚地说："别哭，董贝小姐。真是我运气，恰恰在这里！你现在就好比有军舰上挑选出来的一船精兵保护着你呢，什么都甭怕了。哎，别哭！"

弗萝任斯说："我不哭了，我不过是快活得流眼泪。"

沃尔特心想："快活得流眼泪！因为是有了我！"他说："董贝小姐，跟我来吧。瞧你那只鞋又掉了。董贝小姐，穿我的鞋吧。"

他赶紧要把自己的鞋脱下。弗萝任斯忙阻止说："不用，不用，我这双比你的称脚，穿着顶合适。"

沃尔特把小姑娘的脚瞥了一眼说："哎，真的，我的鞋比你的脚大了好几倍呢！我真是糊涂了！你穿了我的鞋还能走路吗！董贝小姐，咱们一起走吧。哪个混蛋敢来欺负你，我等着他呢！"

沃尔特摆出一会非常凶狠的样儿，带着满面喜色的弗萝任斯走了。两人手挽着手在街上跑。这付模样会招人诧怪，也确实招到了路人诧怪；可是他们俩都满不理会。

天色渐黑，夜雾蒙蒙，而且下雨了。他们一点不在意。弗萝任斯正把身经的险遇，小孩子家一片天真地讲给沃尔特听；彼此都全神贯注，把旁的事都忘了。他们好像不是在泥泞的泰晤士街上，而是在热带荒岛上高树大叶底下漫步——沃尔特当时大概真有这种幻想。

后来弗萝任斯抬眼看着她伙伴的脸，问道："咱们还得走多远啊？"

沃尔特停步说："哎，我瞧瞧。咱们到了哪儿了？喔，对了！董贝小姐，商行已经打烊，办公室里没人了，董贝先生早已回家去了。咱们也得回家去吧？或者呢——且慢。我跟我舅舅住一起，我们家离这儿很近；我且把你送到我们家，然后雇车到你家去替你报个平安，再给你带些衣服回来。你瞧怎样？这办法最好吧？"

弗萝任斯说："那就最好了。不是吗？你说呢？"

他们正站在路上商量，忽有人路过，对沃尔特瞥了一眼，好像认识，可是大概以为认错了人，一径走了。

沃尔特说："呀，他好像是卡克先生——我们商行里的卡克。董贝小姐，我们的经理也是卡克先生。这一个不是经理，是经理的弟弟①。嗨！卡克先生！"

那人停步转身说："沃尔特·盖吗？和这么奇怪的伙伴在一起，我想不到是你了。"

他站在路灯旁边，听着沃尔特匆匆解释，不胜诧异。他在手挽手的一对少年面前，衬得越发苍老。其实他并不老，可是头发已经白了；驼着个背，好像给沉重的忧患压得抬不起头；疲倦忧郁的脸上，一条条皱纹刻得很深。他眼里的神色、脸上的表情、连说话的声音，都暗淡低沉，好像他已经心如死灰。他穿一套黑衣服，虽然很朴素，倒还像样。不过衣服配合了他的体型，也畏缩卑怯似的，和他通身气派融和一致，好像只求在卑微的境地、孤凄凄没人注意。

可是他对青春和希望的兴趣，还没有埋没在死灰里。他非常同情地看着沃尔特讲话时那张诚挚的脸，但他不知为什么又

① 编者按：此处原文为"Mr. Carker the junior"，从全书理解应为经理的哥哥、职位较低的小卡克先生。

流露出担忧和怜悯的神情，竭力遮掩都遮掩不住。沃尔特讲完就把方才问弗萝任斯的话向他请教。他还站在那里，还带着那付神情望着沃尔特，好像从他脸上，看到他倒霉的命运和当时的一团高兴很不一致。

沃尔特笑着说："卡克先生，你说该怎么办？你对我说的话总是好话，不是吗？只不过你不大跟我说话。"

卡克对弗萝任斯和沃尔特来回地看看，答道："我觉得你自己的主意最好。"

沃尔特忽然来了个慷慨的心念，脸上一亮，说道："嗨！卡克先生，这是你的好机会！你去找董贝先生，传个好消息！也许对你有好处，先生。我在家等着，你去吧。"

卡克说："我！"

沃尔特说："是啊，卡克先生，这有什么不对的？"

卡克先生只和沃尔特握握手，并不回答，好像连回答都不好意思，也没那勇气。他说声再见，催着沃尔特赶紧办事，自己转身走了。

沃尔特目送着他，一面也和小姑娘转身走路。他说："来吧，董贝小姐，咱们尽快到我舅舅家去。弗萝任斯小姐，你听到董贝先生讲起这位小卡克先生吗？"

小姑娘温和地说："没有。我不大听到爸爸说话。"

沃尔特暗想："哦！确是这么回事！真不像话！"他停顿一下，低头看看旁边弗萝任斯那张温和而善于忍受的小脸，忙使出他男孩子家惯有的活泼精神，另找旁的话讲。可巧弗萝任斯那双倒霉的鞋，一只又掉了。沃尔特建议把她抱到他舅舅家去。弗萝任斯虽然很累，笑着辞谢说，怕给他摔了。他们已经快到木制的海军准尉那里。一路上，沃尔特从航海失事等惊险的事迹里举出种种例子：尽管比他还小的男孩，也能救出比弗萝任斯还大的女孩。他们到达航海仪器店门口，正谈得热闹呢。

沃尔特冲进店里，嚷道："哙！索尔舅舅！"他从这时起，整个黄昏，说话都上句不接下句、上气不接下气："这可是意想不到的奇事！这是董贝先生的女儿，在街上迷失了路，给一个老巫婆剥掉了衣裳……我找到了她……带到咱们的客厅里来歇歇……瞧！"

索尔舅舅瞪着他那宝贝的罗盘盒儿说："老天爷！竟会有这种事儿！哎，我……"

沃尔特知道他舅舅要讲什么话，抢先道："是啊，别人也意想不到呀！你说，谁会想到、谁能预料啊！……哙，索尔舅舅，你能帮我把这小沙发抬到火炉旁边去吗？当心别碰了那些盘子……舅舅，你给她吃点儿晚饭吧，好不好？……弗萝任斯小姐，把你那双鞋扔到炉箅子底下去吧……把脚搁在挡火板上烤烤……你一双脚全湿了！……哎，舅舅，这不是意外奇事吗？……啊呀，我真热！"

索罗门·吉尔思出于同情和过度的惊讶，简直和沃尔特感到同样的热。他拍拍弗萝任斯的脑袋，殷勤地劝她吃、劝她喝，又把自己的手绢烤热了摩擦她的脚底。沃尔特满屋子东投西磕，同时有二十来件事要干，却没干出一件来。他舅舅的耳朵和眼睛直跟着这外甥打转，只觉得这忙乱的小子老在他身上撞，有时撞得他立脚不住，此外他什么都模糊不清了。

沃尔特拿起一支蜡烛说："哎，等一等，舅舅，我上楼去添上一件短外衣，就出门去。我说呀，舅舅，这事可意想不到吧？"

弗萝任斯在沙发上休息，沃尔特在客厅里满处乱撞；索罗门额上戴着眼镜，衣袋里装着精密的大表，只在这两人中间打转。他说："我的孩子，这是最出奇的……"

"这话甭说了，舅舅，你且请……弗萝任斯小姐，请……舅舅，请她吃晚饭呀。"

索罗门说："对！对！对！"他立刻把一肩熟羊肉一片片地切，好像是供应巨人就餐："小沃，我会当心她。我懂。可怜的小姑娘！一定饿坏了！——你去准备出门吧。哎，哎！李切·威丁登爵士，三番做了伦敦市长大人！"

沃尔特跑上屋顶的阁楼，再跑下来，并不用多长时间；弗萝任斯疲劳已极，这时候就迷迷糊糊在火炉前睡着了。片刻的安静虽然只几分钟，索罗门却借此定下神来，稍稍安排得小姑娘舒服些，又为她减弱了灯光，挡开了炉火。沃尔特回到客厅，她已经睡得很安稳。

沃尔特悄声说："好极了！"一面把索罗门紧紧拥抱一下，使索罗门脸上忽然浮现出一个新的表情，"现在我就走了……我得带个面包头，因为饿得慌——哎，索尔舅舅，别闹醒她。"

索罗门说："不会闹她。多美的小姑娘！"

沃尔特说："美！真是！我一辈子还没见过这样的脸！索尔舅舅，这会儿我就走了。"

索罗门松了一大口气，说道："是该走了。"

沃尔特在门口张望说："喂！索尔舅舅！"

索罗门说："这小子又回来了！"

"她这会儿怎么样？"

"顶安顿。"

“那好极了！我这就走了。”

索罗门暗想：“你就走了吧。”

沃尔特又在门口出现，喊道：“喂，索尔舅舅！”

索罗门说：“这小子又回来了！”

“刚才我们在街上碰到卡克先生的弟弟①，他比平时越发古怪了。他已经对我说了‘再见’，可是一路上他直跟着我们……怪不怪？……到了店门口，我一回头，看见他悄悄地走开了，像护送我回家的佣人或忠实的狗——舅舅，她这会儿怎么样？”

索尔舅舅说：“小沃，她还是老样子。”

“那好，这回我真走了。”

这回他真走了。索罗门·吉尔思没胃口吃晚饭，只坐在火炉的另一旁，守着弗萝任斯睡觉；一面胡思乱想，构造了不知多少奇奇怪怪的空中楼阁。灯光昏暗，屋里尽是各式各样的仪器；他那样子就像个化了装的魔法师，戴着绒线软帽，穿一套棕色衣服，正施用魔法把小姑娘禁锢在睡眠里。

这时候沃尔特已乘车赶往董贝先生家去。雇车栈里的马跑得那么快已经难得了，他还每一两分钟把头探出车厢的窗口，催促赶车的加鞭。到了董贝家，他跳下车，气喘吁吁地对一个佣人申说了自己的使命，就跟着这人直进董贝先生的书房。董贝先生、他妹妹、托克丝小姐、李切子、倪璞都聚在那里，正七张八嘴地嚷嚷呢。

沃尔特冲到董贝先生面前说：“哎，先生，请原谅，我来报个好消息，先生，董贝小姐找着了。”

---

① 编者按：见93页注①。

这孩子神色开朗,头发披拂自然,眼睛炯炯有神,欢欣激动得气都回不过来。坐在书房椅子上的董贝先生在他面前,简直是个绝妙的对照。

董贝先生的妹妹,正在哥哥背后,陪着托克丝小姐哭呢。董贝先生回头瞥了她一眼说:“露依瑟,我不是跟你说的吗,她准会找着。叫佣人们不用再找了。报信的这孩子是我们营业处的小盖。哎,我女儿是怎么找着的?我知道她是怎么丢失的。”他说到这里,狠狠地对李切子看了一眼:“可是,怎么找回来的?谁找着的?”

沃尔特谦逊地说:“先生,算是我找到的吧。也许,先生,我不能居功说是找到了她,不过恰巧由我碰见……”

这孩在这件事里插了一手,显然又得意、又快活。董贝先生瞧他那样,出于本能地讨厌他,就打断他说:“哎,你没找到我女儿,又恰巧由你碰见了,这到底什么意思?你明明白白、有条有理地说呀。”

沃尔特实在没法讲条理。他上气不接下气,可是还尽力把事情解释清楚,并说明自己为什么一人跑来。

董贝先生铁板着脸,对黑眼珠姑娘说:“听见了吗?你这带孩子的保姆!快拿了需要的东西,跟这小伙子去把茀萝任斯小姐接回来。盖,明天再给你报酬。”

沃尔特说:“唷,谢谢您,先生,您太厚道了。我实在没指望什么报酬,先生。”

董贝先生忽然简直是恶狠狠地说:“你是个小僮儿。你指望什么,或者假装说指望什么,都无关紧要。你这件事干得还不错,小子,别前功尽弃。露依瑟,请你给这孩子倒点儿酒吧。”

董贝先生非常嫌恶地目送沃尔特·盖跟着戚克太太出去。也许他心里的眼睛,也那么嫌恶地直送他带着苏珊·倪璞小姐回他舅舅家。

这时,弗萝任斯睡起,精神焕发,也吃过晚饭。她和索罗门混得很熟,完全像一家人那样亲密自在。黑眼珠姑娘哭红了眼睛,现在可称为红眼姑娘了;她也很沉默,没精打采的。她重见弗萝任斯没一句责骂,只张臂把她抱在怀里,止不住又哭又笑,发了疯一样。倪璞暂时就把那间客厅当作小姑娘专用的化装室,悉心尽意地给她穿上合适的衣服;过会儿带她出来的时候,尽管这小姑娘生性不像董贝家的人,外表却是十足的董贝小姐了。

弗萝任斯跑到索罗门面前说:“再见!你待我真好!”

索罗门很快活,像祖父似的吻了她。

弗萝任斯说:“再见!沃尔特!再见了!”

沃尔特双手拉着她的手说:“再见!”

弗萝任斯接着说:“我一辈子也不忘记你!真的!一辈子也不会忘记!再见了!沃尔特!”

天真的小姑娘满心感激,仰起脸来给他亲吻。沃尔特凑下脸去,又抬起来,满面烧得通红,怪不好意思地看着索尔舅舅。

弗萝任斯随着她的小保姆坐进车厢,关上了门,还直在叫嚷:“沃尔特呢?”“沃尔特,晚安!”“沃尔特,再见!”“沃尔特,咱们再拉拉手!”马车终于上路了,沃尔特站在门口,高高兴兴地和她互相挥着手绢告别。他背后的木制海军准尉也和他一样,眼睛只盯着那一辆马车,其他过往车辆都不在目中。

迷路的小姑娘走进书房,只稍微引起一点点轰动。董贝先生从没有消除对她的隔阂，这时只在她脑门子上吻了一下，警告她别再逃走或跟着靠不住的佣人乱跑。戚克太太正在慨叹人性只趋下流，便在碾磨慈幼院的召唤下也走不上正路。这时她停嘴来欢迎弗萝任斯；虽然不像是对待十足的董贝，也算是欢迎。托克丝小姐按照她所模仿的人物，斟酌自己的感情。只有李切子，那罪魁李切子，一片热情地欢迎，说话都上言不接下语；她俯身抚慰这迷路的孩子，好像是出于真心地爱她。

戚克太太叹口气说："嗐！李切子，我们也不愿意想得世人太坏；你要是及时对这娃娃尽责关心点儿，我们也不至于这样怪你，你也不至于这样不像话。现在娃娃没到断奶期，就得断奶了。"

托克丝小姐含悲悄声说："断了他和人类共同的本源。"

戚克太太义正词严地说："假如是我这样没有天良，李切子，我做了你呀，自己摸着心想想，该觉得自己孩子穿着碾磨慈幼院的制服会倒霉，给他受的教育会叫他受不了。"

其实戚克太太没知道：李切子的儿子穿了那套制服已经够倒霉的；他受教育也快要受到报应了，因为那只是鞭打和哭泣的急风暴雨。

董贝先生说："蘦依瑟，这些话不用多说，这女人已经辞退了，工钱也付清了。李切子，我们家叫你走，就因为你把我的儿子……我的儿子。"他把这几个字着重再说一遍："带到了叫人想起就浑身起鸡皮疙瘩的场合去。至于弗萝任斯小姐今天早上遭到的意外，从另一方面看来，我认为还是大可庆幸的；因为若没出这件事，我怎么也不会知道你的罪状——而且还让你亲口承认了。蘦依瑟，这个年轻的保姆，"——倪璞姑娘这时就放声哭泣——“年纪小得多，而且准是受了珀尔保姆的怂恿，我想她不用走。麻烦你打发他们付了车钱，把这女人送到斯泰格司花园街去。”董贝先生说到这个地名，顿口闪缩了一下。

珀莉退出书房的时候，茀萝任斯拉住她的衣服，痛哭着叫她别走。那位倨傲的爸爸坐在一边，看到自己的亲生骨肉对这个卑贱的外人恋恋不舍，好像心上刺了一匕首、脑上中了一箭。他并不理会女儿向着谁、远着谁，只是想到自己儿子的意向，不免痛彻心肝。

反正他儿子那一夜只是拼命大哭。这不比同龄婴儿惯常的哭；可怜的珀尔实在哭得有理。他遭了飞来横祸，正像他出世丧母一样突然地又丧失了第二个妈妈——在他意识里是第一个妈妈。他姐姐怪可怜地直哭到自己睡着；她也遭殃，失掉了一个忠实的好友。不过这都是不相干的事，这里不多讲了。

第　七　章

托克丝小姐寓所的鸟瞰；以及托克丝小姐的心境

托克丝小姐住在一所阴暗的小房子里。这所房子在英国历史上一个遥远的时期，挤进了西城的时髦地区，坐落在大街拐弯的背阴处，挨着高房大厦，像一个饱受冷眼的穷亲戚。它不是在通往大街、有房屋围绕的场院上，却是在最萧条的死胡同里，经常给别人家邮差打门的声音闹得烦扰不安。这条隐僻的街叫作公主街；铺石板的道上，石缝里长着草。公主街上有个钟声丁丁的礼拜堂，礼拜天有时多至二十五人去做礼拜。街上还有一家公主号酒店，神气活现的听差常去光顾。酒店前面的矮铁栅里停着一辆轿子，可是谁都没见过轿子抬出来。托克丝小姐数过那个铁栅共有四十八根柱子。晴朗的早晨，每个柱顶上都放着一把锡酒壶。

公主街上除了托克丝小姐家，还有一所住宅。另外有两扇巨大的大门，门上有一对巨大的狮子头门环；这大概是通往人家马房的门，久已不用，从来没有开过。公主街的空气里，确有点儿马房的味道。托克丝小姐的卧室在房子后部，面临马厩场；马夫在那里不论干什么活儿，总兴高采烈地大声吵闹。车夫和他们家眷的内衣裤，往往张挂在围墙上，像麦克佩斯的旗子①。

一个退职的男管家娶了个管家婆住在那另一所宅子里；他们连家具出租房间。房客是个单身汉。他是一名少校：呆板板的嘴脸，青紫色的面皮，凸出了一对眼珠子。托克丝小姐觉得他“真有军人味儿”（这是她的话）。这位少校经常和她交换些报纸和小册子，还夹带些柏拉图式的调情；信使是少校手下的一个黑人。托克丝小姐不管他来自什么地域，只称他为“土人”。

托克丝小姐家的大门和楼道，大概比谁家的都窄。那所小房子从上到下，大体说来，也许是全英国最不方便、最别扭的房子。不过托克丝小姐说：“多好的地段呀！”屋里冬天很阴暗，最

---

① 引用莎士比亚《麦克佩斯》（*Macbeth*，编者按：今通译为《麦克白》）第五幕第五景麦克佩斯的话：“把旗子张挂在围墙上……”

晴朗的季节，太阳也进不去；空气不用说，又不通外界的车道。可是托克丝小姐总说："想想，这是什么个地段呀！"那位脸色青紫、眼睛凸出的少校也那么说。他住在公主街上很得意，每在俱乐部和人谈话，只要有机会，总爱扯上路转角大街上那些大人物的事，借此好卖弄自己和他们是街坊。

托克丝小姐那所阴暗的住房，是她承袭的遗产，由原主自己设计的。托克丝小姐那块混沌无光的圆玉石，就是那人的遗物。他那帧头发里撒粉、拖着小辫的小幅画像，正挂在客堂的壁炉旁边，和壁炉另一边的水壶架子恰好左右相称。屋里的家具，多半属于头发里撒粉、背拖小辫的年代。其中有一架烘暖盘碟的器具，四条细长的弯脚老懒散地伸着碍人。还有一架陈旧的拨弦古钢琴，制造者名字周围，有画作彩饰的一圈香豌豆花。

如用优雅的文字来说，白士多少校正当大好中年，而且已经走上人生的下坡路。他简直没有下巴颏儿，一对腭骨非常僵硬，两只耳朵大而招风；眼睛和脸色的那副不自然的紧张样儿，上文已经讲过。可是他打动了托克丝小姐的心非常自豪，飘飘然地设想这位小姐是了不起的女子，想嫁给他呢。他在俱乐部说笑的时候，几次暗示过这件事。他老爱用滑稽的口吻讲他自己，自称老玖·白士多，或玖喂·白士多，或玖·老白，或玖嘘·白士多等等。他发挥风趣的看家本领，就是把自己的名字称呼得非常亲昵。

这位少校挥着手杖说："老哥啊，我玖·老白一个抵得你十个！你们中间要再多几个我老白这样的人才行！老哥，我老玖要找老婆的话，当下眼前就有。可是老哥，玖是硬心肠，哼哼，他顽强得很，老哥，而且是个鬼灵精呢！"他说完这番话就呼哧呼哧地发起喘来，脸色由青紫转为深紫，一双眼珠子直瞪瞪地往外凸。

少校尽管口口声声自称自赞，他只是个自私的人。他的心里大概比谁都自私得十足。也许不该说心里，该说肚里，因为他分明是天生的有肚无心。他想不到自己会遭人忽视或冷淡，遭托克丝小姐忽视冷淡更是他千万年也想不到的。

可是，托克丝小姐看来是把他遗忘了——逐渐的遗忘。这是从她找到涂德尔那家子开始的，持续到珀尔受洗，以后就仿佛加上复利那样日增月累。她对这位少校的兴趣，给别的事或别的人占去了。

前一章记载的那些事变之后，又过了几星期，少校在公主街遇见托克丝小姐。他说："小姐，你好！"

托克丝小姐非常冷淡地说："先生，你好。"

少校照例对托克丝小姐大献殷勤说："小姐，玖·白士多好久无缘向你窗口对你致敬了。小姐啊，玖受了委屈呢！他的太阳隐到云里去了。"

托克丝小姐略微鞠鞠躬，可是很冷淡。

少校问道："玖的明星是不是出城了？"

"我？出城了？没的事儿，我没有出城。"托克丝小姐说，"我近来很忙，为我几个最亲密的朋友忙得简直没个空儿。对不起，我这会儿都没功夫呢。再见吧，先生。"

少校瞪着她婀娜多姿地从公主街出去，脸色越加青紫了，嘴里喃喃呐呐牢牢骚骚，说出些不大好听的话来。

他把那对龙虾眼骨碌碌向公主街四面打转，对着街上芬芳的空气发话道："他妈的！这女人半年前对玖·白士多踩过的地都崇拜呢！她这来是什么意思?”

他思索了一下,断定这是笼络男人的圈套,是设计诱陷;托克丝小姐在挖掘陷阱呢！这位少校说:“可是小姐啊,你抓不到老玖！他顽强得很;小姐,老玖是个顽强的汉子,而且是个鬼灵精!”他心上这么转念,一黄昏只在得意自笑。

可是那一天过去了,好多天又过去了,托克丝小姐好像对少校满不理会,一点没想到他。从前有一时,她常在她家一个阴暗的小窗口偶尔向外望望,红晕着脸回答少校的招呼。现在她再也不给少校这个机会了。少校朝不朝她这边张望,全不在她心上。另外还有些别的变化。少校站在自己家屋檐下,能看到托克丝小姐家近来气象一新,比以前鲜亮多了。那只年老的小金丝雀,有了镀金丝的鸟笼。壁炉架上、桌上、几上,装点着彩色纸和纸板制成的小玩意儿。一个个窗口,忽然长出一两棵花来。托克丝小姐常在练习她的拨弦古钢琴,那圈香豌豆花总是很显眼地惹人注目;钢琴顶上放着托克丝小姐手抄的流行华尔兹舞曲谱①。

除此之外,还有一件事。托克丝小姐这一程穿衣常带三分孝,打扮得十分整齐文雅。这事倒帮少校解答了难题,暗想她准是承袭了遗产,心大眼高了。

他这么一想,不再诧怪。可是就在下一天,少校吃早饭的时候,忽见托克丝小姐的小小起坐室里出现一件惊人的奇物,竟使少校半晌一动不动,坐在椅里像生了根一样。然后他冲进旁边的屋里去,拿出一架双眼望远镜,仔细对那件东西观望了

---

① 流行华尔兹舞曲《哥本哈根》(*Copenhagen Waltz*)和《鸟》(*Bird Waltz*)。

几分钟。

少校关上望远镜说:“老哥啊,我可以拍出五万镑来打赌,那是个娃娃呀!”

少校撇不开这娃娃,没奈何只好瞪着眼吹口哨,瞪得两眼越发凸出;过去凸出,和现在相形之下,就该算是凹进去了。以后这娃娃又常来,一礼拜两次、三次、四次。少校只顾瞪着两眼吹口哨。他在公主街上,实在是个孤独的人了。他干什么,托克丝小姐不再理会;他的脸色不妨青紫之外再添一层黑色,她也漠不关心。

托克丝小姐常走出公主街去接那娃娃和他的保姆,陪着走回公主街,又走回自己家,然后无休无歇地看着他们。她亲自照料娃娃,喂他吃,和他玩,还拨弄古钢琴奏乐,吓得娃娃活泼泼的血液凝止不流①。她这样坚持不懈,真是不同寻常。大约也在这个时期,她情不自禁地老爱把一只手镯看了又看,也情不自禁地爱看月亮,常在自己屋里的窗口望月,久久不休。且不管她看的是太阳、是月亮、是星星、是手镯,反正她再也不看少校了。少校吹口哨,瞪眼睛,各方猜测,在自己屋里东闪西躲地张望,总捉摸不出一个究竟。

有一天,戚克太太对托克丝小姐说:“亲爱的,我老实告诉你吧,你简直快要赢得我珀尔哥哥的心了。”

托克丝小姐顿时面色转为死白。

戚克太太说:“这娃娃越长越像珀尔哥哥了。”

---

① 引莎士比亚《翰姆立特》第一幕第五景鬼魂对翰姆立特说的话。鬼魂说,他将告诉翰姆立特一些事,叫他活泼泼的血液凝止不流。

托克丝小姐没别的回答，只把娃娃搂在怀里一阵子亲吻，把他帽子上装饰的缎带结子，压得瘪瘪的东倒西歪。

托克丝小姐说："薏依瑟，他的妈妈……你从前答应要给我介绍的……她和儿子有点儿像吗？"

薏依瑟说："一点儿不像。"

托克丝小姐迟迟疑疑地说："她……她长得美吧？"

戚克太太心上品评了一番，说道："哎，可怜的璠妮长得很耐看，真是耐人细看。不过做我哥哥的夫人，按理总该有些高人一等的气概；她却没有。我哥哥那样的人，总希望做夫人的有坚强的意志；她也没有。"

托克丝小姐的深深叹了一口气。

戚克太太说："可是她讨人喜欢……非常讨人喜欢。而且是真心和人家要好。哎，可怜的璠妮，她存心是非常好的。"

托克丝小姐热情地对小珀尔说："你这小天使呀！你和你爸爸活脱儿一个模样！"

不知多少的痴心妄想和算盘，都押在混混沌沌的小珀尔头上。少校如果知道，如果看见这堆乱七八糟的杂念围绕着珀尔头上那只压皱的帽子飞舞，他真该瞪着眼发愣呢。到那时，他就会从中看到托克丝小姐大小几点野心；他也许就会了解那位小姐对董贝商行正寄予什么虚怯的希望。

假如那娃娃半夜醒来，看到有些人对他所抱的迷梦在他摇篮帐子上投射的虚影，准会惊惶，也真该惊惶。可是他睡得正酣。无论托克丝小姐的好心、少校的诧异、他姐姐童年的苦恼、他父亲严厉的期望，他一概无知无觉，也压根儿不知道世上哪里有个董贝或董贝的儿子。

第　八　章

珀尔的成长和性格

时光老人也像少校那样注视着珀尔。一天天过去，珀尔混沌渐开，稍稍懂事。他浑然不觉的境界愈来愈受侵袭；累积的事物和印象，萦绕着他的梦魂。珀尔就这样从娃娃年代进入孩童年代，成了一个会说、会走、会惊讶的董贝。

李切子失职辞退之后，育儿室可说是由一个委员会接管了。这就好比国家机构找不到独立承担的人才，就设立一个委员会。委员当然就是戚克太太和托克丝小姐了。她们办事认真得简直惊人，竟使白士多少校每天感受到自己已经被人遗忘；而戚克先生呢，家里没人管束，就外出自在取乐，经常到俱乐部或咖啡馆吃饭，分明有三次带着一身烟味回家，还单独一人去看戏。总而言之，正如他太太说他的，一切社会约束、道德义务，他全都放松了。

这样经心调护，并不能使小珀尔成为壮健的孩子，尽管最初看来身体还不错。他天生娇弱，大概是辞退奶妈之后消瘦下来的。好长一段时期，他好像只等守护的人稍有疏懈，就乘机溜去找他去世的妈妈。小珀尔成长的路途上险阻重重；过了这一段坎坷，还是步步艰难。长一个牙齿是历一重险，出一颗疹子是过一道关。百日咳的每一阵咳嗽都要他的命；连连串串的小病痛，折磨得他再也挣扎不起。他嗓子里发胀的不是"乳鹅",而是鸷鸟猛禽。小孩子出水痘俗称"鸡痘";他得了"鸡痘","鸡"就凶得像老虎那样不好对付。

珀尔受洗那天,也许他体质上敏感的部分受了阴寒侵入,而在他父亲的阴影里,元气不能恢复了。反正他从那天起就是个倒霉孩子。魏耿大娘常说,她从没见过像珀尔那样受折磨的娃娃。

魏耿大娘是酒馆侍者的老婆。酒馆侍者的老婆,可说是等于家无丈夫的寡妇。她谋求董贝家的差使获得允准,就因为野男人分明不好追她,她也不好追什么男人。董贝家在小珀尔突然断奶后一两天内,就雇她做了保姆。魏耿大娘是个柔顺的女人,皮色白皙,经常抬着眉毛,垂着脑袋。她老喜欢哀怜自己,或讨人哀怜,或哀怜别人。她天赋的奇能,就是把所有的事都看得黯淡悲惨、一无希望;还举出可怕的实例为证。她发挥了这点本领,总感到无比欣慰。

不消说得,董贝先生高高在上,绝不会知道魏耿大娘这种性情;他如果有所闻知,那才真是怪事。因为家里谁也不敢把小珀尔任何不妙的情况向他透露;戚克太太和托克丝小姐也不例外。董贝先生自有见地,认为那孩子不得不经历一套小病痛,那是照例规矩,愈早完事愈好。如果像抽征的民兵那样可以赎身或找人替代,他肯出高价。这却又办不到。他不屑下问,只时常诧怪造化小儿折磨他儿子是什么道理;而想到那孩子在人生的征途上又进了一站,离伟大的目标又近了一站,就引以自慰。他心上压倒一切的感觉是着急;这个感觉,随着珀尔的成长与日俱增。他急着等待有朝一日,能志得意满地看到他们父子俩的重要和伟大，由想望转为事实。

有些哲学家指出，我们最和爱的感情，根子里是自私。董贝先生从儿子出世就把儿子当作命根子，显然因为他本人的伟大，或董贝父子商行的伟大，要有这儿子才能实现。不用说，他这点天伦之爱，像许多表面庄丽堂皇的美名，不难追溯出很卑劣的底子来。不过他是一片心地爱他儿子。假如他那颗霜冻的心上有一点温暖的地方，那儿就是他儿子所在。假如他那颗硬绷绷的心上能印上什么形象，那就是他儿子的。不过那个形象不是娃娃，不是孩子，而是成人；是“父子商行”里的“子”。所以他急要跳过他儿子成长的历程，一步就跨入未来。所以他尽管爱自己儿子，却不大为儿子担心，觉得这孩子好像有神力保佑，必定会长大成人。在他心目中，这孩子已经是成人了，时刻在自己身边，他天天在为这儿子经营打算。

珀尔逐渐长大，将近五周岁。这小家伙相貌顶漂亮，只是他那张小脸上有一种疲倦抑郁的神色，常使魏耿大娘意味深长地摇头或倒抽冷气。他的脾气常常表现出骄横的倾向；他肯定会看到自己的重要，认为一切事、一切人都该听他主宰。他有时很孩子气，喜欢玩耍，并不是不开朗的气质。不过他有时又很怪，像个老人，若有所思似的。童话里讲到一种小精灵，活到一二百岁，就匪夷所思地把小孩子吃掉，自己变成他们的模样。小珀尔坐在他那张小小的圈盘椅里沉思的时候，神情语气活像这种可怕的小精灵。他在楼上婴儿室里，常会一下子不由自主地露出这种小老人的样儿来。有时他正和茀萝任斯玩耍，或套着托克丝当马赶呢，忽然说一声累了，这种神态就来了。尤其晚饭后，他的小椅子挪在他爸爸屋里，父子俩一起坐在炉旁的时候，他百无一失,总现出这副小老人的神态。炉火光里,这对父子真是绝无仅有。董贝先生板着脸,坐得笔挺,凝视着炉火。和他一个模子里出来的儿子,一张脸不知多么苍老,好像带着积世的智慧,全神贯注地从火光里展望未来。董贝先生正在盘算策划些错综复杂的俗务;他儿子头脑里,却不知是什么若有若无的胡思乱想。董贝先生是个呆板骄傲的人,很一本正经。他那儿子由遗传和无意中的模仿,也是那么一本正经。两人非常相似,却又是个古怪的对照。

有一次,他们俩正这样默默地一起坐着。董贝先生时时看见小珀尔的眼睛映着火光,像宝石般闪烁,才知道孩子醒着呢。过了好半晌,小珀尔忽然说:

"爸爸,钱是什么东西?"

小珀尔突然问的,恰恰正是董贝先生心上想的东西。他一时上竟不知所对。

他说:"钱是什么东西吗,珀尔?钱?"

孩子说:"对啊。"他把两手搁在小椅子的扶手上,转过一张苍老的脸,仰望着董贝先生:"钱是什么东西?"

董贝先生觉得不好回答。他很想给孩子解释几个名词,例如交换媒介呀,通货呀,通货贬值呀,票据呀,金银块呀,兑换率呀,金融价格呀,等等。可是他看到那张小椅子和自己的椅子高矮相距还远得很,只说:"钱有金钱、银钱、铜钱;就是金镑、先令、半便士。你知道那些东西吗?"

珀尔说:"喔!知道!我知道那些东西。爸爸,我问的不是那些;我是说,钱究竟是什么?"

老天爷啊!他又抬脸望着爸爸的时候,那张脸多么苍老啊!

这不懂事的小东西竟会提出这么个问题！“钱究竟是什么？”董贝先生一面说，一面把自己的椅子挪后些，以便把惊异的目光，对准孩子观望。

“我就是要问问，爸爸，钱有什么用？”珀尔说着话把两胳膊交叉在胸前——他的小胳膊已经够长了。他看看炉火，又抬脸望望他爸爸；又看看炉火，又抬脸望望他爸爸。

董贝先生把椅子挪回原处，拍拍儿子的脑袋说：“小家伙，你明儿大了就会明白。珀尔，钱是万能的。”他说着拿起珀尔一只小手来，轻轻拍打自己的手。

可是珀尔得便就抽回手，在椅子扶手上轻轻摩擦，好像他的智慧在他手心里，磨砺几下会更加锐利。他又看着炉火，仿佛从中得到了教导和鼓动；顿了一下，又问：

“万能吗？爸爸。”

董贝先生说：“嗯，万能……差不多万能。”

“万能就是什么事都办得到呀，不是吗，爸爸？”孩子对“差不多”那词儿的限制没有注意，或许不了解。

董贝先生说：“是啊，所有的事都包括在里面了。”

孩子说：“钱为什么不为我留住妈妈呢？钱是不是残酷呀？”

“残酷！”董贝先生整一整自己的领巾，好像不爱这么个想法，“不，好东西不会残酷。”

那小家伙又转脸望着炉火，若有所思地说：“假如钱是好东西，而且万能，我不懂它为什么不为我留住妈妈。”

这回他不是向爸爸发问。也许他凭小孩子的机灵，看出他爸爸听了这话已经很不自在。不过他心上在想，嘴里就说出来，似乎这是个老问题，使他很困惑不解。他手支着下巴颏儿，坐在那里只顾默默沉思，要从炉火里找出个答案来。

珀尔每晚和董贝先生这么并排坐着，从不讲起自己的妈妈。这还是第一遭。董贝先生就算不是吃惊，也很诧异。他渐渐定下神，把钱的功用对儿子讲解了一番。他说尽管钱是了不起的力量，怎么也不能低估，一个人大限临头，钱救不了命。不论多么有钱，便在伦敦市中心，我们不幸都是要死的。不过你有了钱呢，人家就尊重你、怕你、敬你、趋奉你、羡慕你，不论是谁，都觉得你有权力、有体面；就连你的寿命，也往往可以延长好些。譬如说吧，董贝家能把皮尔金斯先生和帕克·裴普斯医师请来诊视珀尔的妈妈，就因为有钱呀。裴普斯医师珀尔还不认识，皮尔金斯先生不是常给珀尔治病吗？反正人力能办到的事，有了钱都办得到。董贝先生把这套道理一一灌输给他儿子。珀尔留心听着，好像大部分都懂。

他沉默了一下，搓着两只小手说："爸爸，钱也不能叫我强健吧？"

董贝先生说："哎，你现在就很强健啊，不是吗？"

那抬起的小脸，又变得多老啊！表情半是忧郁，半是狡猾。

董贝先生说："你和一般小家伙同样强健吧？是不是？"

珀尔说："茀萝任斯比我大，我知道我不如她强健。不过我想，茀萝任斯和我一样小的时候，她准能不停地玩儿好久好久，也不觉得累。我可不行。我有时候累极了。"小珀尔一面说，一面烤着双手，凝视着火炉格子，好像那儿正在演出肉眼看不见的木人戏似的："我浑身的骨头，疼得我不知怎么好……魏耿说，疼的是骨头。"

“哎,那是晚上呀。”董贝先生一面说,一面把椅子拉近儿子的椅子,一只手轻轻贴在儿子背上,“小孩子到晚上就该累了;累了才睡得熟。”

珀尔说:“啊呀,爸爸,不是晚上累,是白天。我就躺在弗萝任斯膝盖上,她就给我唱歌儿。晚上我尽梦见些稀奇古怪的东西。”

他又烤着双手,回忆自己的梦境;那付模样活像个老人或小精灵。

董贝先生非常诧怪,非常不自在,愣得目瞪口呆,不知怎么接谈。他只坐着从炉火光里瞧他的儿子,一只手还贴在儿子背上,好像给什么磁力吸住了。他一度伸出另一只手,拨转孩子沉思的脸来对着自己。可是他一放手,孩子又转脸向火,只顾和闪烁的火焰交心,直到他保姆来召他睡觉。

珀尔说:“我要弗萝任斯来接我回去。”

那保姆怪可怜地说:“珀尔少爷,让可怜的魏耿保姆接你不行吗?”

珀尔说:“不,我不要。”他摆出一家之主的派势,在小圈盘椅里坐得停停当当。

魏耿大娘说了句口头语——天保佑这孩子的天真,就抽身走了。一会儿,弗萝任斯替她来接珀尔。珀尔立即高高兴兴,准备动身。他向爸爸说“晚安”的时候,抬起的一张脸远比先前愉快年轻,全付神情变得孩子气多了。这使董贝先生大为放心,可是也很诧异。

他在两个孩子出去之后,隐约听到轻柔的歌声。他记起珀尔说弗萝任斯为他唱歌,有点好奇,就开门听听,瞧瞧他们。只见弗萝任斯正抱着珀尔，吃力地一步步走上空阔的大楼梯。珀尔的脑袋枕在姐姐肩上，一条胳膊懒散地搭在她脖子上。他们就这样慢慢儿上楼去，姐姐一路唱，弟弟微弱的声音有时呜呜陪唱。董贝先生目送他们上去，看他们走走又停下歇歇，直到楼梯顶，消失不见。可是他还站着向楼上凝望。后来他看见昏暗的月光照进天窗，灰蒙蒙一片凄凉，这才回自己屋里去。

第二天，戚克太太和托克丝小姐在吃饭的时候聚头会商机密。饭后撤去了杯盘，董贝先生单刀直入，请她们不加任何掩饰，据实讲讲珀尔是否有什么问题，皮尔金斯先生对他有什么断语。

董贝先生说："因为那孩子不如我指望的那么壮实。"

戚克太太说："珀尔哥哥，你向来心明眼亮，一句话就说在筋节上。咱们的宝贝没有完全像咱们指望的那么结实。他实在是心思太多了。魂灵儿太大，身子载不起。那小宝贝说话的口气呀，"戚克太太摇头说，"真是谁都想不到的。就在昨天，陆奎谐，他谈论出殡的那些话……"

董贝先生怫然打断她说："只怕楼上有人对珀尔讲了些小孩子不该知道的事。昨天他和我谈起他的骨头，"董贝先生着重地提到"骨头"那词，带些恼怒，"我儿子的……骨头，又和谁有什么相干！难道他是一具活骷髅吗！"

"远不是啊！"戚克太太的表现，深奥得不可表达。

她哥哥说："我希望他远不是啊。而且又谈起出殡来了！谁和我孩子谈出殡了？咱们不是开殡仪馆的吧？不是雇用的送丧人吧？不是挖掘坟墓的吧？"

戚克太太说："远不是啊！"她的神情还是那么深奥。

董贝先生说:“那么谁叫他想到了这些事情呢?我昨夜真是又着慌,又吃惊。露依瑟,谁叫他想到了这些事呢?”

戚克太太顿了一下,说道:“珀尔哥哥,这话问也没用。我老实告诉你,我看魏耿不是个很开朗的性情,不是所谓……”

托克丝小姐柔声提示:“滑稽之流。”

戚克太太说:“对,正是这话。不过她非常小心,非常有用,一点不自作主张;真的,我从没见过比她更好使唤的女人。”戚克太太以下的语气,好像是总结大家早已一致的看法,而不是提出从没提过的话:“假如小宝贝从上次病后伤了元气,不如咱们希望的那么健康;假如他目前身体虚弱,偶尔,一时上,确实好像快要不能使用他的……”

戚克太太不敢说“腿”。董贝先生刚才不是忌讳人家说“骨头”吗?她且等托克丝小姐怎么提示。这位小姐不负她的职责,建议说“肢体”。

“肢体!”董贝先生照说了一遍。

托克丝小姐说:“今天早上,那位瞧病的先生好像提到了珀尔的腿。露依瑟,他提了吧?”

戚克太太口气略带责备,说道:“可不是吗,陆奎谐,你怎么问起我来了,你听见他提的呀。我说啊,咱们的小宝贝假如暂时两腿不管用,那是很多儿童在他那年龄常有的灾难,怎么小心谨慎也预防不了。珀尔哥哥,你最好还是及早心上有数,承认是这么回事。”

董贝先生说:“露依瑟,你对我们商行里未来的主人翁,天生是一片忠诚,一片关注;你该知道,这方面我完全信得过你。皮尔金斯先生今天大概已经瞧过珀尔了吧?”

蕾依瑟说："是啊，瞧过了。托克丝小姐和我都在场。托克丝小姐和我总在旁陪着；这是我们的天经地义。这一程，皮尔金斯先生天天来瞧珀尔。我看他这人很有本领。他说病情一点不严重。这话我可以证实；也许听来多少可以宽心些。不过他今天建议让孩子到海边去换换空气。珀尔，我确实相信，这建议很明智。"

"到海边去换换空气。"董贝先生把这句话重复了一遍，眼睛看着他妹妹。

戚克太太说："这没什么叫你不放心的。我的乔治和费德利克像珀尔那么大的时候，大夫都吩咐到海边去换空气。我自己吧，大夫也好多次吩咐到海边去呢。珀尔哥哥，我想你刚才说得不错。有些事小孩子不宜多想；大概楼上有人说话不防头，当着孩子就随便讲。可是这孩子也太机灵，实在没法儿防他。假如是个普通孩子，在他面前说什么都无所谓。我实在觉得……托克丝小姐也和我同意……他最好暂时离开这里，布来登海滨空气好；再比如说吧，像皮普钦太太那么有识见的人，对孩子身体和心灵的训练……"

董贝先生听到这个完全陌生的名字说来那么熟悉，骇然问道："蕾依瑟，皮普钦太太是谁呀？"

他妹妹说："珀尔哥哥，皮普钦太太是一位有年纪的太太。她的身世，托克丝小姐全知道。近年来她全心一意研究幼儿、管教幼儿，成就大极了。而且她的亲戚朋友都是最上流的。她丈夫是伤了心死的——陆奎谐，你说她丈夫是怎么伤了心？详细情况我忘了。"

托克丝小姐说："抽出秘鲁矿里的水。"

"当然，他不是抽水的工人。"戚克太太瞥了她哥哥一眼，觉得实在有必要下这番解释，因为托克丝小姐说得他好像是使劲抽水致死的，“他是为了那个投机事业失败、投资亏了本。我看皮普钦太太管教孩子的本领着实惊人；我从小就听到亲戚朋友里夸赞她这一手。哎唷！我那时候才多高啊？……”她目光打量着书架上离地十尺的丕特先生半身像。

托克丝小姐脸上现出一阵透露内心的红晕，说道：“先生，咱们既然专在谈论皮普钦太太，我也许该说，她对令妹的赞誉可以当之无愧。社会上许多出风头的绅士和夫人小姐，小时候都受过她管教。我这个区区不足道的人，也是她管教过来的。我想她那幼儿园里，幼年的贵人并不罕见。”

董贝先生高高在上而谦逊地问道：“托克丝小姐，听你说来，这位有身份的女人是开幼儿园的吧？”

托克丝小姐说：“啊呀，我也不知道是不是该称幼儿园，总归不是补习学校。怎么说呢？”她声调异常温柔：“该说是一个非常高级的幼儿宿舍吧？”

戚克太太瞥了她哥哥一眼，讽示说：“选收幼儿的标准严格极了。”

托克丝小姐说：“嗬！一般的休想进去！”

这套话有点动听。皮普钦太太的丈夫为秘鲁的矿伤了心是美的；这里有金子银子的声音。而且董贝先生听到医生的告诫之后，想着珀尔还留在家里，没立刻送出去，心上惶急得简直要命。孩子在成长的路上要停顿一下了；他只能慢慢儿向目标走去。戚克太太和托克丝小姐推荐皮普钦太太，他听了很当作一回事。因为他知道她们俩不爱旁人干涉她们照管的孩子，也绝不信她们会热心找人分担责任。上文刚说过，他信得过戚克太太的责任感。董贝先生默默沉思:为秘鲁的矿伤了心……哎,这样伤了心也很体面呀!

董贝先生思忖了一番,问道:“假如咱们明天打听之后,决计把珀尔送到布来登那位太太家,谁跟他一起去呢?”

他妹妹迟疑说:“珀尔哥哥,现在这孩子到哪儿去都离不了弗萝任斯。他简直迷恋着他姐姐。你知道,他还小得很,自有他的爱好。”

董贝先生别转头,慢慢踱到书架前,开了锁,拿了一本书回来。

他低头翻着书说:“还有谁,露依瑟?”

他妹妹说:“当然还有魏耿啰。我想有魏耿去就行。珀尔已经交托给皮普钦太太了,你不能叫谁再去碍着她的手脚。当然,你自己一星期至少要去看他一次。”

董贝先生说:“那当然。”他坐着对那一页书看了一小时,没读进一个字。

这有名的皮普钦太太是个非常不可爱、非常坏脾气的老太太。她驼着个背,一张脸斑斑点点像粗糙的大理石,鼻子带钩,灰眼珠看来硬极了,放在铁砧上锤打也丝毫不会损伤。皮普钦先生为秘鲁的矿送掉性命,至少是四十年前的事了。可是他的未亡人还穿着黑丧服,色儿黑得没一点光泽,又浓,又呆,又暗。天夜了,煤气灯也照不亮她。不论点着多少支蜡烛,她一到就黯然无光。大家都说她管教幼儿很有一手。她的秘诀是把孩子不喜欢的强加给他们,喜欢的一律禁止。这来据说使孩子的性情变得十分柔和。这位老太太严酷极了,使人不免猜想:秘鲁抽水机没去抽矿里的水,却错把她身体里温润性情的津液、滋养仁爱的膏汁全抽干了。

这位威镇幼儿的罗刹女有一所房子在布来登一条陡陡的小街上。那里的泥土,石灰质特多,异常贫瘠;那里的房屋也异常脆薄。家家房前的小院子也有点特别:不知是何缘故,无论在那儿播下什么种子,长出来的总是金盏花。那里的蜗牛,经常像拔火罐那样牢牢吸在人家大门上,或其他想不到会有蜗牛点缀的明显地方。冬天呢,房子里的空气没法儿出来;夏天呢,外面的空气没法儿进去。里面回旋震荡的风声无休无止,住户不由自主,仿佛耳上贴着个大贝壳,日夜得听那轰隆的响。那里的气味本来不好闻。客厅从来不开;窗口摆着皮普钦太太收集的几盆植物,弥漫出一股子泥土味。那些植物也算是好标本,不过地道是皮普钦太太家培育的品类。六种仙人掌围着些木片歪歪扭扭地盘绕,像毛丛丛的蛇。一种仙人掌伸出大扁钳子,像绿色的龙虾。几种爬藤植物,叶子都是黏黏的。一盆草别扭地吊在天花板上,枝叶纷披,垂下的长条撩触着底下的人,使他们联想到蜘蛛。皮普钦太太宅里蜘蛛非常多。不过香油虫在当令季节,大概更比蜘蛛多。

皮普钦太太对出得起钱的人收费标准一律很高。她一贯冷面无情,对谁都难得通融。所以大家认为这老太太非常地说一是一,对幼儿的性格颇有一套学问。她在丈夫死后,靠自己这点声誉,也靠她丈夫那份伤心,年去年来,应付得日子相当好过。戚克太太提到她之后,不出三天,这位了不起的太太已在欣然期待董贝先生腰包里好一笔钱要添入自己的进账,并等着茀萝任斯和她的弟弟珀尔来她家住宿了。①

---

① 编者按:本章未完。

斐多

杨绛先生译柏拉图《斐多》序言

柏拉图的对话录《斐多》，描绘的是哲人苏格拉底就义的当日，与其门徒就正义和不朽的讨论，以及饮鸩致死的过程。在西方文化中，论影响的深远，几乎没有另一本著作能与《斐多》相比。因信念而选择死亡，历史上这是第一宗。

苏格拉底生在动荡的时代。伯罗奔尼撒的战事，令现存的价值观受到了怀疑。从业石匠的苏格拉底，在雅典的市集内牵引市民参与讨论：什么才是正确的思想和行为。他开创了一个崭新的方法，后世称之为“接生法”：苏格拉底并不作长篇大论，而是提出问题，往返之间，令对手渐渐自缚于矛盾，而从困境中获得新见地。他于公元前三九九年在雅典受控被判死刑。从柏拉图另一对话录《辩护》中，我们得知他的罪名是误导青年、颠倒是非黑白，以及否定希腊传统神祇的存在。事实上，恐怕嫉妒和毁谤，才是他被控的主因。

苏格拉底本人不曾留下文献。我们可以想知，柏拉图对话录中苏格拉底所说的话，不尽出于其口，其中有不少应是柏拉图借老师的口说话。《共和国》内最脍炙人口的意念论，即是其中一例。苏格拉底的风韵神态令门徒心仪，倒是显而易见的。而这种风韵和他的相貌无关，纯粹是心灵的外发力量。从另一对话录《酒会》中可以得知，他又胖又矮、相貌奇丑、酒量惊人、充满反讽,而非常能言善辩。

在《斐多》中,苏格拉底予人的印象最为活泼而深刻。如果他要苟且偷生,大可以逃往其他城邦,或答应从此保持缄默,不再在雅典街头与人论道。但他不肯背叛他的信念。即在今日,他在就义前从容不惧,与门徒侃侃论道的情景,仍然令人惊叹向往。

在《斐多》中,苏格拉底一再呼唤他内在的“灵祇”,指引他正直的途径。我们可以说,在西方文化史上,苏格拉底第一个发现了个人良知。对他来说,这个内在的声音并不囿于个人,而指向一个更高的层次,是人类共同的价值。哲学既是对智慧和正义的热爱,也就是团结人类社群和宇宙的义理定律。由此观之,哲学是幸福快乐不会枯竭的泉源,因此能战胜死亡。

对苏格拉底的审判和他最后时刻的描述,至今天还是西方伦理学的基础。中国数千年的文化中,自然有不同的传统,但与西方文化也有很多相通的地方。不论在西方或中国,我们都应该感谢杨绛先生把《斐多》译成了中文。推动中西思想和意念的汇合和交流,《斐多》实在是一本最适当的经典著作。

德国博士、教授　莫芝宜佳　敬序

史仁仲　译

译者前言

我这篇翻译根据“勒勃经典丛书”(The Loeb Classical Library)版《柏拉图对话集》原文与英译文对照本(英国伦敦 1953 年版)第一册 193—403 页《斐多》篇英语译文转译。英文译者是法乎勒(Harold North Fowler)。

我的参考书有以下几种:

“哈佛经典丛书”(The Harvard Classics)收藏家版本(Collector's Edition)美国格洛列企业公司(Grolier Enterprises Corp.)一九八〇年版柏拉图对话选的《斐多》英语译文。译者纠微特(Benjamin Jowett)。

《柏拉图的〈斐多篇〉》(*The Phaedo of Plato*),附有序言及注解,盖德(W. D. Geddes)编,伦敦及爱丁堡一八六三年版。

《柏拉图的〈斐多〉》(*Plato's Phaedo*),附有评注分析,瓦格纳(William Wagner)编,克来门(Willard K. Clement)修订,波士顿一八九四年版。

《柏拉图的〈斐多篇〉》(*The Phaedo of Plato*),附有序言及注解,威廉逊(Harold Williamson)编,伦敦麦克密伦出版公司一九二四年版。

人名地名等除了个别几个字可意译,一般只能音译。一个名字往往需用许多字,这一长串毫无意义的字并不能拼出原字的正确读音,只增添译文的涩滞,所以我大胆尽量简化了。不过每个名字不论简化与否,最初出现时都附有原译的英文译名。

本篇对话是苏格拉底(Socrates)就义那天,在雅典(Athens)监狱里和一伙朋友的谈话;谈的是生与死的问题,主要谈灵魂。全部对话都是参加谈话的斐多向伊奇(Echecrates)讲述的。讲述的地点在弗里乌斯(Phlius),因为伊奇是那个地方的人。

注解是我为读者加的。

在 场 人 物

伊　奇(Echecrates)

斐　多(Phaedo)

阿　波(Apollodorus)

苏格拉底(Socrates)

齐　贝(Cebes)

西　米(Simmias)

克　里(Crito)

监狱的监守人(原译称为“十一名裁判官的仆从”，中译简称“监守”。)

伊奇　斐多啊，苏格拉底在监狱里服毒那天，你和他在一起吗？还是说，那天的事是你听别人讲的？

斐多　我和他一起在监狱里，伊奇。

伊奇　那么我问你，他临死说了些什么话？他是怎么死的？我很想听听。因为近来弗里乌斯（Phlius）人一个都不到雅典去了，弗里乌斯也好久没外地人来。那天的事没人讲得清楚，只说他喝了毒药死了。所以我们对详细情况没法儿知道了。

斐多　你连审判都没听说过？审判怎么进行的也没听说过？

伊奇　听说过。有人讲了。不过我们不明白为什么他已经判处了死刑，还迟迟没有处死。斐多，这是什么缘故呀？

斐多　伊奇，这是偶然。雅典人送往得洛斯（Delos）①的船，恰好在他受审的头天"船尾加冕"②。

伊奇　什么船呀？

斐多　据雅典人传说，从前忒修斯（Theseus）③等一伙十四

---

① 得洛斯是希腊的一个小岛，相传是太阳神阿波罗（Apollo）出生地，岛上有阿波罗神庙。

② 送往阿波罗神庙的船，启程前举行这个典礼。

③ 忒修斯是传奇里的英雄。相传克里特（Crete）岛上有个吃人的牛头怪（Minotaur），雅典每年进贡童男童女各七名供牛头怪食用。忒修斯自愿充当一名进贡的童男。他杀了牛头怪，救了同伙。

个童男童女到克里特去的时候，就乘的这条船。他救了自己，也救了同伙的性命。据这个传说，当时雅典人对阿波罗发誓许愿，假如这伙童男童女能保得性命，雅典人年年要派送使者到得洛斯去朝圣。从那个时候直到今天，他们年年去朝圣。按雅典的法律，出使得洛斯的船往返期间，城里该是圣洁的，不得处决死囚。这段时期有时很长，因为船会碰到逆风。阿波罗的祭司为船尾加冕，就是出使的船启程了。我不是说吗，那只船是苏格拉底受审的前一天加冕的，所以苏格拉底判了死刑以后，在监狱里还待了很久才处死。

伊奇　斐多，他临死是怎么个样儿？说了些什么话？干了些什么事？哪几个朋友和他在一起？监狱的监管人让他的朋友们进监狱吗？还是他孤单单地死了？

斐多　不孤单，有几个朋友和他在一起，好几个呢。

伊奇　你要是不太忙，请把当时的情况给我讲讲，讲得越仔细越好。

斐多　我这会儿没事，我会尽量仔仔细细地讲给你听。因为，不论是我自己讲苏格拉底，或是听别人讲，借此能想起他，总是我莫大的快乐。

伊奇　好啊，斐多，我的心思正和你的一样，希望你尽量仔仔细细地讲。

斐多　我呀，陪他在监狱里的时候，感情很特殊。如果我看到一个朋友要死了，我心里准是悲伤的，可是我并不。因为瞧他的气度，听他的说话，他是毫无畏惧、而且心情高尚地在等死，我觉得他是快乐的。所以我想，他即使是到亡灵居住的那边去，一路上也会有天神呵护；假如那种地方也有谁会觉得好，那么他到了那里，他的境遇一定是好的。就为这个缘故，我并不像到了丧事场合、自然而然地满怀悲悯，我没有这种感觉。不过我也并不能感到往常听他谈论哲学的快乐，而我们那天却是在谈论哲学。我的心情非常奇怪。我想到苏格拉底一会儿就要死了，我感到的是一种不同寻常的悲喜交集。当时我们在场的一伙人心情都很相像。我们一会儿笑，一会儿哭，尤其是阿波——你认识他，也知道他的性格。

伊奇　我当然知道。

斐多　他简直控制不住自己了。我也和别人一样，都很激动。

伊奇　斐多，当时有哪些人在场？①

斐多　有几个雅典本地人。阿波之外，有克里和他的儿子以及贺莫（Hermogenes）、艾匹（Epigenes）、依思（Aeschines）和安悌（Antisthenes）。皮阿尼亚（Paeania）区的泽西（Ctesippus）也在，还有梅内（Menexenus）和另外几个雅典人。不过柏拉图（Plato）没在，我想他是病了。

伊奇　有外地人吗？

斐多　有底比斯（Thebes）人西米、齐贝和斐东（Phaedondes）；麦加拉（Megara）的尤克（Euclid）和忒松（Terpison）。

伊奇　嘿？阿里（Aristippus）和克琉（Cleombrotus）没在那儿？

斐多　他们没在。听说他们俩当时在爱琴岛（Aegina）。

伊奇　还有别人吗？

---

①　他们提到的在场者，多半是后世知名的知识分子。

斐多　我想差不多全了。

伊奇　好吧，你们谈论些什么呢？

斐多　我且给你从头讲起。我和他们一伙前些日子就经常去看望苏格拉底。监狱附近就是他受审的法庭。天一亮我们就在那儿聚会。监狱开门是不早的。我们说着话儿等开门。门开了我们就进监狱去看苏格拉底，大半天的时光都和他在一起。末后那天的早晨，我们集合得特早，因为前一天黄昏，我们离开监狱的时候，听说开往得洛斯的船回来了。所以我们约定大清早就到老地方去会合。我们到了监狱，往常应门的监守出来拦住我们，叫我们等等，等他来叫我们。他说："因为这时候那十一位裁判官正为苏格拉底卸下锁链，并指示今天怎么处他死刑。"过了一会儿，监守回来叫我们进去。我们进了监狱，看见苏格拉底刚脱掉锁链。任娣①，你知道她的，她正坐在苏格拉底身边，抱着他的小儿子。她见了我们，就像女人惯常的那样，哭喊着说："啊，苏格拉底，这是你和你朋友们交谈的末一遭了呀！"苏格拉底看了克里一眼说："克里，叫人来送她回家。"她捶胸哭喊着给克里家的几个佣人送走了。苏格拉底从他的卧铺上坐起来，蜷起一条腿，用手抚摩着，一面说："我的朋友啊，我们所谓愉快，真是件怪东西！愉快总莫名其妙地和痛苦连在一起。看上来，愉快和痛苦好像是一对冤家，谁也不会同时候和这两个一起相逢的。可是谁要是追求这一个而追到了，就势必碰到那一个。愉快和痛苦好像是同一个脑袋下面连生的两个身体。我

---

① 任娣（Xanthippe），苏格拉底之妻。

想啊，假如伊索[①]想到了这一对，准会编出一篇寓言来，说天神设法调解双方的争执却没有办法，就把两个脑袋拴在一起，所以这个来了，那个跟脚也到。我现在正是这个情况。我这条腿给锁链锁得好痛，现在痛苦走了，愉快跟着就来了。”

讲到这里，齐贝插嘴说：“嗨，苏格拉底，我真高兴，你这话提醒了我。你把伊索寓言翻成了诗，又作诗颂扬阿波罗，许多人问起这事呢。前天，艾凡[②]就问我说，你从来没作过诗，怎么进了监狱却作起这些诗来了。他一定还要问呢。等他再问，假如你愿意让我替你回答，你就教我怎么回答。”

苏格拉底说：“齐贝，你就把真实情况告诉他。我作这几首诗，并不想和他或他的诗媲美，因为我知道这是不容易的。我只是想试验一下我做的有些梦是什么意思。我屡次在梦里听到一个督促我的声音，叫我作作诗，和文艺女神结交。我生怕疏忽了自己的责任，想知道个究竟。我且说说我的梦吧。我过去常做同一个梦。梦是各式各样的，可是说的总是同一句话。它说：‘苏格拉底啊，创作音乐！培育音乐！’我以前呢，以为这是督促我、鼓励我钻研哲学。我生平追随的就是哲学，而哲学是最高尚、最优美的音乐。梦督促我的事，正是我一直在做的事，就好比看赛跑的人叫参赛的人加劲儿！加劲儿！可是现在呢，我已经判了罪，因为节日而缓刑，正好有一段闲余的时间。我想，人家通常把诗称为音乐，说不定梦里一次次叫我创作音乐就指作诗，那么我不该违抗，应该听命。我是就要走的人了，该听从梦

① 伊索（Aesop），约公元前六世纪的寓言作家。

② 艾凡（Evenus），职业教师，又是诗人。

的吩咐，作几首诗尽尽责任，求个心安。所以我就作了一首赞美诗，歌颂这个节期的神①。然后我想，一个诗人，如果是真的诗人或创造者②，他不仅把文字造成诗句，还该创造故事。我不会创造故事，就把现成熟悉的伊索寓言改成诗。齐贝，你把这话告诉艾凡吧，说我和他告别了；并且劝告他，假如他是个聪明人，尽快跟我走吧。看来我今天得走了，因为这是雅典人的命令。”

西米说：“什么话呀！苏格拉底，给艾凡捎这种话！我和他很熟，据我对他的认识，我敢说，他除非万不得已，决不会听你的劝告。”

苏格拉底说：“为什么呢？艾凡不是哲学家吗？”

西米说：“我想他是的。”

“那么，艾凡会听从我的劝告。任何人如果对哲学真有爱好，都会听取我的劝告。不过，话又说回来，他不该自杀。据说，这是不容许的。”苏格拉底一面说话，一面把两脚垂放下地。他从这时起，直到我们谈话结束，始终这么坐着。

齐贝就问他说：“苏格拉底，你既然说哲学家愿意追随去世的人，为什么又说自杀是不容许的呢？”

“怎么的，齐贝？你和西米都是费洛③的门弟子，你们就没听到他讲这个问题吗？”

“苏格拉底啊，我们没听到他明明白白地讲。”

“我自己也只是听人家传说。不过我很愿意把我听到的话再说一遍。现在我就要到另一个世界去了。讲讲那边儿的事、

---

① 指阿波罗。

② 按希腊文的字义，“诗人”是“创造者”。

③ 费洛（Philolaus），当时有名的哲学家。

想想我们对这些事的看法，也正是时候了。因为从现在到太阳西落，我还能做什么更合适的事呢？”

“那么，苏格拉底，你告诉我，到底为什么自杀是不容许的。我和费洛同住在一个城里的时候，我听他说过和你刚才讲的一样的话，也听到别人说过，说是一个人不准自杀。可是谁也没给我讲明白他的那番道理。”

苏格拉底说：“你得有胆量，也许你会听到些道理的。不过你也许会觉得奇怪，惟独这条法规绝对严格，不像人类对别的事可以有例外，尽管有时候有人宁愿死也不要活着；也许你会觉得奇怪的，一个人到了生不如死的境地，对自己行个好事就成了不敬神明，却非得要等别人来对他行好。”

齐贝温和地笑着吐出了家乡语：“是啊，我的老天爷，我就是觉得奇怪呀！”

苏格拉底说：“这话啊，照我刚才这么说，听来好像不合理。不过呢，也许还是有点道理的。有人私下里有一套理论，把人比作监狱里的囚犯，囚犯不得擅自打开牢门逃走。我觉得这套理论很深奥，不容易懂。不过，齐贝啊，至少我相信是有理的。我们有天神守护，天神是我们的主子。你相信吗？”

齐贝说：“对，我相信的。”

苏格拉底说：“那么，假如属你管辖的牲口，没得到你处死它的命令，擅自把自己毁灭了，它不招你生气吗？假如你能惩罚它，你不就要惩罚它吗？”

齐贝说：“这当然。”

“那么，一个人不该自杀，该等天神的命令，说来也该是有理的啰。像我吧，就是天神在召我了。”

齐贝说:“你这话好像是有理的。不过,苏格拉底,你刚才说,哲学家应当心上早有准备,情情愿愿地死;你这会儿又说,我们有天神守护着,天神是我们的主子。假如你这会儿的话是对的,那么你刚才的那句话就怪了。因了天神是最好的主子。天神守护着我们呢。一个绝顶聪明的人,离开自己的好主子而不感到苦恼是不合理的。聪明人决不以为他一旦获得自由就能自己照管自己,比天神还高明。傻子也许会这么想,以为他应该逃离主子,就不想想自己不应该离开好主子,能跟他多久就跟多久。所以傻子会没头没脑地逃走,而聪明的人总愿意和比自己高明的主子永远在一起。苏格拉底啊,我们这话和你刚才说的恰好相反,可是我们这个看法好像是对的呀。因为聪明人面临死亡该是苦恼的,傻子才会高兴。”

苏格拉底瞧齐贝这么认真,露出赞许的神色,瞧着我们说:“齐贝老爱盯着问。随你什么人,说什么话,他终归是不肯信服的。”

西米说:“哎,苏格拉底,我觉得齐贝这次说得不错。因为真正聪明的人,凭什么要离开比自己更高明的主子呢?而且我觉得齐贝正是在说你。你自己承认,守护我们的天神是好主子,你却又急着要离开我们和守护着你的天神。”

苏格拉底回答说:“你说得有道理。你认为我也该像在法庭上那样回答你们的谴责吧?”

西米说:“就是。”

苏格拉底说:“那么我得想想怎么先给你们一个好的印象。我在法庭上为自己辩护的时候,我给法官的印象不够好。按说,我临死不觉得悲苦是不合理的。可是我深信,我正要跑到另一些聪明善良的天神那儿去；那边还有已经去世的人，他们比这个世界上的人好。反正你们可以放心，我到了那边会碰到好人，尽管这一点我并不敢肯定。不过那边的天神都是好主子，这是千真万确的。所以有关主子的事我不用愁苦，而且我大有希望，人死了还有一份储藏等待着他呢。照我们的老话，好人所得的，远比坏人的好。”

西米说：“哎，苏格拉底，你打算抱定自己的主张上路了，你那主张就不让我们知道吗？你说的好人所得的好，我觉得我们大家都有份儿呀。而且，你如果能说得我们信服，你也就是回答了我们对你的谴责。”

苏格拉底说：“我会尽我的力量叫你们信服的。不过克里好像有什么话要说，他等了好一会儿了，我们先听听他的话。”

克里说：“没什么，苏格拉底，只是那个照管给你喝毒药的人直在跟我唠叨，叫我警告你，尽量少说话。他说，话说多了，身上发热，影响毒性发作；有时候，罪人要是说话太多，毒药得喝个两遍，甚至三遍。”

苏格拉底说：“别理他，叫他尽自己的责任，准备给我喝两遍药，如果有必要，就喝三遍。”

克里说：“我简直拿定你会这么说的。可是他跟我唠叨了好一会儿了。”

苏格拉底说：“别理他。你们现在是我的审判官。我现在正要回答你们的谴责。我要跟你们讲讲：一辈子真正追求哲学的人，临死自然是轻松愉快的，而且深信死后会在另一个世界上得到最大的幸福。西米和齐贝啊，我且把这番道理给你们讲个明白。

“许多人不懂哲学。真正的追求哲学,无非是学习死,学习处于死的状态。他既然一辈子只是学习死、学习处于死的状态,一旦他认真学习的死到了眼前,他倒烦恼了,这不是笑话吗?”

西米笑着说:“嗨,苏格拉底啊,我这会儿虽然没兴致笑,你却招我笑了。因为我想到世上万万千千的人,如果听到你形容哲学家的话,准会说你这话很对;我们家乡人对你的话也会完全同意,说哲学家求的就是死;他们还会加上一句,说他们看透了哲学家,哲学家就是该死的。”

苏格拉底说:“西米,他们说的也有道理,但是他们看透了哲学家这句话不对。因为他们并不明白真正的哲学家怎么样儿要求死,怎么样儿应该死,哲学家要求的死又是什么样儿的死。不过这话我们先搁一搁,我们且说说,我们认为人世间有死这回事吗?”

西米说:“当然有啊。”

苏格拉底说:“我们认为死就是灵魂和肉体的分离;处于死的状态就是肉体离开了灵魂而独自存在,灵魂离开了肉体而独自存在。我们不是这样想的吗?死,不就是这么回事儿吗?”

西米回答说:“不错呀,就是这么回事儿。”

“好,我的朋友,我还有个问题要听听你的意见。如果我们意见一致,我们当前的问题就能说得更明白了。你认为一个哲学家会一心挂念着吃吃喝喝这类的享乐吗?”

西米说:“苏格拉底,他决不会的。”

“对爱情的快乐呢?他在意吗?”

“决不在意。”

“好,还有其他种种为自己一身的享用,比如购买华丽的衣服呀，鞋呀，首饰呀，等等，你认为一个哲学家会很在意吗？除了生活所必需的东西，他不但漫不在意，而且是瞧不起的。你说呢？”

西米回答说：“照我看，真正的哲学家瞧不起这些东西。”

“那么，你是不是认为哲学家不愿把自己贡献给肉体，而尽可能躲开肉体，只关心自己的灵魂呢？”

“是的。”

“我们首先可以说，哲学家能使灵魂超脱肉体。在这方面，哲学家比别人更有本领。这不是很明显的吗？”

“是的。”

“世上多数人准以为活一辈子不享受肉体的快乐，就活得冤枉了。谁要是对肉体的享乐毫不在意，他就和死人差不多了。”

“这话很对。”

“好，我们再说说怎样去寻求真纯的知识吧。如果和肉体一起去寻求智慧，肉体是帮手还是阻碍呢？我是说，人的视觉、听觉真实可靠吗？诗人经常对我们说，我们看见的、听到的都是不正确的，这话对吗？可是视觉、听觉如果都不正确、不可靠，其他的感觉就更不用说了。视觉、听觉还是最可靠的感觉呢。你说不是吗？”

西米回答说：“我觉得一点儿不错。”

“那么，什么时候灵魂能求得真实呢？因为带着肉体去探索任何事物，灵魂显然是要上当的。”

“是啊。”

“那么，灵魂如果求得真理，只能在思想里领会到一点儿吧？”

“是的。”

“如果思想集中，不受外物干扰——一切声音、形象、痛苦、喜乐都没有，尽量撇开肉体，脱离肉体的感受，专心一意地追求真实，这该是最适于思想的境界吧？”

“是的。”

“就为这个缘故，哲学家的灵魂很瞧不起肉体，并且避开肉体，争求孤独自守。不是吗？”

“显然是的。”

“那么，西米，我再问你一件事。绝对的公正，我们认为有？还是没有？”

“我们一定认为有。”

“绝对的美，绝对的善，有没有？”

“当然有。”

“你们有谁亲眼看见过吗？”

“确实没有。”

“或者由别的任何感觉接触过没有？我指人的感觉接触不到的许多东西呢。例如体积的大小、健康、力量等——就是说，每一件东西底子里的实质。我们能由肉体来思考这种种事物的实质吗？一个人观察事物而要了解事物底子里的实质，他先得非常尽心地做好准备，才能接触到这点知识。该这么说吧？”

“就该这样说。”

“一个人观察事物的时候，尽量单凭理智，思想里不掺和任何感觉，只运用单纯的、绝对的理智，从每件事物寻找单纯、绝对的实质，尽量撇开视觉、听觉——一句话，撇开整个肉体，因为他觉得灵魂有肉体陪伴，肉体就扰乱了灵魂，阻碍灵魂去寻求真实的智慧了。能这样单凭理智而撇开肉体的人，该是做了最完好的准备吧？西米，这个人该比任何别人更能求得真实的知识吧？”

西米回答说：“苏格拉底，你说得千真万确。”

苏格拉底说：“那么，真正热爱智慧的人，经过这番考虑，都会同意说：‘我们找到了一条捷径，引导我们和我们的论证得出这么个结论——就是说，我们追求的既是真理，那么我们有这个肉体的时候，灵魂和这一堆恶劣的东西掺和一起，我们的要求是永远得不到的。因为这个肉体，仅仅为了需要营养，就产生没完没了的烦恼。肉体还会生病，这就阻碍我们寻求真理。再加肉体使我们充满了热情、欲望、怕惧、各种胡思乱想和愚昧，就像人家说的，叫我们连思想的工夫都没有了。冲突呀，分帮结派呀，战争呀，根源在哪儿呢？不都是出于肉体和肉体的贪欲吗？为了赚钱，引发了战争；为了肉体的享用，又不得不挣钱。我们都成了这类事情的奴隶了。因此我们没时间研究哲学了。还有最糟糕的呢。我们偶然有点时间来研究哲学，肉体就吵吵闹闹地打扰我们思考，阻碍我们见到真理。这都说明一个道理：要探求任何事物的真相，我们得甩掉肉体，全靠灵魂用心眼儿去观看。所以这番论证可以说明，我们要求的智慧，我们声称热爱的智慧，在我们活着的时候是得不到的，要等死了才可能得到。因为如果说灵魂和肉体结合的时候，灵魂不能求得纯粹的知识，那么，或是我们压根儿无法寻求纯粹的知识，或者呢，要等死了才能得到。人死了，非要到死了，灵魂不带着肉体了，灵魂才是单纯的灵魂。我们当前还活着呢，我想，我们要接近知识只有一个办法,我们除非万不得已,得尽量不和肉体交往,不沾染肉体的情欲,保持自身的纯洁,直等到上天①解脱我们。这样呢,我们脱离了肉体的愚昧,自身是纯洁的了,就能和纯洁的东西在一起,体会一切纯洁的东西——也许,这就是求得真实了。因为不纯洁的不能求得纯洁。我想,西米啊,真正热爱知识的人准是都这样想的。你觉得对吗?"

"苏格拉底,你说得对极了。"

"假如我这话对,我的朋友啊,等我到了我要去的地方,我一辈子最关切的事就大有希望可以实现了。现在指定我动身的时刻已经要到了,我就抱着这个美好的希望动身上路。不光是我,凡是相信自己的心灵已经清洗干净,有了准备的,都可以带着这个希望动身。"

西米说:"的确是的。"

"清洗干净,不就是我们谈话里早就提到的吗?我们得尽量使灵魂离开肉体,惯于自己凝成一体,不受肉体的牵制;不论在当前或从今以后,尽力独立自守,不受肉体的枷锁。你说是不是啊?"

西米说:"肯定是的。"

"那么,我们所谓死,不正是这里说的灵魂和肉体的解脱和分离吗?"

西米说:"正是啊。"

"我们认为真正的哲学家,惟独真正的哲学家,经常是最急

---

① 原译文 God,如译"上帝",就和基督教的耶和华(Jehovah)相混了,所以译为"上天"。

切地要解脱灵魂。他们探索的课题,就是把灵魂和肉体分开,让灵魂脱离肉体。你说不是吗?”

“显然是的。”

“那么,我一开头就说过,假如一个人一辈子一直在训练自己,活着要保持死的状态,他临死却又苦恼是荒谬的。这不是荒谬吗?”

“当然是荒谬的。”

“其实,西米啊,真正的哲学家一直在练习死。在一切世人中间,惟独他们最不怕死。你该照这样想想;他们向来把肉体当作仇敌,要求灵魂超脱肉体而独立自守,可是到了灵魂脱离肉体的时候,却又害怕了,苦恼了,他们寄托毕生希望的地方就在眼前了,却又不敢去了,这不太愚蠢了吗?他们不是一直在追求智慧吗?他们不是仇恨拖带着的肉体,直想避开肉体吗?很多人死去了亲人、妻子或儿子,都愿意到那一个世界去,指望见到生前爱好的人,和他们在一起呢。一个真心热爱智慧的人,而且深信只有到了那个世界上才能找到智慧,他临死会悲伤吗?他不就欢欢喜喜地走了吗?我的朋友,假如他是一个真正的哲学家,他临死决不会愁苦的。因为他有坚定的信念,惟有到了那边,才能找到纯粹的智慧,别处是找不到的。照这么说,哲学家怕死不就非常荒谬吗?”

西米说:“确是非常荒谬。”

苏格拉底说:“西米啊,如果你看到一个人临死愁苦,就足以证明他爱的不是智慧,而是肉体,也许同时也爱钱,或是权位,也许又爱钱又爱权位。不是吗?”

西米说:“你这话很对。”

苏格拉底接着说:“西米啊,所谓勇敢,是不是哲学家的特殊品格呢?”

西米说:“准是的。”

“一个人不受热情的激动,能约束感情而行为适当,通常称为节制。自我节制,只有瞧不起肉体、一生追求哲学的人,才有这种品格吧?”

西米说:“应该是的。”

苏格拉底说:“假如你仔细想想,一般人的勇敢和节制,其实是荒谬的。”

“苏格拉底,这话可怎么讲呀?”

苏格拉底说:“哎,你不知道吗?一般人都把死看作头等坏事的。”

西米说:“他们确是把死看作头等坏事的。”

“勇士面临死亡的时候并不怕惧,他们是怕遭受更坏的坏事吧?”

“这倒是真的。”

“那么,除了哲学家,一般人的勇敢都是出于害怕。可是,勇敢出于怕惧和懦怯是荒谬的。”

“确是很荒谬。”

“关于节制,不也是同样情况吗?他们的自我克制是出于一种自我放纵。当然,这话听来好像不可能。不过他们那可笑的节制,无非因为怕错失了自己贪图的享乐。他们放弃某些享乐,因为他们贪图着另一种享乐,身不由己呢。一个人为享乐而身不由己,就是自我放纵啊。他们克制了某些享乐,因为他们贪图着另一些享乐,身不由己。我说他们的自我节制出于自我放纵,就是这个意思。”

“看来就是这么回事。”

“亲爱的西米啊,我认为要获得美德,不该这样交易——用这种享乐换那种享乐,这点痛苦换那点痛苦,这种怕惧换那种怕惧;这就好像交易货币,舍了小钱要大钱。其实呀,一切美德只可以用一件东西来交易。这是一切交易的标准货币。这就是智慧。不论是勇敢或节制或公正,反正一切真正的美德都是由智慧得到的。享乐、怕惧或其他各种都无足轻重。没有智慧,这种那种交易的美德只是假冒的,底子里是奴性,不健全,也不真实。真实是清除了这种虚假而得到的净化。自制呀,公正呀,勇敢呀,包括智慧本身都是一种净化。好久以前,创立神秘宗教的教主们说,凡是没受过启示、没经过圣典净化的人,到了那个世界上就陷到泥淖里了;而受过启示、经过净化的人就和天神住在一起。我想呀,说这话的不是愚昧无知,他们的话里包含着一番道理呢。据他们说,多数人不过是举着太阳神的神杖罢了,神秘主义者只有少数。照我的解释,神秘主义者就是指真正的哲学家。我一辈子尽心追求的,就是要成为一个真正的哲学家。我追求的办法对不对,我成功没有,我相信一会儿我到了那个世界上,如蒙上天允许,我就知道究竟了。西米和齐贝啊,这就是我对你们谴责的回答。我就要离开你们了,就要离开这个世界上主管着我的主子了,可是我既不悲伤,也不愁苦,我是有道理的。因为我相信,我到了那个世界上,我会找到同样好的主子和朋友。但愿你们比雅典的裁判官们更能听信我的话;我能叫你们信服我就满意了。”

苏格拉底说完之后,齐贝回答说:“苏格拉底,你的话,大部分我是同意的。不过说到灵魂呢,一般人不大会相信。他们怕的是灵魂离开了肉体就哪儿都没有了。人一死,灵魂也就消灭了。灵魂离开了肉体,马上就飞掉了,哪儿都没有了,就像烟或气那样消失了。假如灵魂摆脱了你刚才说的种种肉体的坏处,自己还能凝成一体,还有个什么地方待着,那么,苏格拉底,你那个幸福的希望就很有可能真会落实。不过,要说人死了灵魂还存在,并且还有能力,还有灵性,那就还需要好一番论证呢。"

苏格拉底说:"齐贝,你说得对。我们现在干些什么呢?你是不是愿意继续谈论这个题目,瞧我说的那一套是否可能啊?"

齐贝说:"我愿意。我想听听你对这事是怎么想的。"

苏格拉底说:"好吧。我想谁要是听到我这会儿的话,即使是一位喜剧作家①也不会骂我对不相干的事说废话。你要是愿意,我们就把这问题讨论到底。"

"我们先想想,死人的灵魂是不是在下界的那个世界上。有个古老的传说,我们都记得。据说死人的灵魂从这个世界到那个世界,然后又转世投生。假如这是真的,假如活人是由死人转世回生的,那么,我们的灵魂准待在那个世界上呢。不是吗?假如我们的灵魂一个都没有了,怎么能转世回生呢?转世回生的说法如果能够证实,灵魂的存在就有充分根据了。如果这个根据还不足为证,那就需要别的论据了。"

齐贝说:"当然。"

苏格拉底说:"我们现在就来讨论这个问题。我们不要单讲人,也讲讲一切动物、植物或一切产生出来的东西,就容易讲

---

① 同时代的大喜剧作家常嘲笑苏格拉底。

得明白。我们先确定一下:如果一切东西都有相反的一面,这些东西是不是都从相反的那一面产生的,而且只能从相反的那一面产生。比如说吧,高贵是低贱的相反,公正是不公正的相反。这种相反的一对对不知还有多少呢。一切事物,凡是有相反的一面,它一定就是从这相反的一面产生的,而且只能由这相反的一面产生。我们且瞧瞧相反相生是不是一切事物必然的道理。比如说,一件东西变得大一点儿了,必定是从它原先的小一点变成大一点儿的。"

"对呀。"

"如果一件东西变得小一点儿了,那东西一定原先是大一点儿的,然后就变得小一点儿了,不是吗?"

"这倒是真的。"

"弱一点儿是从强一点儿产生的。慢一点儿是从快一点儿产生的。不是吗?"

"是的。"

"更坏从更好产生,更公正从更不公正产生。对不对呀?"

"当然对。"

苏格拉底说:"那么,一切事物都是这样相反相生的。这件事充分证实了吧?"

"证实了。"

"还有呢,每一对相反的事物中间,总有两种变化:变过来又变过去。大一点儿和小一点儿中间的变化就是增加和减少,我们就说这边儿加了,那边儿减了。是不是呀?"

齐贝说:"是的。"

"还有其他类似的变化呢。例如分解和组合,冷却和加热。

相反的东西,都这样从一个状态变成相反的状态。尽管我们有时候说不出这些变化的名称,这些东西免不了总是从这一个状况变成相反的状态。不是吗?”

齐贝说:“确实是的。”

苏格拉底说:“那么,比如说,醒是睡的反面,生也有个反面吧?”

齐贝说:“当然有啊。”

“反面是什么呢?”

齐贝说:“死。”

“生和死既是相反的两件事,生和死中间的变化,也无非是变过来又变过去呀!生和死不就是相反相生的吗?”

“当然是的。”

苏格拉底说:“刚才我说了两对相反的事。现在我给你讲讲其中一对经过了怎样的变化,相反的又变为相生。另一对相反的事就由你来对我讲。我刚才说了睡和醒两件事。醒是由睡产生的,睡是从醒产生的。变化的过程是原先醒着,然后睡着了;睡着了呢,又醒过来了。这话你同意不同意啊?”

“完全同意。”

“你就把生和死的变化,照样儿给我讲讲。你不就要说,生是死的反面吗?”

“是这么说。”

“生和死不是相反相生的吗?”

“是的。”

“从生产生什么?”

齐贝说:“死。”

苏格拉底说:“从死又产生什么呢?”

“生,我只能这么回答。”

“那么,齐贝,无论是人是物,活的都是从死的产生的吧?”

齐贝说:“这很明显。”

苏格拉底说:“那么,我们的灵魂是在那一个世界上待着呢。”

“看来是这么回事。”

“在生和死的变化里,只有一个过程是看得见的,因为死显然是看得见的。不是吗?”

齐贝说:“确实是的。”

苏格拉底说:“那么,我们下一步怎么说呢?变回来的那一过程,我们就不承认了吗?自然界向来是周全的,不会在这一件事上只顾一面呀。我们是不是还得承认,死又向反面转化呢?”

齐贝说:“我们得承认。”

“这个过程是什么呢?”

“又活过来了。”

苏格拉底说:“假如有死了又活过来的事,那不就是由死转化为生吗?”

“是啊。”

“我们由此可以得出结论,正像活的会变成死的,死的就也会变成活的。照这么说,我觉得充分证明了死人的灵魂总有个地方待着,等候回生呢。”

齐贝说:“是的,苏格拉底,根据我们已经确认的事实,这个结论是必然的。”

苏格拉底说:“齐贝,我觉得这些论断都没错儿。我还可以用另一个方法来证实呢。假如生生死死的一代又一代只是一直线地从一头走向另一头,没有来回来回的圆转循环,那么,你看吧,到头来所有的东西都成了同一个形式,没有别的变化了,也不再代代相承了。”

齐贝说:“你这话是什么意思呀?”

苏格拉底说:“这话一说就明白。打个比方吧,如果睡只有一顺的过程,没有反面;睡过去了就不再醒过来,那么,睡眠的安狄明①还有什么意思呢?他就一睡不醒了;别人和别的东西也都和他一样,直在沉沉地睡了。再说吧,如果物质只有混合而没有分解,那么,安那克沙戈拉②所说的‘世间万物是一片混沌’就实现了。所以啊,亲爱的齐贝,假如有生命的东西都得死,死了永远是死的,那么,到末了,一切东西不全都死了,再没有活的了吗?因为活的东西假如不是从死里回生,而由别处受生,活的都得死,到头来,世上一切东西不都给死吞没了吗?能逃避这个结局吗?”

齐贝说:“我看这就不可避免了,苏格拉底呀,你的话,我觉得完全是对的。”

苏格拉底说:“齐贝,我这话千真万确。我们刚才一一肯定的,都不是睁着眼睛说瞎话。转世回生是真有这么回事的。活的从死的产生,人死了灵魂还存在,都是实在的事。”

齐贝接着说:“还有呢,苏格拉底,你爱说认识只是记忆。

---

① 希腊神话,安狄明(Endymion)是个美貌的牧童。月亮女神看中了他,使他每夜安睡不醒,她能夜夜欣赏他的美貌而不受干扰。

② 安那克沙戈拉(Anaxagoras,约公元前500—约前428),古希腊哲学家,他认为原始是一片混沌,无尽数的物质综合成各种形体。

假如这话是对的,我们有前生的说法就多了一个证据。必须是我们生前已经有了认识,今生才能记得呀。我们的灵魂投入人身之前,已经有这个灵魂了,而且在什么地方待着呢,不然的话就不可能记忆。所以这是灵魂不死的又一个论证。”

西米说:“齐贝,我可要问问你,认识只是记忆的说法有什么证据吗? 你提醒我一下呀,因为我这会儿就记忆不起啊。”

齐贝说:“这很容易证明。你可以向人家提问题,只要你问得好,他就会把自己知道的事一一如实告诉你;他不大知道或是不明白的,他就答不上。你要是让他认个数学的图表之类,更能说明问题。”

苏格拉底说:“西米啊,你要是不信他的话,我用另一种方法,来给你解释好不好? 认识怎么能是记忆呢,看来你还不大相信。”

西米说:“我不是不相信。不过我们这会儿讲的记忆,我还记忆不起来。我听了齐贝的话,开始记忆起来了,也开始相信了。不过我还是想听听你有什么说法。”

苏格拉底说:“那你就听我说吧。一个人记得什么事,一定是他从前已经知道的事。这话我们都同意吧?”

西米说:“同意啊。”

“由从前知道的事而得到的认识,就是记忆。这话你也同意吗? 我是说:假如一个人曾经听到、看到或者由别的方式认识了一件东西,他以后不但认识这一种东西,还附带着认识到一些不相同的旁的东西。我们能不能说,他认识到的就是他记起来的。能这样说吗?”

“不懂你这话什么意思。”

“我给你举个例。认识一只七弦琴和认识一个人,不是同一回事儿吧?”

“当然不是。”

“那么,你大概知道,一个情人看到自己心爱的人经常弹的七弦琴,或者经常穿的衣服,或经常用的东西,他一看到这只琴,心眼儿里就看见了这只琴的主人,你说有这事吧?这就是记忆啊,正好比有人看见了西米往往会记起齐贝一样,这类的事还说不尽呢。”

西米说:“这倒是真的。”

苏格拉底说:“这种事不就是记忆吗?尤其是年长月久、不在意而忘掉的事。”

西米说:“是记忆。”

苏格拉底说:“好,我再问你,一个人会不会看见一匹马的图像,或是一只七弦琴的图像而记起一个人来呢?会不会看了西米的画像而记起齐贝来呢?”

“准会。”

“他看了西米的画像,能记起西米本人来吗?”

西米说:“会。”

“从以上所举的例子,可见相像和不相像的东西,都引起记忆。是不是啊?”

“是的。”

“一个人如果看到相像的东西而引起了记忆,他是不是一定也会想想,他记忆里的东西和眼前所见的是不是完全相像?他会这么想吧?”

西米说:“一定会。”

“那么,还有句话你说对不对。我们所谓‘相等’是有这么回事的。我不是指这块木头和那块木头相等,这块石头和那块石头相等,或其他各式各样的相等,我指的是超越了种种东西的相等,另有个抽象的相等。有吗?我们能说有这么个相等吗?”

西米说:“有,我坚决肯定有。”

“什么是抽象的相等,我们懂吗?”

西米说:“当然懂。”

“我们这点儿知识是从哪儿来的呢?不是从我们刚才讲的这种那种东西来的吗?我们不是看到了木块儿和木块儿相等、石块儿和石块儿相等,从这种、那种物质的相等而得到了相等这个概念吗?概念里的相等,和这种那种物质的相等并不是一回事,你承认吗?我们不妨从另一个角度来说。那几块木头和木头、石头和石头,有些方面相等,有些方面却不相等,有这事吧?”

“当然有啊。”

“可是绝对的相等,能有哪方面不相等吗?抽象的相等,能不相等吗?”

“不能,苏格拉底啊,绝对不能。”

苏格拉底说:“那么,刚才说的这样那样的相等,和抽象的相等不是一回事。”

“我得说,苏格拉底啊,绝不是一回事。”

苏格拉底说:“抽象的相等,尽管和这样那样的相等不是一回事,可是这个概念,这点知识,不还是从这样那样相等的东西得到的吗?”

西米说:“是的呀。”

“抽象的相等，和这样那样东西的相等，也可以像，也可以不像，是吧？”

“是的。”

苏格拉底说：“这没关系，反正你看到了一件东西，就想起另一件东西，不管像不像，你终归是经过了一番记忆。”

“确实是的。”

苏格拉底说：“我们不是正在讲同等数量的木头或别的东西吗？我们觉得这样那样的相等，和抽象的相等不完全一样吧？这样那样的相等是不是比抽象的相等还差着点儿呢？”

西米说：“差多着呢。”

“如果有人看到了一件东西，心想：‘这东西我好像曾经见过，可是不一样，还差着点儿，比不上。’我们是不是可以说，这人从前准见识过那另一件东西，所以照他看，像虽像，却是比不上。”

“我们准会这么说。”

“这不就和我们这会儿讲的正是同样情况吗？某些东西相像，不过并不是抽象的相等。”

“对呀。”

“那么，我们一定是早已有了相等这个概念，所以看到相像的东西，就觉得像虽像，却不是概念里的相等，还差着点儿。不是吗？”

“确实是的。”

“我们也承认，相等这个概念是从种种感觉里得到的。没有视觉、触觉或其他种种感觉，就得不到抽象的概念。我认为不论哪种感觉，反正都是感觉。”

“是的，苏格拉底，在我们这会儿的辩论里，种种不同的感觉都一样是感觉。”

“那么，我们总是从感觉里得到这点认识的，就是说，我们感觉到的东西，总像曾经认识的，像，却不是绝对相等，还差着点儿。我们是这个意思吧？”

“是的。”

“那么，我们开始用眼睛看、耳朵听，或者运用任何感觉的时候，我们已经从不知什么地方，得到这个相等的概念了。不然的话，我们怎会觉得这东西像那东西，却又不是绝对相等呢？”

“苏格拉底啊，我们从上面的话里，只能得出这个结论呀。”

“而我们的视觉、听觉和其他感觉，不是一生出来就有的吗？”

“当然。”

“那么，我们就该说，我们有感觉之前，早已有了相等的概念了？”

“是的。”

“照这么看来，我们出生之前，已经有这点知识了。”

“是的。”

“假如我们出生之前，已经有这点知识了，我们出生的时候就是带着这点知识来的，那么我们出生之前、在出生的那个时刻，所有的这类概念——不仅仅是相等呀，比较大呀，比较小呀，等等，而是所有的概念，我们都已经得到了，你说不是吗？因为我们现在讲的，不仅仅是绝对的相等，也包括绝对的美、绝对的善以及公正、神圣等等，总之，我们反复问答辩证的时候，凡是我们称为‘绝对’的东西都包括在里面了。所以啊，以上种种知识,必定是在我们出生之前都有的。”

“这话对。”

“假如我们得到了一点知识而没有忘记,那么,我们应该总是生出来就有这点知识的,而且一辈子有这点知识。因为有知识就是得到知识之后还保留着,没丢失。而失去知识呢,西米啊,不就是我们所说的忘记吗?”

西米说:“对呀,苏格拉底。”

“假如我们生前所有的知识,在出生的时候忘了,后来在运用感觉的时候,又找回了从前所有的知识,那么,学到知识不就是找到了我们原有的知识吗?我们把认识说成记忆不是有道理吗?”

“有道理啊。”

“因为我们在看到、听到,或由其他感觉认识到一件东西的时候,会想起另一件已经忘记的东西,尽管这东西和当前认识到的并不一定相像,它们总归是有关系的。所以照我说啊,我们只能从两个假定里肯定一个:或者呢,我们一生出来就有知识,一辈子都有知识;或者呢,出生以后,我们所谓学习知识只是记起原有的知识,也就是说,认识就是记忆。”

“是的,苏格拉底,这话很对。”

“那么,西米啊,你选择哪个假定呢?我们是一生出来就有知识的吗?还是以后又记起了出生以前所有的知识呢?”

“苏格拉底,我这会儿不会选择。”

“我再问你个问题怎么样?一个人知道了一件事,他能说出他知道了什么事吗?这问题你总能回答,也能有你的意见呀。”

“他当然能说的，苏格拉底。”

“我们现在谈论的这些事，你认为随便什么人都能报道吗？”

“苏格拉底，我希望他们能，可是我只怕明天这个时候，再没一个人能说得有条有理了。”

“那么，西米，你认为，我们谈论的这些问题，并不是人人都知道的。”

“不是人人都知道的。”

“那么，他们曾经知道的事，他们能记得吧？”

“准记得。”

“我们谈论的这些问题，我们的灵魂是什么时候知道的呢？绝不是在我们出生以后啊。”

“当然不是。”

“那就该在出生以前吧？”

“对。”

“那么，西米啊，灵魂在转世为人之前已经存在了；灵魂不带肉体，可是有智力。”

“除非，苏格拉底，除非我们是在出生的那个时刻知道这些概念的。因为除了这个时刻，没有别的时候了。”

“我的朋友，你说得对。可是我们什么时候失去这些概念的呢？因为我们出生的时候，身体里并没有这些概念，这是大家都承认的。难道我们得到这些概念的时候，立刻又失去了吗？或者在什么别的时候失去的呀？”

“没有什么别的时候了，苏格拉底，我没头没脑地在胡说乱道了。”

苏格拉底说:“西米啊,我们且谈谈当前的问题,瞧我说的对不对。假如我们经常说的美、善以及这类本质都是有的,而我们由感觉接触到美的、善的或这类东西的时候,总觉得是以前已经认识的,并且总把当前的感觉去和曾经有过的认识比较,这不就证明我们早就有了这等等抽象的概念吗?这不也就证明我们的灵魂在我们出生之前早就存在了吗?假如这些抽象的概念压根儿是没有的,我们的议论不就全没意义了吗?如果这种种抽象的概念是有的,那么,我们的灵魂在我们出生之前也早已存在了。如果说,都是没有的,那么灵魂也是没有的。能这么说吗?能这么确定吗?”

“苏格拉底,我觉得你这话千真万确。我们的谈话得出了最好的结论。就是说:我们的灵魂在我们出生之前已经存在了,你所说的种种本质也早就存在了。我现在看得一清二楚,美呀,善呀,还有你刚才讲的种种东西,都确实存在。我觉得这都已经充分证明了。”

苏格拉底说:“可是齐贝怎么说呢?也得叫齐贝信服呀。”

西米说:“我想齐贝是信服的,尽管他是最不肯信服的人。我觉得他也相信灵魂在我们出生之前已经存在了。不过,我们死了以后,灵魂是不是继续存在,苏格拉底呀,这连我都还觉得没充分证明呢。齐贝刚才说起一般人的忧虑,认为人死了灵魂就消散了,我也摆脱不了这种忧虑,因为,即使灵魂能在别的什么地方生长出来,在投入人身之前已经存在了,可是那灵魂投入人身然后又脱离人身之后,凭什么还能继续存在而不消灭呢?”

齐贝说:“你说得对,西米。灵魂在我们出生之前已经存在了,这是我们论证的前半截。我觉得这半截已经证明了。至于人死了灵魂还像投生以前同样也存在,这可没有证明。得证明了这点,证据才齐全呢。”

苏格拉底说:“西米和齐贝啊,我们这会儿得出的结论是:灵魂在我们出生以前已经存在了。而我们刚才得出的结论是:一切生命都是从死亡里出生的。你们只要把这两个结论合在一起,证据就齐全了。因为灵魂在出生前已经存在了,而灵魂再出生只能从死亡里出生;灵魂既然还得重新生出来,它在人死之后,不是必定还继续存在吗?所以你们要求的证据,其实是已经给了你们了。不过照我猜想,你和西米准喜欢把这问题再深入探讨一下。你们是像小孩子似的害怕,怕灵魂离开了肉体,一阵风就给吹走吹散了。假如一个人死的时候天气不好,正刮大风,你们就越发害怕。”

齐贝笑着说:“就算我们是像小孩子似的害怕吧,苏格拉底,你且说明道理,叫我们心上有个着落。其实我们也不害怕,也许我们内心有个小孩子,是这小孩子在害怕。我们且鼓励这小孩子,别把死当作鬼怪般的幽灵,不要怕。”

苏格拉底说:“哎,你们得天天给你们内心的小孩子念念咒语,赶走他的怕惧。”

齐贝说:“苏格拉底啊,你是要离开我们的了,我们哪儿去找好法师为我们念咒呀?”

苏格拉底说:“齐贝,希腊是个大地方,有许多好人,也有不少外地人。你应该走遍希腊,寻找一个好法师,别计较费多少钱、费多少力,因为这样花钱最合算。你千万别忘了在自己的伙伴儿里找,因为看来别处很难找到。”

齐贝说:“找是决计要找的。现在我们离题远了。如果你愿意,我们且话归正题吧。”

苏格拉底说:“哎,我当然愿意。”

齐贝说:“好啊。”

苏格拉底说:“那么,我们是不是应该追究以下这类问题:什么东西生来是容易吹散的?什么东西的散失是我们当然要担忧的?又有什么东西是不怕吹散的?然后我们是不是可以进一步问问:灵魂属于哪一类。我们对自己灵魂的希望和忧虑,不就可以根据以上种种问题的答案来判断吗?”

齐贝说:“这话对啊。”

“我说呀,混合或综合的东西原是合并的,合并的自然也会分解。不是复合的东西——如果有这种东西的话,自然是不可分解的。”

齐贝说:“我想这是不错的。”

“一件东西如果不是复合的,就该始终如一,永不改变。复合的东西呢,经常在变化,从来不是同一个状态。这该是最可能的吧?”

齐贝说:“我也这么想。”

苏格拉底说:“那么,我们再回过来,讨论当前的问题。我们在辩证问答的时候,把至真、至美等抽象的实体称作‘真正的本质’。这种本质是永恒不变的呢,还是可能会变的呢?绝对的相等、绝对的美、一切绝对的实体、真正的本质,能有任何变化吗?绝对的本质都是单一的,独立的,所以都始终如一,不容改变。不是吗?”

齐贝回答说:“苏格拉底,本质都该是始终如一的。”

“可是有许多东西,例如人呀马呀、衣服呀或其他等等,也用上了美呀、相等呀这类本质的名称，你认为这许多东西都始终如一吗？它们不是恰恰和本质相反，都时时刻刻在变化吗？它们自身或彼此之间从来不始终如一吧？”

齐贝说：“你后来说的这些东西从来不始终如一。”

“这许多东西，你看得见，摸得着，都能用感觉去认识。可是不变的东西是无形的，看不见的，你只能用理智去捉摸。不是吗？”

齐贝说：“对呀，一点不错。”

苏格拉底说：“好，我们且假定世界上存在的东西有两种。一种是看得见的，一种是看不见的。”

齐贝说：“我们就这么假定。”

“看不见的是不变的吧？看得见的老在变化吧？”

齐贝说：“也可以这么假定。”

苏格拉底说：“好吧！我们是不是都由两个部分组成的呢？一部分是肉体，另一部分是灵魂。”

齐贝说：“是的。”

“我们认为肉体和哪一种东西更相像、更相近呢？”

齐贝说：“和看得见的东西更相像、更相近。这是谁都知道的。”

“灵魂呢？灵魂看得见吗？还是看不见的呢？”

“至少，人是看不见灵魂的，苏格拉底。”

“可是我们说这东西看得见、看不见，不就指人的眼睛吗？”

“是指人的眼睛。”

“那么，我们对于灵魂怎么说呢？灵魂看得见还是看不见呀？”

“看不见。”

“那么，灵魂是看不见的？”

“对。”

“那么，灵魂和看不见的东西更相像，肉体和看得见的东西更相像。”

“这是必然的道理呀，苏格拉底。”

“我们经常说，灵魂凭肉体来观察的时候——凭肉体也就是凭肉体的视觉、听觉等种种感觉呀，这时候灵魂依靠的只是这种种感觉了，所以它就被肉体带进了变化无定的境界，就此迷失了方向，糊里糊涂、昏昏沉沉的像个醉汉了。我们不是这么说的吗？”

“是啊。”

“可是，灵魂独自思考的时候，就进入纯洁、永恒、不朽、不变的境界。这是和它相亲相近的境界。它不受纠缠而自己做主的时候，就经常停留在这里了。它不再迷迷惘惘地乱跑，它安定不变了，和不变的交融在一起，自己也不变了。灵魂的这种状态就叫智慧。我这话对吧？”

齐贝说：“苏格拉底，你这话说得好极了，对极了！”

“从这一番论证和前一番论证里，你能不能得出结论，断定灵魂和哪一类东西相像也相近呢？”

齐贝说：“我想啊，苏格拉底，随便谁听过这场论证，都会肯定灵魂和不变的那种东西像极了，和变化的那一种远不相像。这连最笨的人也不会否定。”

“肉体呢？”

“和变化的那类更相像。”

“那么,我们再换个角度瞧瞧。灵魂和肉体相结合的时候,照天然规律,一方是服从的仆人,一方是指挥的主子。你觉得哪一方像神圣的,哪一方像凡人的?你是不是认为按自然规律,神圣的该管辖、该领导,而凡人的该服从、该伺候呢?”

“我想是的。”

“那么灵魂像什么?”

“这很明显,苏格拉底,灵魂像那神圣的,肉体像那凡人的。”

“那么,齐贝啊,我们所有的议论只得出以下一个结论。灵魂很像那神圣的、不朽的、智慧的、一致的、不可分解的而且永不改变的。肉体呢,正相反,很像那凡人的、现世的、多种多样的、不明智的、可以分解的而且变化无定的。亲爱的齐贝,这个结论,我们能否认吗?”

“不能,我们不能否认。”

“好吧,既然这个结论是真实的,那么,肉体自然是很快就会分解的。灵魂却相反,它完全不可分解,简直不能分解。不是吗?”

“当然是的。”

苏格拉底接着说:“你们注意啊,人死之后,看得见的那部分是肉体,肉体还留在看得见的世界上,我们叫作尸体。尸体自然会分解,不过也并不马上就消灭。如果一个人临死体质完好,气候又合适,那尸体还能保留好些时候,甚至保留得很长久呢。照埃及人的风俗,尸体涂上药干缩之后,经过数不清的年月还差不多是完整的。肉体即使腐烂,也还有部分销毁不了,比如骨头和筋。你承认吗?”

“承认。”

“灵魂可是看不见的。它离开肉体到了另一个地方,那地方和灵魂同样是高贵、纯洁而看不见的。灵魂其实是到了另有天神管辖的世界上去了。那边的天神是善良聪明的。如蒙上天允许,我一会儿也就要到那里去了。灵魂既有上面说的种种品质,它离开肉体之后,能像许多人想的那样,马上会给吹散吹灭吗?亲爱的西米和齐贝呀,那是绝不会的。假如灵魂干净利索地摆脱了肉体,就不再有任何肉体的牵挂了,因为它依附着肉体活在人世的时候,从不甘愿和肉体混在一起,它老在躲开肉体,自己守住自己。灵魂经常学习的就是这种超脱呀。这也就是说,灵魂真正是在追随哲学,真学到了处于死的状态。这也就是练习死吧?是不是呢?”

“正是。”

“假如灵魂是处于这个状态,这纯洁的、看不见的灵魂离开了人世,就到那看不见的、神圣的、不朽的、有智慧的世界上去了。灵魂到了那里,就在幸福中生存,脱离了人间的谬误、愚昧、怕惧、疯狂的热情,以及人间的一切罪恶,像得道者说的那样,永远和天神们住在一起了。齐贝,这不是我们相信的吗?”

齐贝说:“确实是的。”

“可是受了污染的肮脏的灵魂,离开肉体的时候还是不干净的。这种灵魂老跟随着肉体,关心肉体,爱这个肉体,迷恋着肉体,也迷恋着肉体的欲望和享乐。这种灵魂以为世间惟独有形体的东西才是真实,要摸得着、看得见、能吃到喝到的,可以用来满足肉欲的东西才是真实。这种灵魂对于一切虚无的、眼睛看不见而得用理智去捉摸的东西,向来是又怕又恨,不愿意理会的。你认为这种灵魂离开肉体的时候,能是纯洁而没有玷污的吗?”

齐贝说:“这是不可能的。”

“我想这种灵魂是和肉体掺和在一起了,因为它们经常陪伴着肉体,关念着肉体,和肉体交往密切,就和肉体的性质相近了。你说是吗?”

“是的。”

“我的朋友啊,我们得承认,和肉体同类的东西是烦人的、沉重的、尘俗的也看得见的。灵魂掺和了肉体就给肉体镇住了,又给拖着回到这个看得见的世界来。因为这种灵魂害怕看不见的东西,怕那另一个世界。据说这种灵魂在陵墓和坟堆里徘徊,有人在那种地方看见过灵魂的影子。那些灵魂脱离肉体的时候不纯洁,还带着肉体的性质,所以显形了。”

“这是可能的,苏格拉底。”

“是的,齐贝,这是可能的。看来这种灵魂不是好人的灵魂,大概是卑鄙小人的。为了他们生前的罪过,罚他们的灵魂在那些地方徘徊。他们徘徊又徘徊,缠绵着物质的欲念,直到这个欲念引他们又投入肉体的牢笼。他们生前怎样为人,来世大约就转生为同类性格的东西。”

“苏格拉底,你指什么性格啊?”

“我说呀,譬如有人一味贪吃、狂荡、酗酒,从来不想克制自己,他来生该变成骡子那类的畜生。你觉得对吗?”

“我想这是非常可能的。”

“有人专横凶暴,来生就变成狼或鹰鸢。照我们猜想,他们能变成什么别的呢?”

齐贝说:“对,就该变成这类东西,没什么说的。”

苏格拉底说:“那么,事情很明显,各人都是按照自己的习性,走各自的道儿吧?”

齐贝说:“对,当然是这样的。”

苏格拉底说:“有些人并不懂哲学或理性。他们出于生性和习惯,为人行事都和平公正,恪守社会道德,照说这种人最幸运,该到最好的地方去投生吧?”

“它们怎么样儿最幸运呢?”

“你不明白吗?它们可能变成那种有社会生活的、温和的东西,像蜜蜂呀,黄蜂呀,或是蚂蚁,或是再投生为人。稳健的人物,不是从这等人里面跳出来的吗?”

“是的。”

“惟独爱好智慧的哲学家,死后灵魂纯洁,才可以和天神交往。亲爱的西米和齐贝呀,真心爱智慧的人,就为这个缘故,克制一切肉体的欲望;他坚决抵制,绝不投降。别的人也克制肉体的欲望。许多爱财的人是因为怕穷,怕败了家产。爱体面、爱权力的人是因为怕干了坏事没脸见人,声名扫地。可是爱智慧的哲学家和他们都不同。”

齐贝说:“不同,苏格拉底,哲学家要像他们那样就怪了。”

苏格拉底说:“决计不同。关心自己灵魂的人不是为伺候肉体而活着的。他们和那些爱财、爱面子、爱权力的人走的是相背的路。他们觉得那些人不知道自己要走到哪里去呢。哲学家一心相信:爱好智慧能救助自己,洗净自己,他们不该抑制自己对智慧的爱好。不论哲学把他们导向何方,他们总是跟着走。”

“他们怎么样儿跟着哲学走呢,苏格拉底?”

苏格拉底说:“你听我讲。热爱知识的人开始受哲学领导的时候,看到自己的灵魂完全是焊接在肉体上的。它要寻找真实,却不能自由观看,只能透过肉体来看,好比从监狱的栅栏里张望。他这个灵魂正沉溺在极端的愚昧里。哲学呢,让人明了,灵魂受监禁是为了肉欲,所以监禁它的主要帮手正是囚徒自己;这一点是最可怕的事。热爱知识的人看到哲学怎样指导正处于这种境界的灵魂。哲学温和地鼓励这个灵魂,设法解放它,向它指出眼睛、耳朵等等感觉都富有诱惑力,劝它除非迫不得已,尽量离弃感觉,凝静自守,一心依靠自己,只相信自己抽象思索里的那个抽象的实体;其他一切感觉到的形形色色都不真实,因为种种色相都是看得见的,都是由感觉得到的;至于看不见而由理智去领会的呢,惟有灵魂自己能看见。真正的哲学家就从灵魂深处相信,这是哲学的救助,不该拒绝。所以他的灵魂,尽量超脱欢乐、肉欲、忧虑、怕惧等等。他看到一个人如有强烈的欢乐,或怕惧,或忧虑,或肉欲,这人就受害不浅了。一般人受到的害处,无非为了满足肉欲而得了病或破了财;他受到的害处却是最大最凶的,而自己还没有理会。”

齐贝说:“什么害处呢?”

“害处在这里:每一个人的灵魂如果受到了强烈的快乐或痛苦,就一定觉得引起他这种情感的东西非常亲切,非常真实。其实并不是的。这些东西多半是看得见的,不是吗?”

“是的。”

“发生这种情况的时候,灵魂不是完全被肉体束缚了吗?”

“怎么束缚呢?”

“因为每一种快乐或痛苦就像钉子似的把灵魂和肉体钉上

又铆上，使灵魂带上了躯体。因此，凡是肉体认为真实的，灵魂也认为真实。灵魂和肉体有了相同的信念和喜好，就不由自主，也和肉体有同样的习惯、同样的生活方法了。这个灵魂到另一个世界上去的时候，决不会纯洁。它永远带着肉体的污染。它马上又投胎转生，就像撒下的种子，生出来还是这么一个不干净的灵魂。所以这个灵魂没希望和神圣的、纯洁的、绝对的本质交往。”

齐贝说：“苏格拉底，你说得很对。”

“齐贝啊，真正爱好知识的人就是为这个缘故，都自我约束，而且勇敢。他们不是为了世俗的缘故。你不同意吗？”

“确实不是为了世俗的缘故。”

“不是的。因为哲学家的灵魂和别人的不同，它自有一番道理。它靠哲学解放了自己，获得了自由，就不肯再让自己承受欢乐和痛苦的束缚，像珀涅罗珀那样把自己织好的料子又拆掉①，白费工夫了。哲学家的灵魂相信它应当摒绝欢乐和痛苦的情感，在平静中生存；应当追随理智，永远跟着理智走。它认识到什么是真实而神圣的，就单把这个作为自己的粮食。这是认识，不是什么意见或主张。它深信人活在世上的时候，它就该这样活着；到人死的时候，它就跑到和自己又亲切又合适的境界去，不受人间疾苦的困扰了。西米和齐贝啊，经过这样教养的灵魂，在脱离肉体的时候，不会消灭，不会被风吹散，不会变为没有，这都是不用害怕的。”

---

① 古希腊故事：珀涅罗珀（Penelope）的丈夫远征不归，许多人向她求婚；她为了拒绝求婚者，声明得织好了她公公的裹尸布，再谈婚事；她每天织，每晚拆掉。

苏格拉底说完，静默了好一会儿，显然是在细想自己的话。我们多半人也和他一样。不过西米和齐贝交谈了几句话。苏格拉底看见了，就说："你们觉得我讲的不周全吗？假如有人要把这个问题讨论得彻底，那么确实还有许多疑难的题目，许多可以攻击的弱点呢。假如你们计较的是别的事，我没什么要说的。假如你们对我讲的话不大理解，认为当前的问题还可以谈得更深入些，而愿意和我一起讨论，觉得和我在一起你们能谈得更好，那么，别迟疑，说出来大家一起讨论。"

西米说："苏格拉底，我给你老实说吧。我们俩各有些疑惑的事想问你，听听你的回答。他呢，叫我问。我呢，让他问。我们都怕打扰你，打不定主意。因为在你当前不幸的情况下，问这种问题怕不合适。"

苏格拉底听了这话，温和地笑着说："啊，西米！我并不认为我当前的处境是不幸。我连你们都说不相信，要叫别人相信就更难了。你们以为我和平时不一样啦？脾气坏啦？你们好像把我看得还不如天鹅有预见。天鹅平时也唱，到临死的时候，知道自己就要见到主管自己的天神了，快乐得引吭高歌，唱出了生平最响亮最动听的歌。可是人只为自己怕死，就误解了天鹅，以为天鹅为死而悲伤，唱自己的哀歌。他们不知道鸟儿饿了、冻了或有别的苦恼，都不唱的，就连传说是出于悲伤而啼叫的夜莺、燕子或戴胜也这样。我不信这类鸟儿是为悲伤而啼叫，天鹅也不是。天鹅是阿波罗的神鸟，我相信它们有预见。它们见到另一个世界的幸福就要来临，就在自己的末日唱出生平最欢乐的歌。我相信我自己和天鹅伺候同一位主子，献身于同一位天神，也从我们的主子那儿得到一点天赋的预见。我一丝一毫也不输天鹅。我临死也像天鹅一样毫无愁苦。不用我多说了。趁雅典的十一位裁判官还容许我活着的时候,随你们要问什么,都提出来问吧。”

西米说:“好。我就把我的困惑告诉你。轮下来就让齐贝说说他为什么对你讲的话不完全同意。我想啊,苏格拉底,也许你自己都承认,在我们还活着的时候,我们谈论的这些事是讲不明白的。要得到明确的知识,或是不可能,或是非常困难。不过,一个人如果不是弱者,一定要用种种方法,从各方面来探索有关这些问题的一切议论,不到精疲力竭,决不罢休。因为他没有别的选择。他或许会学到或发现有关这些事的真相;如果不可能,他只能把人间最有道理、最颠扑不破的理论当作航行人世的筏,登上这个筏,渡入险恶的世途。除非他能找到更结实的船只,就是说,得到了什么神圣的启示,让他这番航行更平安稳妥。所以我现在向你提问,并不觉得惭愧,你也正鼓励我呢,我以后也不至于怪自己当时有话不说了。因为,苏格拉底呀,我细细思考了我们谈的话,不论是我自问自答,或是和齐贝一起商讨,总觉得不够满意。”

苏格拉底回答说:“我的朋友啊,你也许是对的。不过你且说说,你是在哪方面不满意呀?”

西米说:“不满意的在这一点。我们可以用琴、琴弦、音乐的和谐来照样儿论证。和谐可以说是看不见的,没有形体的。调好的琴上弹出来的音乐很美,也很神圣。可是琴和琴弦呢,好比是身体,都有形体,也是复合的,属于尘俗、现世的东西。假如有人把琴砸破了,把琴弦剪断了,假如他照你的论证,坚持说和谐不会消灭,还存在呢,行吗?琴和琴弦是属于现世的东西。尽管琴弦是断了,琴和弦子还存在啊。和谐相当于神圣而永恒的东西,倒比现世的先消灭,这是绝不可能的呀!他就只好硬说了,琴和琴弦一定得烂掉,没法儿防止;和谐一定还在什么地方存在着呢!苏格拉底呀,我不妨说说我们对灵魂是什么个想法,我觉得你自己心上一定也想到过。我们的身体是由热、冷、湿、燥等等成分组成的。灵魂就是这些成分调和得当而产生的和谐。如果灵魂是和谐,那么,身体一旦有病,太松懈或太紧张了,灵魂不论多么神圣,它就像声调里的和谐,或一切艺术作品里的和谐,必定就消失了;而身体的残余还能保存好一段时候,直到烧掉烂掉才没有呢。假如有人说:灵魂是人身各种成分的调和,人到了所谓死的时候,先死的是灵魂;我们对这番议论怎么回答呢?"

苏格拉底机灵地看着我们——他常有这种表情。他微笑着说:"西米反驳得有理。你们有谁比我头脑灵敏的,为什么不回答他呀?因为他好像赢得了一个好分数。不过我想,还是先听听我们的朋友齐贝对我们的议论要挑什么毛病。这样呢,我们可以有时间想想怎么回答西米。等他们两人说完了:如果他们说得对,我们就同意;如果不对,我们就可以为自己辩论。齐贝,来吧,说说你的困惑。"

齐贝说:"好,你听我说。我觉得我们的这番议论没完全解决问题,仍然没驳倒我上次提出的抗议。我承认我们这番议论很巧妙、也很明确地证实了灵魂在投胎之前已经存在——可以这么说吧?可是人死之后灵魂还存在吗?我觉得好像没有证明呢。不过我对西米的反驳并不同意。他认为灵魂不如肉体强,也不如肉体经久。我认为灵魂从各方面说都远远胜过肉体。反驳我的人可以说：‘你怎么还不相信呀？你且看看，人死之后弱的部分还存在呢，强的部分至少也该和弱的一样经久啊，你不想想吗？’现在且看我对这人怎么回答，瞧我是不是有点道理。我想最好也照西米那样打个比方，可以把意思说得更清楚些。比如说，有个老织造工人死了。有人说，这织造工人没死，还很健康地在什么地方待着呢，他这话是有凭据的。他说，织造工人织的衣服，而且是经常穿的这件衣服还完整、还没消灭呢，不就证明织造工人还存在吗？如果别人不信，他就问：人经久？还是人穿的衣服经久啊？回答是人比衣服经久得多。这人就自以为有了千真万确的证据，证明织造工人还活着，因为不如他经久的衣服还没消灭呢。

“不过我认为这人的话是不对的，西米。我特别请你注意我讲的话。谁都会了解这人是在胡说。因为这个织造工人织造过好多件衣服，也穿破了好多件。他比他织的衣服经久。他织的衣服虽然不少，可是一件件都穿破了，只剩最后的一件还完整。最后那件衣服的完整，并不能证明人不如衣服经久呀。我想这个比喻，同样也适用于灵魂和肉体。灵魂比肉体经久得多，肉体不如灵魂经久，也比灵魂弱。我可以进一步说，一个灵魂要磨损几个肉体，长寿人的身体尤其耐磨。假如人活着的时候，肉体直在变着变着，直变到坏掉，而灵魂直在磨损了一个肉体又换个新的，那么，灵魂到死的时候，一定还附着最后的一个肉体呢。只有这个肉体比灵魂生存得长久。灵魂一死，这肉体就显出它原来的弱质，很快就烂掉了。照我这说法，我们死后灵魂还在什么地方待着就是拿不定的了。假如，苏格拉底，假如照你的说法，灵魂在我们出生以前已经存在，我不妨再放宽点说，有些灵魂在我们死后还存在，一次又多次重新生出来——因为灵魂的性质很强，经得起多次重生。就算有这回事，也保不定灵魂到末了会经受不起而彻底死掉，只是没人能预先知道哪一次的死、哪一次的肉体死亡也把灵魂摧毁；这是谁也不能知道的。如果我说得不错，那么，谁要是对死抱有信念，那就是愚蠢的信念，除非他能证明灵魂压根儿是不朽的、死不了的。不然的话，一个人到临死，想到自己死后，灵魂随着也彻底消灭了，他一定是要害怕的。”

我们所有的人事后还能记得，当时听了他们两人的话，心上很不舒服。因为我们对先前的论证已经完全信服了，这会儿给他们一说，又糊涂了，也不放心了。不但觉得过去的论证靠不住，连以后的任何论证都不敢相信了。我们只怕自己的判断都不可信，这种事是不能明确知道的。

伊奇　哎，斐多，我同情你。我听了你这话，自己心上也发生了疑问：“以后，我们还能相信什么论证呢？因为苏格拉底的论证是完全令人信服的，现在也给驳倒了。”我自己向来就深信灵魂是一种和谐，听你一提起，我就想到自己以前是相信这话的。现在再要叫我相信人死了灵魂不随着一起死，得另找别的论证了。所以我求你把苏格拉底的谈话怎么谈下去，说给我听听。他是不是也像你们一伙人那样不舒服呀？他还是沉着地为自己辩护呢？他的辩护成功吗？你尽量仔仔细细地如实讲，好吗？

斐多　伊奇，我向来敬佩苏格拉底，可是从没有像那天那时候那么佩服。他现成有话回答是可以料想的，可他却使我惊奇了。一是惊奇他听年轻人批驳的时候那副和悦谦恭的态度，二是惊奇他多么灵敏地感觉到他们俩的话对我们大伙儿的影响；末了呢，惊奇他纠正我们的本领。我们逃亡败北了，他能叫我们转过身来，再跟着他一起究查我们的论证。

伊奇　他怎么叫你们转身回来的呢？

斐多　你听我说。我当时坐在他右手一只挨着卧铺的矮凳上，他的座儿比我高得多。他抚摩着我的脑袋，把我领后的头发一把握在手里——有时他喜欢这样抚弄我的头发，他说："斐多啊，明天你也许得把这漂亮的头发铰了。"

我说："看来得铰了，苏格拉底。"

"假如你听我的话，就别铰。"

我问："那我怎么办呢？"

"假如我们的论证到此就停止了，再也谈不起来了，你今天就铰掉你的头发，我也铰掉我的头发。古代的希腊人，吃了败仗就发誓说，若不能转败为胜，从此不养长头发。我也照样儿发誓：我要是驳不倒西米和齐贝，我做了你，就铰头发。"

我回答说："可是人家说，即使是大力神①，也抵不过两个对手。"

他说："哎，还没到天黑呢，你可以叫我来做你的驾车神②来帮你一手。"

我说："我向你求救，是我这驾车的求大力神，不是大力神求驾车的。"

他说："都一样。不过我们首先要防备一个危险。"

---

① 原译文是 Heracles，古希腊神话里的大力神。

② 原译文是 Iolaus，按古希腊神话，他是大力神的侄儿，也是大力神的驾车神。

我问:“什么危险?”

“有些人变成了‘厌恶人类的人’,我们也有危险变成‘厌恶论证的人’。一个人要是厌恶论证,那就是糟糕透顶的事了。厌恶论证和厌恶人类出于同样的原因。厌恶人类是出于知人不足而对人死心塌地的信任。你以为这人真诚可靠,后来发现他卑鄙虚伪。然后你又信任了一个人,这人又是卑鄙虚伪的。这种遭遇你可以经历好多次,尤其是你认为最亲近的朋友也都这样,结果你就老在抱怨了,憎恨所有的人了,觉得谁都不是好人了。这情况你注意到没有?”

我说:“确实有这情况。”

他接着说:“假如一个人还不识人性,就和人结交,他干的事就是不漂亮的,这不是很明显的吗?假如他知道了人的性情,再和人打交道,他就会觉得好人和坏人都很少,在好坏之间的人很多,因为这是实在情况。”

“这话什么意思?”

“就譬如说大和小吧,很大的人或狗或别的动物,很小的人或狗或别的动物都是少见的。或者再举个例,很快的或很慢的,很丑的或很美的,很黑的或很白的,都是少有的。就我所举的这许多例子里,极端的都稀罕,在两个极端中间的却很多,你没注意到吗?”

我说:“的确是的。”

苏格拉底说:“假如我们来个坏蛋竞赛,最出色的坏蛋也只有很少几个,你信吗?”

我回答说:“很可能。”

他说:“是的,很可能。人是这样,论证在这方面并不一样。

我们只是在谈论的时候把人和论证扯在一起了。不过我们对人或对论证会产生同样的误解。有人对辩论的问题并没有理解清楚，听到一个议论就深信不疑。后来又觉得不对了。究竟对不对他也不明白。这种情况会发生好多次。以后呢，有些人，尤其是成天老爱争论的那种人，就自以为是天下最聪明的人了；他们与众不同，他们发现世界上一切言论、一切东西都是拿不稳、说不定的，都像海峡湍流的潮水那样，一会儿升高，一会儿下落，都稳定不了多少时候。"

我说："是的，这很对。"

他说："假如有人相信过某些断不定的论证，他不怪自己头脑不清，却心烦了，把错误都撂在论证上，一辈子就厌恨论证、唾弃论证了。说不定真有那么一套正确的论证，而且是可以学到的，可是这个厌恨论证的人就永远求不到真理，没法儿知道事物的本质了。斐多啊，这不是可悲的吗？"

我说："我发誓，这该是可悲的。"

他说："所以我们首先要防备这点危险，心上不能有成见，认为论证都是没准儿的。我们倒是应该承认自己不够高明，该拿出大丈夫的气概，勤勤奋奋地提高自己的识见，因为你和你们一伙人未来的日子还很长，而我呢，因为马上就要死了。我生怕自己目前对这个问题失去哲学家的头脑，成了个爱争论、没修养的人。这种人不理会事情的是非，只自以为是，要别人和他一般见解。我想，我和这种人至少有一点不同。别人对我的见解是否同意，我认为是次要的。我只是急切要我自己相信。我的朋友，瞧我这态度多自私呀。如果我的议论是对的，我有了信心就自己有好处；如果我死了什么都没有，我也不会临死哀伤而招我的朋友们难受。反正我这点无知也不会有什么害处,因为不会长久,一会儿就完了。所以,西米和齐贝啊,我谈这个问题心上是有戒备的。可是你们如果听从我的话呢,少想想苏格拉底,多想想什么是真实。你们觉得我说得对,你们就同意;不对,就尽你们的全力来反对我。别让我因为急切要欺骗自己也欺骗你们,临死像蜜蜂那样把尾部的刺留在你们身上。"

他随后说:"我们得接着讨论了。先让我重新记记清楚,别让我忘了什么。西米呢,虽然承认灵魂比肉体神圣也比肉体优越,他还是不放心,怕灵魂得先死,因为灵魂像音乐的和谐。齐贝呢,他承认灵魂比肉体经久,不过他说,一个灵魂磨损了好几个肉体之后,保不定哪一次离开肉体的时候,自己也毁灭。灵魂毁灭就是死,因为肉体的毁灭不算数,它一个又一个连连地毁灭呢。西米和齐贝,我们该讨论的是这几点吗?"

他们俩都同意,他们不放心的是这几点。

苏格拉底说:"好,你们对我们先前的论证是全部都反对,还是只反对其中几点呢?"

他们回答说:"只反对几点。"

苏格拉底说:"我们刚才说,认识是记忆。因此,我们的灵魂在投入人身之前,一定是在什么地方待着呢。你们对这话有什么意见吗?"

齐贝说:"我当时对这点论证非常信服,我现在还是特别坚定地相信这点论证。"

西米说:"我也是。我和他的感觉一样。假如我对这一点会有不同的想法,我自己也要觉得很奇怪的。"

苏格拉底就说:"我的底比斯朋友啊,你对这一点确实有不同的想法呀！按照你的意见，和谐是调和的声音；身体里各种成分像琴弦似的配合成一体，灵魂是全体的和谐。那么，我且问你，先有声音的和谐，还是先有发生声音的东西呢？你总不能说，发生声音的东西还没有，先已经有和谐了。”

“苏格拉底啊，我当然不能这么说。”

苏格拉底说：“可你不是正在这么说吗？你说灵魂投入人身之前已经存在了；你又说灵魂是身体各部分的和谐。身体还没有呢，哪来和谐呢？你把灵魂比做和谐是不恰当的。先要有了琴和琴弦和弹出来的声音，才能有和谐；和谐是最后得到的，并且消失得最早。请问你这前后两套理论怎么调和呢？”

西米说：“我没法儿调和。”

苏格拉底说：“不调和行吗？尤其是关于和谐的理论，总得和谐呀。”

西米说：“是的，应该和谐。”

苏格拉底说：“你这两套理论是不能调和的。那么，你相信认识是记忆呢，还是相信灵魂是和谐？”

西米说：“我决计相信认识是记忆。另外那套理论是没经过论证的，只好像可能，说来也动听，所以许多人都相信。我知道单凭可能来论证是靠不住的，假如我们不提防，就很容易上当受骗，例如几何学和别的学问都不能凭可能作证据。可是回忆和知识的那套理论是经过正确论证的。因为我们都同意灵魂投入人身之前已经存在了，正和我们称为绝对的本质同样是存在的。现在我承认，我确是凭充分、正确的根据，相信有这本质。所以我不能相信我自己或别人所说的灵魂是和谐。”

苏格拉底说：“西米，我们还可以从另一个角度来看这个问题。和谐或其他复合的东西是由各种成分综合起来的。成分是什么性质,复合物也该是同样性质吧?”

“当然。”

“和谐起什么作用,受什么影响,完全是靠它的成分吧?”

西米也同意。

“那么,和谐只能随顺它的成分,不能支配它的成分。”

西米也承认。

“那么,和谐不能主动发出声音来,也不能造成不合它成分的任何声音。”

“不能。”

“那就是说,声音怎样调和,就造成什么样的和谐。一切和谐都这样。”

西米说:“这话我不懂。”

苏格拉底说:“声音调和得越好,越有功夫,和谐就越加充分。调和得欠点功夫,和谐就不够充分。这可能吧?”

“可能。”

“灵魂也能这么说吗?这个灵魂还欠着点儿,不够一个灵魂;那个灵魂够充分的,比一个灵魂还多余点儿。能这么说吗?”

西米说:“绝对不能。”

苏格拉底说:“还有呢,据说有的灵魂聪明、有美德,是好灵魂;有的灵魂愚昧邪恶,是坏灵魂。有这事吧?”

“是的,有这事。”

“主张灵魂是和谐的人,对灵魂里的美德和邪恶又怎么讲呢?他们能不能说:这是另一种和谐与不和谐。这个灵魂自身是和谐的，灵魂里另有一种和谐；那个灵魂是不和谐的，灵魂里没有那种和谐。能这么说吗？”

西米回答说：“我说不好。谁要这么假设，显然只好这么说了。”

苏格拉底说：“我们都认为一个灵魂就是一个灵魂，一个灵魂不能带点儿多余，或留点儿欠缺。同样道理，和谐就是和谐，不能再增加一点和谐或减少一点和谐，不是吗？”

西米说：“是的。”

“没有多余也没有欠缺的和谐，就是声音调和得恰到好处，不是吗？”

西米说：“是的。”

“声音调和得恰到好处了，和谐还能增加或减少吗？不都是同样充分的和谐吗？”

西米说：“同样充分。”

“这个、那个灵魂既然同样是一个灵魂，不能比一个灵魂更多点、少点，那么，灵魂的和谐也只能是不能再有增减的。”

“这话对。”

“所以也不能有更大量的不和谐或和谐。”

西米说：“不能。”

“假如邪恶是不和谐而美德是和谐，那么，灵魂里的邪恶或美德也都是同量的，能不同吗？”

西米说：“不能。”

“或者，说得更正确些，西米，假如灵魂是和谐，灵魂里压根儿不能有邪恶，因为若说和谐完全是和谐，就不能有一部分不和谐。”

“确实不能。”

“那么灵魂既然完全是灵魂，就不会有邪恶。”

西米说：“假如我们前面说的都对，灵魂里怎么会有邪恶呢？”

“照我们这个说法，所有的灵魂都同样是一个灵魂，所有生物的灵魂都一样好。”

西米说：“看来得这么说了，苏格拉底。”

苏格拉底说：“假如灵魂是和谐的理论是对的，我们的推理就得出这个结论来啦。你认为这个结论对吗？”

西米说：“一点儿不对。”

苏格拉底说：“还有一层，人是由许多部分组成的；一个人——尤其是聪明人，除了他的灵魂之外，你认为还有哪个部分是可以做主的？”

“没有，我认为没有了。”

“灵魂对肉体的感觉是顺从还是反抗呢？就是说，身体又热又渴的时候，灵魂不让它喝；肚子饿了，灵魂不让吃。灵魂反抗肉体的例子多得数不尽呢，我们没看到吗？”

“当然看到。”

“可是照我们刚才的说法，灵魂是和谐，灵魂只能随顺着身体的各个部分，或紧张，或放松，或震动，或其他等等，不会发出一点不和谐的声音。这个灵魂是从不自己做主的。”

西米说：“是啊，我们当然是这么说了。”

“可是我们现在看到，灵魂和刚才说的恰恰相反呀。灵魂主管着全身的各部分。我们活一辈子，灵魂简直每件事都和全身的各部分作对，对它们用各种方法专政，有时对它们施加严厉和痛苦的惩罚(例如体育锻炼和服药),有时是比较温和的惩罚,有时威胁,有时劝诫。总而言之,灵魂把身体的要求呀、热情呀、怕惧呀等等都看得好像和自己不相干的,就像荷马[1]在《奥德赛》里写的奥德修斯:

> 他捶着自己的胸,斥责自己的心:
> ‘心啊,承受吧,你没承受过更坏的事吗?’

“你认为他作这首诗的时候,在他的心眼里,灵魂是随顺着肉体各种感受的和谐呢,还是可以主管种种感受,自身远比和谐更加神圣呢?”

“苏格拉底,我可以发誓,在他的心眼儿里,灵魂是主管一切的,远比和谐神圣。”

“那么,我的好朋友啊,灵魂是和谐的理论怎么也说不通了。无论神圣的诗人荷马或我们自己,都不能同意。”

西米说:“这话对!”

苏格拉底说:“好,底比斯的和谐女神[2]看来已经对我们相当和气了。可是,齐贝啊,我们用什么话来赢得卡德慕[3]的欢心呢?”

齐贝说:“我想你总会有说法的。反正你一步步驳倒和谐的论证,比我预想的还奇妙。因为我当时听了西米讲他的疑虑,就不知有谁能顶回他那套理论。可是经不起你的反驳,一攻就

---

① 荷马(Homer),古希腊诗人。《奥德赛》(*Odyssey*)是他写的史诗,奥德修斯(Odysseus)是史诗主人公。

② 原译文 Harmonia,按希腊神话,她是底比斯的女神,象征和谐。

③ 卡德慕(Cadmus),希腊神话中底比斯城的英雄,和谐女神的丈夫。

倒了，我觉得真了不起。我现在相信，卡德慕的议论，准也遭到同样的命运。”

苏格拉底说：“我的朋友啊，满话说不得。别招那嫉妒鬼一瞪眼，凶光四扫，把我嘴边的议论都扫乱。我的议论是否站得住，全靠上天做主。我们且按照荷马的气派，‘向敌人冲去’，试试你的话有多少价值。我现在把你要追究的问题归结一下。你是要有个证据，证明我们的灵魂毁灭不了而长生不死。假如一个哲学家临死抱定信心，认为自己一辈子追求智慧，死后会在另一个世界上过得很好；如果他一辈子不是追求智慧的，就不能有那么好；他这样自信，是不是糊涂而愚蠢呢？我们虽然知道灵魂是坚固的，神圣的，而且在我们出世为人之前已经存在了，可是你觉得这并不足以证明灵魂不朽，只说明灵魂很耐久，在我们出生的很久很久以前，早已在什么地方待着了，并且也知道许多事，也做过许多事，不过这还是不足以证明灵魂不朽。它只要一投入人身，就好比得了病似的开始败坏了。它在人身里活得很劳累，到末了就死了。不管它投入人身一次或许多次，我们每一个人终归还是怕它死掉的；假如不知道灵魂不朽，又不能证明灵魂不朽，谁都得怕灵魂死掉，除非他是傻子。齐贝啊，我想这就是你的心思吧？我特意重新申说一遍，如果有错失，你可以修补。”

齐贝说：“我这会儿没什么要修补的，我的意思你都说了。”

苏格拉底停了一下，静心思考，然后说：“你追究的问题可不小啊，我们得把生长和败坏的原因一一考察个周全呢。我对这问题有我自己的经验，你如果愿意，我可以讲给你听。如有什么话你觉得有用,你就可以用来解决你的困惑。”

齐贝说:“好啊,我愿意听听你的经验。”

“那你听我说吧,齐贝。我年轻的时候,对自然界的研究深有兴趣,非常急切地想求得这方面的智慧。我想知道世间万物的原因,为什么一件东西从无到有,为什么它死了,为什么存在——这种种,我要是能知道,该多了不起呀!有许多问题搅得我心烦意乱。例如有人说,冷和热的交流酝酿,产生了动物;有这事吗?我们是用什么来思想的?血?空气?还是火?也许都不是,是脑子给人听觉、视觉和嗅觉的?是这种种感觉产生了记忆和意见吗?记忆和意见冷静下来,就是知识吗?我又想了解以上种种是怎么消失的。我又想研究天和地的现象。到末了,我打定主意,我天生是绝对不配做这种研究的。我可以给你一个充分的证据。我研究得完全糊涂了。我原先自以为知道的事,别人也都知道的事,经过这番研究,我全糊涂了。我以前相信自己懂得许多事,就连一个人生长的原因也懂;经过这番研究,我都忘了。以前,我觉得谁都明白,人靠饮食生长,吃下去的东西里,长肉的长肉,长骨头的长骨头,其他各部分,也由身体里相应的部分吸收,块儿小的就长得块儿大些,小个儿的人就长成大个儿。我以前是这么想的,你觉得有道理吗?”

齐贝说:“有道理。”

“你现在再听我说。我从前看见一个高个儿的人站在一个矮人旁边,就知道这高个子比矮个子高出一头。我能知道这匹马比那匹马高大出一个马头。还有更明显的事呢,例如十比八多,因为八加二等于十;两尺比一尺长,因为两尺比一尺长出一倍。从前我以为这些事我都是一清二楚的。”

齐贝说:“现在你对这些事又是怎么想的呢?”

苏格拉底说:“我可以发誓,我实在不敢相信自己知道任何事的原因了。为什么一加一是二,是原先的一成了二呢,还是加上去的一成了二呢?还是加上去的一和原先的一合在一起,彼此都成了二呢?我不明白怎么这两个一,各归各的时候都是一,不是二,可是并在一起,就成了二呢?我连这是什么原因都不明白。假如把一分开,一就成为二。那么产生二的原因就有两个,却是相反的。一个原因是把一和一合并,一个原因是把一分开。这些原因我都不相信了。我也不再相信由我这套研究方法能知道些什么原因;就连一是什么原因产生的,我都不知道啊。换句话说,任何东西的生长、败坏或存在,我都不能知道。我不再相信我的研究方法了。我另有一套混乱的想法。

“有一天,我听说有人读到一本书,作者名叫安那克沙戈拉①。据他说,世间万物都由智慧的心灵安排,也是由智慧的心灵发生的。我喜欢这个有关起因的理论,觉得世间万物都由智慧的心灵发生好像有点道理。我想:‘假如确实是这么回事,那么,智慧的心灵在安排世间万物时候,准把每一件东西都安排和建立得各得其所、各尽其妙。如有人要追究某一件东西为什么出生,为什么败坏,为什么存在,他得追究这件东西在这个世界上什么样儿最好——或处于什么被动形态,或怎么样儿的主动。反正什么样儿最好,就是它所以然的原因。其他东西也都一样。谁要追究原因,他只要追究什么样儿最好、最最好。由此他也一定会知道什么是坏些更坏些,因为两者都是同一门科学。’我考

① 见149页注②,这里讲的是原始一片混沌,怎样从混沌中开辟了宇宙。

虑这些事的时候，心上高兴，觉得有安那克沙戈拉来教导我世间万物的起因，是我找到合意的老师了。我想他会告诉我地球是扁的还是圆的。他告诉我之后，还会接着解释地球是扁是圆为什么缘故，有什么必要。他也会告诉我好在哪里，为什么地球最好是现在这般的地球。假如他说地球是宇宙的中心，他就会说出为什么地球在中心最好。我打定主意，假如他把这些事都给我讲明白，我就不用苦苦追究其他的原因了。我也决计用同样方法去了解太阳、月亮和其他的星宿，了解它们不同的速度、它们的运转、它们的变易，了解为什么它们各自的被动或主动状态都是它们最合适的状态。他既然说世间万事都是由智慧安排的，那么，一件东西怎么样儿最好，就是这件东西所以然的原因。我不能想象他还能找出别的原因来了。我想他指出了每件东西和一切东西共同的原因以后，接着会说明每件东西怎么样儿最好，一切东西都是怎样最好。我很珍重自己的希望，抓到书就狠命地读，飞快地读，但求能及早知道什么是最好的，什么是最坏的。

“我的朋友啊，我那辉煌的希望很快就消失了。我读着读着，发现这位作者并不理会智慧，他并不指出安排世间万物的真实原因，却说原因是空气，是以太，是水，还有别的胡说八道。他的话，我也可以打个比方。譬如有人说，苏格拉底的所作所为都出于他的智慧。他想说明我做某一件事是出于什么原因，就说，我现在坐在这里是因为我身体里有骨头、有筋，骨头是硬的，分成一节一节，筋可以伸缩，骨头上有肌肉，筋骨外面包着一层肌肉和皮肤，一节节的骨头是由韧带连着的，筋一伸一缩使我能弯屈四肢；这就是我弯着两腿坐在这里的原因。或许他也会照样儿说出我们一起谈话的原因。他会说,原因是声音、空气、听觉还有数不尽的东西。他就是说不出真正的原因。真正的原因是雅典人下了决心,最好是判我死刑;我为此也下定决心,我最好是坐在这里,我应当待在这里,承受雅典人判处我的任何刑罚。假如我没有抱定决心而改变了主意,认为我承受雅典城的责罚并不合适、并不高尚,最好还是逃亡,那么,我可以发誓,我的骨头和我的筋,早给我带到迈加拉①或维奥蒂亚②去了。把筋骨之类的东西称作原因是非常荒谬的。假如说:我如果没有筋骨等等东西,我认为该做的事就做不到,这话是对的。可是既然说我的行为凭我的智慧做主,却又说,我做的某一件事不是因为我认定这样做最好,而是因为我身体里有筋骨等等东西,这种说法是非常没道理的。说这种话的人,分不清什么是原因,什么是原因所附带的必要条件。其实,原因是一回事,原因所附带的条件是另一回事。很多人把原因所附带的条件称作原因,我觉得他们是在黑暗里摸探,把名称都用错了。有人认为地球在天的下面,四围是旋风。有人认为地是空气托住的平槽。他们并不问问什么力量把世间万事安置得各得其所,也不想想是否有个什么神圣的力量,却以为他们能找到一个新的阿特拉斯③,不但能力最高,而且永生不死,而且包罗万象。他们实在是没想到什么状况是好,而这一点该是世间万物所以然的缘故。如果有人能教我懂得这个原因,我愿意拜他为师。可是我找不到老师,也找不到这个原因,也没人能帮我。我只好再一次寻觅途径,去找这

① 迈加拉(Megara),希腊萨罗尼克斯湾沿岸历史悠久的居民区。

② 维奥蒂亚(Boeotia),古希腊一具有独特军事、艺术和政治历史的地区。

③ 阿特拉斯(Atlas),希腊神话中以肩顶天的巨神。

个原因。齐贝啊，你愿意听我讲讲第二次追求的历程吗？”

齐贝说：“我全心全意地想听听。”

苏格拉底说：“以后啊，我不想追究真实了。我决计要小心，别像看日食的人那样，两眼看着太阳，看瞎了眼睛。他得用一盆水或别的东西照着太阳，看照出来的影像。看太阳是危险的。如果我用眼睛去看世间万物，用感官去捉摸事物的真相，恐怕我的灵魂也会瞎的。所以我想，我得依靠概念，从概念里追究事物的真相。也许我这比喻不很恰当。因为凭概念来追究事物的真相，绝不是追究事物的影子；这就好比说‘追究日常生活的细节’一样不恰当了。我绝不是这个意思。反正我思想里的概念，是我用来追究一切事物本相的出发点。凡是我认为牢不可破的原则，我就根据这个原则来做种种假设。一切论证，不问是关于原因或别的东西，只要和我这原则相符合，就是真实的；不符合就不真实。不过我想把这话再说得清楚些，因为看来你们目前还不大明白。”

齐贝说：“确是不大明白。”

苏格拉底说：“好吧，我再说得清楚些。这也不是什么新鲜话，这是我们以前的谈话里和别的时候我经常说的。我现在想跟你们讲讲，我所追究的这个原因是什么性质。我又得回到我们熟悉的主题，从这些主题谈起。我认为至美、至善、至大等绝对的东西是有的。如果你们也承认这点，认为这种种绝对的东西是存在的，我相信我能把我追究的原因向你们讲明，并且证明灵魂不朽。”

齐贝说：“你不妨假定我承认你这个设想。你讲吧。”

苏格拉底说：“且看下一步你们是不是和我同意。如果说，除了绝对的美,还有这件、那件美的东西;这件东西为什么美呢?我认为原因是这件东西沾到了些绝对的美。我这个原因也适用于其他一切东西。我从这样的观点来解释原因,你们同意吗?"

齐贝说:"同意。"

苏格拉底接着说:"美是否还有其他奇妙的原因呢,我现在还不知道,也没看到。假如有人跟我说,美的原因是颜色可爱或是形状好看等等,我都不理会,因为颜色、形状等东西,使我迷惑不解。我只简简单单或许是笨笨地抓住这一个原因:为什么一件东西美,因为这件东西里有绝对的美或沾染了绝对的美(随你怎么说都行),不管它是怎么样儿得到了这绝对的美。这件东西是在什么情况下得到绝对的美呢,我也还不能肯定地说。我只是一口肯定:美的东西,因为它有美,所以成了美的东西。我认为,无论对自己、对别人,这是最妥当的回答。我只要抓住这个原因,就攻击不倒。我相信,无论是我或任何别人,这样回答是千稳万妥的:美的东西,因为它有美,所以是美的。你同意吗?"

"我同意。"

"大的东西,或更大的东西,因为大,所以是大东西或更大的东西。较小的东西,因为小,所以较小。是不是?"

"是的。"

"假如有人对你说,某甲比某乙大,因为某甲比某乙高出一个脑袋;某乙比某甲小,因为矮一个脑袋。这话你可不能同意。你只管坚持,甲比乙大,只因为甲大,没有别的原因。甲大一点的原因是甲大。乙小一点的原因也无非因为乙小。假如你说甲比乙大,因为比乙高出一个脑袋;乙小,因为矮一个脑袋;人家就要质问你了。一大一小，都因为一个脑袋，大和小都是同一个原因吗？而且一个脑袋能有多大？某甲大，原因只是小小一个脑袋。这像话吗？你恐怕就不能回答了吧？”

齐贝笑着说：“对啊，我就不能回答了。”

苏格拉底接着说：“你也不能说，十比八多，因为十比八多二；十比八多的原因是二。你应该说，因为数额多，数额是十比八多的原因。二十寸的尺比十寸的尺长十寸，十寸不是原因，原因是长度。你如果说原因是十寸，你会受到同样的质问。”

齐贝说：“对。”

“如果说一加上一是二，一分开了是二，二的原因是加上，二的原因又是分开；这种话你绝不敢说了吧？你该高声大喊：每件东西的存在，没有任何别的原因，只因为它具有它自己的本质。所以，如要问你二是哪里来的，你只能承认一个原因，因为二具有双重性，这是二的本质。各种东西的二都具有双重性。同样，所有的一，都具有单一性。什么加上呀、分开呀等等花样，你别理会，留给更聪明的人去解释吧。如要理会那些事，你就会怕自己没经验，像人家说的那样，见了自己的影子都害怕了。所以你得抓住我们这个稳妥的原则，照我说的这样回答。假如有人攻击你的原则，你别理会，也别回答，你先检查据原则推理的一个个结论，看它们是否合拍。到你必须解释这原则的时候，你可以从更高的层次，找个最好的原则做依据，照样儿再假设。你可以一番又一番地假设，直到你的理由能讲得充分圆满。如果你是要追究任何事物的真相，你就不要像诡辩家那样，把原因和结果混为一谈，把事理搅乱。他们那些人对真实是满不在乎的。他们聪明得很，把什么事都搅得乱七八糟，还聪明自喜呢。不过，你们如果是个哲学家，你们会照我的话行事。”

西米和齐贝一齐说：“说得对。”

伊奇　斐多，我可以发誓，他们俩说得对。我觉得他把事情讲得非常清楚，只要稍有头脑都会明白。

斐多　是的，伊奇，我们在场的人也都这么想。

伊奇　我们不在场的，这会儿听了也都这么想。他后来又讲了些什么呢？

斐多　我还记得，大家都承认他说得对，都同意各种抽象的本质确实是有的；一件东西具有某种本质，本质的名称就成了这种东西的名称。接着苏格拉底就向我们发问：“假如我的话你们都同意，那么，假如你们说西米比苏格拉底大，比斐多小，你们是不是说，西米具有大的本质，又具有小的本质呢？”

“是的。”

苏格拉底说：“可是说西米比苏格拉底大，说的并不是事实。西米并不因为他的本质是西米，所以比苏格拉底大，只因为他碰巧是个高个子罢了。他比苏格拉底大，也不因为苏格拉底的本质是苏格拉底，却是因为比了西米的大个子，苏格拉底个子小，具有小的本质，西米的个子具有大的本质。”

“对。”

“同样道理，西米比斐多小，并不因为斐多的本质是斐多，只因为比了斐多的个子，斐多具有大的本质，西米具有小的本质。”

“这话对。”

“西米在两人中间。比了矮的呢，他大；比了高的呢，他小。所以在不同的体型之间，比了大的，西米具有小的本质，比了小的,他就具有大的本质。”苏格拉底说着自己笑了。他说:“我讲的话像公文了,不过我说得很正确。”

西米表示同意。

苏格拉底说:“我这样说呢,是要你们的想法和我一致。大,本质就是大,绝不会又大又小;就连我们所具有的大,也绝不会变成小,也不能增大些,这是很明显的。大的反面是小。相反的大和小如果走向一处,那么只有两个可能:大,或是回避了,或是在碰上小之前,已经消失了。大,不能容纳小,从而改变它的本质。我体型小,具有小的本质,至今还是小个子的人。不过我也具有大的本质,大的还是大,没有变成小。同样道理,我们具有的小,永远是小,不是大,也不会成为大。任何相反的两面,正面永远是正面,不是反面,也不能成为反面。反面出现,正面早没有了,消失了。”

齐贝说:“我觉得这是很明显的。”

这时候,在场有个人(我忘了是谁)说:“我的天哪!这番理论,和我们上一次讨论的那一套恰恰相反了。上一次我们都承认,大一点的是从小一点生长出来的,小一点是从大一点生长出来的,相反的总归是相生的。不是吗?现在我们好像是在说,相反相生绝不可能。”

苏格拉底歪着脑袋听着。他说:“说得好!有气概!不过你没明白,我们这会儿的理论和我们以前讲的不是一回事。我们以前讲的是具体的事物;具体的事物,相反相生。我们现在讲的是抽象的概念;抽象的概念,不论在我们内心或是身外的世界上,正面绝不能成为反面。我们以前讲的那些具体事物,有相反的性质,依照各自的性质,各有各的名称。现在讲的是概念里相反的本质,本质有它固有的名称。我们说,概念里的本质,绝不相反相生。”

同时,他看着齐贝说:“你呢,你听了我们朋友间有人抗议,你也有疑惑吗?”

齐贝说:“没有,这回没有。不过我承认,反对的意见往往使我疑惑。”

苏格拉底说:“好吧,我现在说的你们都同意了——就是说:一个反面,决不可能是它自己的反面。”

齐贝说:“完全同意。”

苏格拉底说:“好,瞧你们下一步是否和我同意。有所谓热、所谓冷吗?”

“有。”

“冷与热和雪与火是相同的吗?”

“不同,满不是一回事。”

“热和火不是一回事,冷和雪也不是一回事,对吧?”

“对。”

“我想,我再来个假设,你们会同意的。我们还照用以上的说法。假如雪受到热,雪不能仍旧是雪而同时又是热的。雪不等热逼近就得回避,不然呢,雪就没有了。”

“对呀。”

“同样情况,火如果逼近冷,火或者回避,或者就灭了。火决不能收容了冷还仍旧是火,而且同时又冷。”

齐贝说:“这话对。”

“这种情况,说明一个事实。不仅仅抽象的概念有它的名称,永远不变,另有些东西也这样。这东西不是概念,可是它存在的时候,是某一个概念的具体形式。也许我举例说明能说得更明白些。我用数字说吧。单数永远称为单数,不是吗?”

“是的。”

“我要问个问题。单数是概念,称为单数。可是除了单数这个概念之外,是不是另有些东西也该称单数;因为这东西虽然和单数这个概念不同,可是它永远离不开单数的性质。我就用三这个数字做例子。除了三,还有许多别的数字也是同例。就说三吧,本名是三,是个具体的数字,不是概念。可是三也能称为单数吧?数字里的三呀,五呀,或数字里的一半都有相同的性质,都称单数,可是和单数这个概念并不相同;同样道理,二、四或数字里的另一半,都称双数,这些数字和双数这个概念也并不是一回事。你们同意不同意呢?”

齐贝说:“当然同意。”

“现在请注意我是要说明什么。我是要指出,不仅相反的概念互相排斥,一切具体的东西,尽管并不彼此相反,却往往包含相反的性质;某一种东西是某一概念的具体形式,另一种东西体现相反的概念;这两件东西如果碰到一处,其中一件或是回避,或者就消灭了。三这个数字,除非消灭,绝不会成为双数而仍旧是三。这一点我们总该同意吧?”

齐贝说:“当然同意。”

“可是二和三并不相反啊。”

“不相反。”

“那么,不仅相反的概念在接近的时候互相排斥,还有某些东西,也互相排斥。”

齐贝说:“很对啊。”

苏格拉底说："我们是不是可以设法断定这是些什么东西呢？"

"好啊。"

"那么齐贝，这种东西呀，总体现某一个概念；这种东西不仅具有这个概念的形式，也随着这个概念排斥它的反面。"

"不懂你什么意思。"

"就是我们当前讲的东西呀。你当然知道这种东西。如果它的主要成分是三，那么它的具体形式一定是三，而且也是单数。"

"当然啊。"

"那么这件东西，是由一个概念产生的；凡是和这个概念相反的概念，它绝不容忍。"

"对，不能容忍。"

"三这个数字，不是从单数的观念产生的吗？"

"是的。"

"和三这个数字相反的，不是双数的概念吗？"

"是的。"

"那么三这个数字，绝不容纳双数的概念。"

"绝不。"

"那么三和双数是互不相容的。"

"不相容。"

"数字的三不是双的。"

"对。"

"现在我们试图来断定吧。有些东西虽然和别的东西并不相反，可是也互相排斥。例如三这个数字，虽然和双数的概念并不相反，可是它总归拿出它的单数来抗拒双数。正好比二这个数字，总拿出双数来抗拒单数。火和冷也一样。这类的例子多得很。现在我们还有一句话不知你们能不能接受。我是说，不仅相反的概念互相排斥，就连体现相反概念的东西，也一样互相排斥。我不妨把我们的记忆再清理一遍，因为重复没有害处。五这个数字排斥双数的概念。十是五的双倍，也不容纳单数的概念。十这个数字，并不是一个相反的概念；可是十和单数这概念不相容。同样情况，一又二分之一，或混合的分数，或三分之一，或其他简单的分数，都和整数的概念不相容。你们懂得我的意思吗？和我同意吗？”

齐贝说：“我懂，我完全同意。我是和你一致的。”

苏格拉底说：“那么，请再从头说起。你们不要用我问的原话回答，只像我刚才那样回答。我最初说的是稳妥的回答。刚才我是按推理超越了那个稳妥的回答。现在我又从刚才的话里推进一步，看到另一个稳妥的回答。假如你问我为什么一件东西发烫，我不再那么笨笨实实地说，因为热，我现在给你一个更深一层的回答，说原因是火。假如你问我为什么身体有病，我不再说因为生了病，只说，因为发烧了。假如你问我为什么一个数字是单数，我不说因为有单一性，我只说因为那数字是一。其他类推。我是什么意思你们充分明白了吗？”

齐贝说：“很明白了。”

苏格拉底说：“你们现在回答，身体凭什么原因具有生命？”

齐贝说：“灵魂。”

苏格拉底说：“永远是这个原因吗？”

齐贝说：“当然是的。”

"那么,只要灵魂占有了一件东西,这东西就有生命了?"

齐贝说:"那是一定的。"

"生命有反面吗?"

齐贝说:"有啊。"

"什么呢?"

"死。"

"照我们已经达到一致的意见,灵魂占有了一件东西,决不再容纳和这东西相反的东西。"

齐贝说:"决计不会。"

"和双数互不相容的,我们叫作什么?"

齐贝说:"不双。"

"和公正不相容的叫什么? 和谐调不相容的叫什么?"

"不公正、不谐调。"

"和死不相容的叫什么?"

齐贝说:"不死,或不朽。"

"灵魂和死是不相容的吗?"

"不相容。"

"那么灵魂是不朽的。"

"对。"

苏格拉底说:"好啊,我们能说,这已经证明了吗?"

"是的,苏格拉底,非常美满地证明了。"

苏格拉底说:"那么,齐贝,假如单数是决计不能消灭的,数字里的三也是消灭不了的吗?"

"当然。"

"假如热的反面是消灭不了的,那么,热去进攻雪的时候,雪不就及早回避,保存着它的完整也不融化吗?因为冷是不能消灭的,雪和热是不能并存的。”

齐贝说:“这很对呀。”

“我想,照同样道理,假如冷的反面是不可消灭的,火如果逼近任何形式的冷,火不会消灭,它会回避,不受损害。”

齐贝说:“这是一定的。”

“至于不朽,不也该是同样道理吗?假如不朽的也不可毁灭,灵魂碰到了死,灵魂也不可能消灭。因为我们的论证已经说明,灵魂不可能容纳死而同时又不死,正像我们说的三这个数字不会成双,单数不能是双数,火和火里的热不能是冷。不过,也许有人会说,单数如果碰到双数,单数不会成双(这是我们已经同意的),可是单数就不能消灭了让双数来替代吗?如果我们只说会回避,他就没什么可说的了。关于火和热等等的相反不相容,都可以这样回答,不是吗?”

“是的。”

“所以,关于不朽的问题也一样。假如大家承认不朽就不可消灭,灵魂既然是不朽的,灵魂也不可消灭。如果不承认不朽的不可消灭,那就再得辩论了。”

齐贝说:“关于这个问题,不用再辩论,不朽的就是永远不会消灭的。如果不朽的还会消灭,那么,不论什么东西,都是不免要消灭的了。”

苏格拉底说:“我想,我们大家都同意,上天和生命的原理以及不朽的其他种种,永远不会消灭。”

齐贝说:“大家都一定会同意,而且,我想,连天上的神灵也都同意。”

“那么，不朽既然就不可毁灭，灵魂如果不朽，灵魂也就不可消灭了，不是吗？”

“这是一定的。”

“那么，一个人死了，属于凡人的部分就死掉了，不朽的部分就完好无损地离开了死亡。”

“看来是这么回事。”

苏格拉底说：“齐贝啊，灵魂不朽也不可消灭，已经充分肯定了，我们的灵魂会在另一个世界上的某一个地方生存。”

齐贝说：“这一点，我没什么可反驳的了。我对你的结论，也不能不信了。不过，假如西米或者随便谁还有什么要说的，最好这会儿就说吧。如果关于这类问题，谁要是想说什么话或者想听到什么话，错过了当前就没有更好的时候了。”

西米说：“关于我们这番讨论的结果呢，我也没法儿疑惑了。不过，我们谈论的题目太大，我又很瞧不起世人的虚弱，所以我对刚才的议论，心眼儿里免不了还有点儿疑疑惑惑。”

苏格拉底说：“不但题目太大，而我们又很虚弱，还有个问题呢。西米啊，我们最初提出的一个个假设，尽管你们觉得正确，还应该再加仔细考察。你得先把一个个假设分析透彻，然后再随着辩论，尽各自的人力来分别是非。如果能照这样把事情弄明白，你就不用再追究了。”

西米说：“这话对。”

苏格拉底说：“可是我的朋友啊，有句话我们该牢记在心。假如灵魂是不朽的，我们该爱护它，不仅今生今世该爱护，永生永世都该爱护。现在我们可以知道，如果疏忽了它，危险大得可怕。因为啊，假如死可以逃避一切，恶人就太幸运了。他们一死，他们就解脱了身体，甩掉了灵魂，连同一辈子的罪孽都甩掉了。可是照我们现在看来，灵魂是不朽的。它不能逃避邪恶，也不能由其他任何方法得救，除非尽力改善自己，尽力寻求智慧。因为灵魂到另一个世界去的时候，除了自身的修养，什么都带不走。据说，一个人死了，他的灵魂从这个世界到那个世界的一路上，或是得福，或是受灾，和他那灵魂的修养大有关系。据他们说呀，一个人死了，专司守护他的天神就把他的亡灵带到亡灵聚集的地方。他们经过审判，就有专司引导亡灵的神把他们送到另一个世界上去。他们得到了应得的报应，等到指定的时间，就另有专管接引他们回来的神经过了几个时代又把他们领回这个世界来。这段道路并不像埃斯库罗斯①的戏剧里忒勒夫司②说的那么样。他说从这个世界到底下那个世界，要过一条单独的路。我想这条路既不单独，也不止一条。如果只有单独一条路，就不用引导也不会走错。我看了世俗的丧葬仪节，料想这条路准有很多岔口，而且是弯弯绕绕的。守规矩、有智慧的灵魂跟随自己的引导，也知道自己的处境。可是我上面说的那种恋着自己肉体的灵魂就东闪西躲地赖在看得见的世界上，赖了好久，挣扎了好一阵，也受了不少罪，终于给专司引导的神强拽硬拖着带走了。这种灵魂是不纯洁的，生前做过坏事，如谋害凶杀之类。它到了其他亡灵集合的地方，别的灵魂都鄙弃它，不屑和它做伴儿或带领它，它孤单单地在昏暗迷惘中东走西转地摸索了一阵子，到头来就被押送到它该去的地方去了。可是有的灵魂生前

---

① 埃斯库罗斯（Aeschylus，公元前525—前456），古希腊大悲剧作家之一。

② 忒勒夫司（Telephus），据古希腊神话，他是大力神赫拉克勒斯的儿子。

是纯洁而又正派的,它有天神陪伴,引导它到合适的地方去居住。这个地球上有许多奇妙的地方呢。有些人大约是根据某某权威的话吧,说地球有多么大小呀,地球这样那样呀,我觉得都没说对。”

西米说:“苏格拉底,你这话什么意思?我本人就听到过许多有关地球的话,却是不知道你相信地球是什么样的。我很想听听。”①

“哎,西米,要讲讲我对地球的设想,我不必有格劳科斯②的本领也办得到。不过,如要证明我讲的是真实,那就太困难了;我即使有格劳科斯的本领,恐怕也办不到。而且,西米啊,即使我能证明,我也没这时间,不等我讲完,我就得送命了。反正现在也没什么事要干的,我不妨讲讲我相信地球是个什么形状,也讲讲地球上的许多地方。”

西米说:“好啊,这么讲就行啊。”

苏格拉底说:“第一,如果地球是圆的,而且在天空的当中,我相信它不用空气或别的力量托着,它自有平衡力,借四周同等性质的力量,保持着自己的位置。因为一件平衡的东西,位居中心,周围又有同类的力量扶持着,它就不会向任何一方倾斜,它永远保持着原先的位置。这是我相信的第一件事。”

西米说:“这是对的。”

苏格拉底说:“第二,我相信这地球很大。我们住在大力神

---

① 全篇论证,虽然没有肯定的结论,到此已经完了。以下是苏格拉底和朋友们闲聊他设想的地球。

② 格劳科斯(Glaucus),古希腊神话里有四五个同是这个名字的人,其中一人善预言。

岬角[①]和斐西河(river Phasis)之间的人,只是住在海边一个很小的地方,只好比池塘边上的蚂蚁和青蛙;还有很多很多人住在很多同样的地方呢。我相信地球上四面八方还有大大小小各式各样的许多空间[②],都积聚着水和雾和空气。可是地球本身是纯洁的。地球在纯洁的天上。天上还有星星。经常谈论天上等等事情的人把天称作太空。水呀,雾呀,空气呀,都是太空的沉淀,汇合在一起,流到地上的空间。我们不觉得自己是生活在空间,却自以为在地球的表面上。这就好比生活在海洋深处的人,自以为是在海面上。他从水底看到太阳和星星,以为海就是天。他因为懒惰或身体弱,从没有升到水面上去,探出脑袋,看一看上面的世界。上面世界的人,也无缘告诉他:上面远比他生活的世界纯净优美。我相信我们正是同样情况。我们住在空气的中间,自以为是在地球的表面上。我们把空气当作天,以为这就是有星星运行的天。我们也是因为体弱或懒惰,不能升到空气的表面上去。假如谁能升到空气的表面上,或是长了翅膀飞上去,他就能探出脑袋看看上面的世界,像海里的鱼从海面探出脑袋来看我们这个世界一样。假如人的体质能经受上面的情景,他也许会看到真的天、真的光、真的地球。至于我们的这片土地,这许多石头和我们生活的整个地区,都经过腐蚀,早已损坏了;正像海底的东西,也都已经给海水侵蚀了。我们可以说,海里长

---

① 原译文 Pillars of Heracles,是对峙的两座山,当时希腊人心目中最远的边界。

② 原译 hollow,不指地上的凹处或穴洞或溪谷。人处在苍穹之下,大地之上。在旷野处,可看到苍天四垂,罩在大地之上,hollow 就指天地之间的空间。众人所谓“天”,并不是真的天,只是空气,还弥漫着云雾。苏格拉底把这片青天比做蓝色的海面。他幻想中的净土或福地在地球大气层外的表面上。这个表面,在我们天上的更上层。

不出什么有价值的东西,也没有完美的东西,只有洞穴和沙子,还有没完没了的烂泥,就连海里的沙滩也不能和我们这世界上的好东西比较呀。可是我们上面那个世界的东西,准比我们这个世界上的又优美得多。西米啊,我可以给你们编个故事,讲讲天空里这个地球的形形色色,好听着呢。”

西米说:“苏格拉底,你讲呀,我们准爱听。”

苏格拉底说:“好啊,我的朋友,我就从头讲。据说地球从天上看下来,就像那种盖着十二瓣皮子的皮球。地球的表面,不同的区域有不同的颜色。我们这里看到的颜色,只好比画家用的颜色,只是那种种颜色的样品罢了。整个地球绚丽多彩,比我们这里看到的明亮得多,也清澈得多呢!有一处是非常美丽的紫色,一处金色,一处白色,比石灰或雪都白,还有各种颜色。我们这里看到的就没那么多,也没那么美。因为地球上的许多空间都充满了水和空气。水和空气照耀着各种颜色,也反映出颜色来,和其他的颜色混在一起,就出现了千变万化的颜色。这美丽的地球上生长的东西,树呀,花呀,果呀,也一样的美。山和石头也都美。比我们空间的山和石头光滑、透明,颜色也更好看。我们珍贵的宝石,像缠丝玛瑙呀,水苍玉呀,翡翠呀,等等,其实不过是从地球表面的山石上掉落的碎屑罢了。地球表面上所有的东西,都像那里的山石一样美,也许更美呢。因为那里的石头是纯粹的,不像我们这空间的石头,肮里肮脏,浸泡在海水里,又被空间积聚的蒸气和流液腐蚀败坏了。这种种垢污把空间的泥土、石头、动物、植物都变丑了,而且都有病了。地球的表面却装饰着各种宝石和金银等珍贵的东西。一眼就看得见,又多又大,满处都是,所以地球好看极了,谁能看上一眼就是天赐的福分。

那里也有动物，也有人。有人居住在陆地内部；有人居住在靠近空气的边岸上，就像我们居住海边一样；也有人居住在沿大陆的岛上，四周都是空气。总而言之，我们的水和海呢，就相当于他们的空气；我们的空气呢，就相当于他们的太空。那里气候调度得合适，人不生病，寿命也比我们长。住在那边的人，视觉、听觉、智慧等各方面都比我们优越，就好比空气比水纯净、太空比空气纯净一样。他们也有神圣的林阴路和神庙。真有天神住在那庙里。他们能和天神交往，或是听到天神的语言，或是受到天神的启示，或是看见天神显形。他们能看到太阳、月亮、星星的真实形象。他们还有种种天赐的幸福，和以上说的都一致。

“这就是总的说说地球和地球表面的形形色色。整个地球上许许多多空间有不少区域呢。有的空间比我们居住的还要深还要广。有的比我们的深，但是不如我们的空旷。也有些空间比我们的浅，但是更宽敞些。所有这些空间的地底下，都有天然凿就的孔道，沟通着分布地下的水道。一个个空间都是彼此通联的。水道有大有小。有些水道，几处的水都涌进去，冲搅融会成一潭。地底下还有几条很大很大的河，河水没完没了地流。河水有烫的，也有凉的。地下还有很多火，还有一条条火河，还有不少泥石流，有的泥浆稀，有的稠，像西西里（Sicily）喷发熔岩之前所流的那种。还有熔岩流。这种种河流，随时流进各个空间的各处地域。地球里有一股振荡的力量，使种种河流有涨有落地振荡。我且讲讲这振荡的道理。原来地底下有许多裂缝。最大的一条缝裂成了一道峡谷，贯穿着整个地球。这就是荷马诗里所说的：

遥远处，在地底最深的深渊里；①

“他和其他诗人有时就称为地狱②。所有的河流都流进这个深渊，又从这里流出去。每条河流过什么土地，就含蕴着那片土地的性质。为什么所有的河流都要在这条深渊里流出流进呢？因为这些流质没有着落，也没有基础，所以老在有涨有落地振荡。附近的空气和风也跟着一起振荡。流质往那边灌注，空气和风就往那边吹；往这边灌注，就向这边吹，恰像呼吸那样吸进去又呼出来。风随着流质冲出冲进，就造成强烈的风暴。水退到我们称为下界的地方，就灌入下界的河流，好像是泵进去的，把下界的河流都灌满。水流出下界，返回上面这边的时候，就把这边的河流灌满。灌满之后，水就随着渠道，或流进地里，随着各自的方向流到各种地方，或是汇集成海，或是成为沼泽地，或是流成小河小溪。然后水又流到下界去。有几股水要流过好几处很大的地域，有的流过的地方少，区域也小，反正都又返回地狱。这些流质流进地狱的入口，有的比地上的出口低许多，有的稍为低些，不过入口总比原先的出口低。有的顺着它原先的河道流回地狱，有的从对面的河道流回地狱，也有的绕成圆圈儿，像蛇似的顺着地球一圈或几圈，然后落入深渊的最深处。水可以从峡谷的两头流到中心去，不过到了最深的中心就流不出去了，因为两旁都是削壁。

“地下的河流很多，很大，种类也不同。主要有四条大河，最大的一条河在最外层，名叫大洋河（Oceanus）。它绕着地球

---

① 《荷马史诗·伊利亚特》第八卷第14行。据达贝勋爵（LordDerby）译本翻译。

② 地狱，原译 Tartarus。

流成一圈。逆着大洋河流的是苦河(Acheron)。苦河流过几处沙漠,流进地的下层,汇成苦湖。多半亡灵都投入这个湖里,或长或短地待满了指定的期限,又送出去投胎转生。第三条河在这两条河的中间。它源头附近是一大片焚烧着熊熊烈火的地区,灌上水就成为沸滚着水和泥浆的湖,湖比我们的地中海还大。混浊的泥浆从湖里流出来流成一圈,弯弯绕绕地流过许多地方,流到苦湖边上,但是和苦湖的水各不相犯。这条河又回到地底下回旋着流,然后从更低的地方流入地狱,这就是火河(Pyriphlegethon)。各处地面上喷发的熔岩流都是火河的支流。第四条大河逆着火河流。这是从荒凉阴森的地方冒出来的。那儿是一片深黑深黑的蓝色,像天青石那样的黑蓝色。这条河叫冥河(Stygian river),冥河汇集成冥湖(Styx)。湖里的水饱含着荒凉阴森的气息,在地底下逆着火河绕着圈儿流进苦湖,和火河相会。这条河的水也和其他河流各不相犯。这股水再流出来,绕着圈儿流到火河对面,落入地狱。据诗人说这段河流名叫呜咽河(Cocytus)。

"这是下界河流的一般情况。且说人死了,他们的守护神就把亡灵带去受审,凭他们生前是否善良虔诚,判处该当的报应。假如他们一生没什么好,也没作恶,就有船只把他们渡过苦河,送进苦湖,他们就待在苦湖里洗炼。如果他们做过坏事,就得受惩罚,然后得到赦免。如果行过好事,就各按功德给予报答。有人犯了大罪,看来是不可救药了,例如屡次严重地亵渎神明,或是恶毒卑劣地谋杀人,或是犯了同类的罪行,他们就给投入地狱,永远出不来了。这是他们命该如此。不过,也有可以挽救的。例如,有人一时感情激动,不由自主,伤害了父母,然后终身痛悔的;也有同样情况下杀了人的。这种人的亡灵也该投入地狱。但是一年之后,翻滚的浪头会把他们抛出地狱,杀人犯的亡灵抛入呜咽河,伤害父母的亡灵抛入火河,他们各由河流送入苦湖。他们在苦湖里大声叫唤他们的受害者,哀求饶恕,让他们脱离苦湖。假如他们获得饶恕,就离开苦湖,不再受罪;假如得不到宽恕,他们又返回地狱,以后再抛入呜咽河或火河再入苦湖,直到获得宽恕为止。这是判官们处分他们的刑罚。至于德行出众的人,他们不到下界去,他们的死只好比脱离牢狱,从此就上升净地,住到地球的表面上去了。凡是一心用智慧来净化自己的人,都没有躯体,在那儿一起住着,将来还要到更美的地方去。怎么样儿的美好,不容易形容,咱们现在也没有足够的时间了。

“不过,西米啊,为了我们上面讲的种种,我们活一辈子,应该尽力修养道德、寻求智慧,因为将来的收获是美的,希望是大的。

“当然,一个稍有头脑的人,决不会把我所形容的都当真。不过有关灵魂的归宿,我讲的多多少少也不离正宗吧。因为灵魂既然不死,我想敢于有这么个信念并不错,也是有价值的,因为有这个胆量很值当。他应当把这种事像念咒似的反反复复地想。我就为这个缘故,把这故事扯得这么长。有人一辈子不理会肉体的享乐和装饰,认为都是身外的事物,对自己有害无益;他一心追求知识;他的灵魂不用装饰,只由自身修炼,就点缀着自制、公正、勇敢、自由、真实等种种美德;他期待着离开这个世界,等命运召唤就准备动身。这样的人对自己的灵魂放心无虑,确是有道理的。西米、齐贝和你们大伙儿呀,早晚到了时候也都是要走的。不过我呢,现在就要走了,像悲剧作家说的,命运呼唤我了,也是我该去洗澡的时候了。我想最好还是洗完澡再喝毒药,免得烦那些女人来洗我的遗体。”

克里等他讲完就说:“哎,苏格拉底,我们能为你做些什么事吗?关于你的孩子,或者别的事情,你有什么要嘱咐我们的吗?”

他回答说:“只是我经常说的那些话,克里啊,没别的了。你们这会儿的承诺没什么必要。随你们做什么事,只要你们照管好自己,就是对我和我家人尽了责任,也是对你们自己尽了责任。如果你们疏忽了自己,不愿意一步步随着我们当前和过去一次次讨论里指出的道路走,你们就不会有什么成就。你们现在不论有多少诺言,不论许诺得多么诚恳,都没多大意思。”

克里回答说:“我们一定照你说的做。可是,我们该怎么样儿葬你呢?”

苏格拉底说:“随你爱怎么样儿葬就怎么样儿葬,只要你能抓住我,别让我从你手里溜走。”他温和地笑笑,看着我们说:“我的各位朋友啊,我没法儿叫克里相信,我就是现在和你们谈话、和你们分条析理反复辩证的苏格拉底。他以为我只是一会儿就要变成尸首的人,他问怎么样儿葬我。我已经说了好多好多话,说我喝下了毒药,就不再和你们在一起了。你们也知道有福的人享受什么快乐,而我就要离开你们去享福了。可是他好像以为我说的全是空话,好像我是说来鼓励你们,同时也是给自己打气的。”他接着说:“我受审的时候,克里答应裁判官们做我的保证人,保证我一定待在这里。现在请你们向克里做一个相反的保证，保证我死了就不再待在这里，我走掉了。这样呢，克里心上可以轻松些。他看到我的身体烧了或埋了，不用难受，不要以为我是在经受虐待。在我的丧事里，别说他是在葬苏格拉底，或是送苏格拉底进坟墓，或是埋掉他。因为，亲爱的克里啊，你该知道，这种不恰当的话不但没意思，还玷污了灵魂呢。不要这么说。你该高高兴兴，说你是在埋葬我的肉体。你觉得怎么样儿埋葬最好，最合适，你就怎么样儿埋葬。"

他说完就走进另一间屋里去洗澡了。克里跟他进那间屋去，叫我们等着。我们就说着话儿等待，也讨论讨论刚才听到的那番谈论，也就说到我们面临的巨大不幸。因为我们觉得他就像是我们的父亲，一旦失去了他，我们从此以后都成为孤儿了。他洗完澡，他的几个儿子也来见了他（他有两个小儿子，一个大儿子）。他家的妇女也来了。他当着克里的面，按自己的心愿，给了他们种种指示。然后他打发掉家里的女人，又来到我们这里。他在里间屋里耽搁了好长时候，太阳都快下去了。他洗完澡爽爽适适地又来和我们坐在一起。大家没再讲多少话。牢狱的监守跑来站在他旁边说："苏格拉底，我不会像我责怪别人那样来责怪你；因为我奉上司的命令叫他们喝毒药的时候，他们都对我发狠，咒骂我。我是不会责怪你的。自从你到了这里，不管从哪方面来看，你始终是这监狱里最高尚、最温和、最善良的人。我知道你不生我的气，你是生别人的气。因为你明白谁是有过错的。现在，你反正知道我带给你的是什么消息了，我就和你告别了，你得承受的事就努力顺从吧。"他忍不住哭起来，转身走开。苏格拉底抬眼看着他说："我也和你告别了，我一定听你的话。"他接着对我们说："这人多可爱呀！我到这里以后，他经常来看看我，和我说说话儿，他是个最好的人，他这会儿为我痛哭流泪多可贵啊！好吧，克里，咱们就听从他的命令，毒药如果已经配制好了，就叫人拿来吧；如果还没配制好，就叫人配制去。”克里说：“可是我想啊，苏格拉底，太阳还在山头上，没下山呢，我知道别人到老晚才喝那毒药。他们听到命令之后，还要吃吃喝喝，和亲爱的人相聚取乐，磨蹭一会儿。别着急，时候还早呢。”

苏格拉底说：“克里，你说的那些人的行为是对的，因为他们认为这样就得了便宜。我不照他们那样行事也是对的，因为我觉得晚些儿服毒对我并没有好处。现在生命对我已经没用了。如果我揪住了生命舍不得放手，我只会叫我自己都觉得可笑。得了，听我的话，不要拒绝我了。”

克里就对站在旁边的一个男孩子点点头。那孩子跑出去待了好一会儿，然后带了那个掌管毒药的人进来。那人拿着一杯配制好的毒药。苏格拉底见了他说：“哎，我的朋友，你是内行，教我怎么喝。”那人说：“很简单，把毒药喝下去，你就满地走，直走到你腿里觉得重了，你就躺下，毒性自己会发作。”

那人说着就把杯子交给苏格拉底。他接过了杯子。伊奇啊，他非常安详，手也不抖，脸色也不变。他抬眼像他惯常的模样大睁着眼看着那人说：“我想倒出一点来行个祭奠礼，行吗？”那人说：“苏格拉底，我们配制的毒药只够你喝的。”苏格拉底说：“我懂。不过我总该向天神们祈祷一番，求我离开人世后一切幸运。我做过这番祷告了，希望能够如愿。”他说完把杯子举到嘴边，高高兴兴、平平静静地干了杯。我们大多数人原先还能忍住眼泪，这时看他一口口地喝，把毒药喝尽，我们再也忍耐不住了。我不由自主，眼泪像泉水般涌出来。我只好把大氅裹着脸，偷偷地哭。我不是为他哭。我是因为失去了这样一位朋友，哭我的苦运。克里起身往外走了，比我先走，因为他抑制不住自己的眼泪了。不过阿波早先就一直在哭，这时伤心得失声号哭，害得我们大家都撑不住了。只有苏格拉底本人不动声色。他说："你们这伙人真没道理！这是什么行为啊！我把女人都打发出去，就为了不让她们做出这等荒谬的事来。因为我听说，人最好是在安静中死。你们要安静，要勇敢。"我们听了很惭愧，忙制住眼泪。他走着走着，后来他说腿重了，就脸朝天躺下，因为陪侍着他的人叫他这样躺的。掌管他毒药的那人双手按着他，过一会儿又观察他的脚和腿，然后又使劲捏他的脚，问有没有感觉；他说"没有"；然后又捏他的大腿，一路捏上去，让我们知道他正渐渐僵冷。那人再又摸摸他，说冷到心脏，他就去了。这时候他已经冷到肚子和大腿交接的地方，他把已经蒙上的脸又露出来说（这是他临终的话）："克里，咱们该向医药神祭献一只公鸡。去买一只，别疏忽。"①克里说："我们会照办的，还有别的吩咐吗？"他对这一问没有回答。过一会儿，他动了一下，陪侍他的人揭开他脸上盖的东西，他的眼睛已经定了。克里看见他眼睛定了，就为他闭上嘴，闭上眼睛。

---

① 医药神（Asclepius）是阿波罗的儿子，有起死回生的医术。苏格拉底的这句话是他临终的一句话，注释者有不同的解释，例如有人认为这是服毒后的呓语；盖德注解本264页综合各说，认为最普遍最合理的解释是：苏格拉底不愿疏忽当时希腊人的传统信仰，同时又表示他从此解脱了一切人间疾苦。

伊奇啊，我们的朋友就这样完了。我们可以说，在他那个时期，凡是我们所认识的人里，他是最善良、最有智慧、最正直的人。

译后记

我不识古希腊文，对哲学也一无所知。但作为一个外国文学研究者，知道柏拉图对西洋文学有广泛而深远的影响，也知道《斐多》是一篇绝妙好辞。我没有见到过这篇对话的中文翻译。我正试图做一件力不能及的事，投入全部心神而忘掉自己。所以我大胆转译这篇不易翻译的对话。我所有的参考书不多。我既不识古希腊文，讲解《斐多》原文的英文注释给我的帮助就不免大打折扣。可是很有趣，我译到一句怎么也解不通的英语，查看哈佛经典丛书版的英译，虽然通顺，却和我根据的英译文有距离；再查看注释本，才知道这是注释原文的专家们一致认为全篇最难解的难句。我依照注释者都同意的解释，再照译原译文，就能译出通达的话来。我渐次发现所有的疑难句都是须注解的句子。由此推断，我根据的译文准是一字一句死盯着原文的。我是按照自己翻译的惯例，一句句死盯着原译文而力求通达流畅。苏格拉底和朋友们的谈论，该是随常的谈话而不是哲学论文或哲学座谈会上的讲稿，所以我尽量避免哲学术语，努力把这篇盛称语言有戏剧性的对话译成如实的对话。但我毕竟是个不够资格而力不从心的译者，免不了有各方面的错误。希望专家们予以指正。

承德国国家博士莫芝宜佳教授百忙中为我作序,我感到非常荣幸,敬向她致谢。

一九九九年十二月十八日

一九三九年以来英国散文作品*

* 本篇系“英国文化丛书十二种”之一，由英国文化委员会编辑，商务印书馆发行。出版于一九四八年。

英国文化丛书十二种

	Title	*Author*	*Translator*
1.	The Co-operative Movement in Britain 英国合作运动	E. Topham and J. A. Hough	Mr. Y. S. Djang （章元善）
2.	Prose Literature Since 1939 一九三九年以来英国散文作品	J. Hayward	Miss Yang Chiang （杨　绛）
3.	Science Lifts the Veil 现代科学发明谈	Sir William Bragg and others	Dr. Zen Hung-gin （任鸿隽）
4.	British Universities 英国大学	Sir E. Barker	Mr. Chang Chih-lien （张芝联）
5.	British Painting 英国绘画	E. Newton	Mr. Fou Nou-en （傅　雷）
6.	Poetry Since 1939 一九三九年以来英国诗	S. Spender	Mr. Zau Sin-may （邵洵美）
7.	The Land of Britain and How It Is Used 英国土地及其利用	L. Dudley Stamp	Dr. Lin Chao （林　超）
8.	British Industry 英国工业	G. C. Allen	Dr. Li Kwoh-ting （李国鼎）
9.	Novel Since 1939 一九三九年以来英国小说	Henry Reed	Prof. T. K. Chuan （全增嘏）
10.	Films Since 1939 一九三九年以来英国电影	Dilys Powell	Mr. Chang Jun-hsiang （张骏祥）
11.	British Libraries 英国图书馆	L. R. McColvin and J. Revie	Dr. Chiang Fu-tsung （蒋复璁）
12.	British Education 英国教育	H. C. Dent	Prof. C. S. Wang （王承绪）

英国文化丛书序

当抗战初期，蒋百里先生在《大公报》上发表过一篇文章①，大意说，欧洲大陆英雄，每次企图攻英，结果都归失败。拿破仑如此，威廉第二也如此，意在言外，预料墨索里尼和希特勒亦将如此。他说："譬如一个陷人坑，第一位英雄走上那条路，掉了下去。第二位英雄自作聪明，绕来绕去，但仍走上了那条路，一样陷了进去。最奇怪的，他实际上竟是亦步亦趋，循着前人的足迹，丝毫不爽地走入那个陷阱中间。"现在回想蒋先生所说的话，真有深长的意义。拿破仑完了，威廉第二完了，墨索里尼及希特勒也完了。英国依然雄峙海滨，河山无恙。这究竟是什么缘故？

第二次世界大战终了以后，欧、亚两洲的国家，多数遭遇着经济上的困难。英国物资缺乏，或较中国为尤甚，然而英国朝野，上下一心，继续维持战时推行的物资配给制度。在万分困难之中，大家埋头苦干，深信在不久的将来，即将渡过难关，重入于富强康乐之境。反观中国，市场紊乱，物价腾跃，几于无法控制，这又是什么缘故？相形之下，英国似乎有许多地方，值得我们学习。我们对于英国人的立国精神，应该虚心研究，求得一个比较

① 参看前导书局发行蒋百里先生遗著《英雄跳我们笑》。

深切的了解。

作者不曾到过英国，对于英国人的特性，知道得不多。据阅读与观察在华英人所得，感觉英国人注重实效，不尚空谈；很少运用不切实际的空想，来解决任何问题。蒲徕士在他所著现代民主政治里说："纽西兰大多数人都不喜欢抽象思想。他们不爱利用学说。""加拿大宪法条文中，几无一条，专以抽象学说为根据。""没有什么人专注意于原则一方面，多数人所注意的，是具体的实例。"其实不仅纽西兰人如此，加拿大人如此，大多数英国人都是脚踏实地，专讲效能，寻求可靠的结果，不以空泛的理想为满足的。所以英人对于一切制度，都以实用为主。他们注重实行，在工作时间，非常认真，绝不虚与委蛇，敷衍塞责。英人虽重功利主义（Utilitauanism），但其所求在事业之成功，不在个人之私利。

其次英人素主公道待人（Fair play），在运动场上，注重公平竞赛，在政治舞台上亦复如此。许多人认为"英国政治家的风度，是在球场上养成的"。这句话很有意义。他们在球场上，不但与本队的队员，通力合作，即对竞争的对手，亦尊重其人格，不以不正当手段取胜。在政治竞争中，也绝对保持公道待人的态度；辨别是非，全凭公道，不以个人的恩怨好恶，渗杂在判断中间。他们的政治得以清明，他们的社会得于安定中求进步，并非偶然之事。

英人保持守法的精神，所以他们管制物资，上自英王，下至最贫苦的百姓，一律遵守配给规则，毫不苟且通融。不久以前，英国的预算秘密，先数小时泄漏，财政大臣立即引咎辞职。也是守法精神的表现。我想一个民主国家，如果不能严格执行"法治”，偏循私情，上下其手，一切都没法办好。

英人更有一种美德，就是体谅和容忍。他能看出一个问题的多方面，不抹杀对方的理由。言论自由或思想表达的自由，是由容忍的美德中产生出来的。他感到自己人格的价值，因而用平等的眼光，尊重他人的人格。由容忍而进于了解。由了解而有合作的可能。化冲突为祥和，化干戈而为玉帛。和平的基础，合作的开端，未尝不始于容忍的一念。

英国人常走“中庸之道”，不趋于极端。对于一切制度，主张和平的改善，不采猛烈推翻的手段。近百年来一切都在和平安定中求进步，没有许多极权国家中仇恨残杀，充满戾气的现象。

英国人爱好自由，而又富于自治的能力；注重个性的发展，而又能寻求合作的途径；不喜欢战争，但一旦遭受侵略，却能抵抗到底。在第二次世界大战中，德机集中轰炸伦敦时，英人所表现百折不挠的精神，很可令人赞佩。

容我抄录一个故事，表现英国人临危不乱的精神。当铁塔尼大邮船由英驶美，在大西洋中，半夜为冰山撞坏，海水拥进机器房，船身势须沉没，虽然发出求救的电报，附近并无他船可以赶来救济。这条大邮船，很快地向下沉没。船主下令将救生艇放下，先让妇女小孩登艇，所有的男子一律自动退后，让妇孺们先走；有的男子把妻子送上救生艇，自己仍退回甲板上；有几个妇女不愿和丈夫分离，留在船上不肯下去。一直等到妇女小孩都上了救生艇，男子们才依次下去。有一个男子已经伴他的妻子坐在艇内，忽见另一个女子没有下船，他就站起来，把位子让给还没有登艇的妇女。转瞬之间，船身完全沉入水里，人多艇少，不及下艇的人，都立在甲板上很镇静地，唱着“我更与主接近”的赞美诗。留在船上一千五百零三人的悲壮歌声，就随着船身，渐渐没入海底。这种临危不乱的精神，便是英国立国的精神。当今日国难十分严重的时候，我们应该学习这种精神。

凡此种种都是作者浅薄的见闻，也许有过分或不足的地方，尚待读者教正。当然英人也不能说没有缺点；不过研究他国的文化，在取人之所长，以补我之不足，所以多说他们的好处。

现在英国文化委员会，请国内知名之士，译述英国文化丛书，想把英国人的生活和思想，以及他们近年来对于文化的贡献，介绍于国人，我觉得用意很好。况且担任译述的，都是很有学问、下笔谨慎的学者，将来各书出版，一定很有价值；并且有许多地方，可供我国建国的参考。

朱经农序

这是一篇一九三九年至一九四五年间英国散文的短述，向爱好现代英国散文的读者，报告战期出版的重要著作。各种散文：不论批评、传记、描写，只要不是太有时间性的，都予评述。至于长短篇小说，本辑另有专书，不属本文范围。

作者约翰·黑瓦德（John Hayward）是有名的学者与批评家，一九〇五年生，剑桥皇家学院毕业。战事初起，他回到剑桥，按期为本国情报部批评新书。战前他曾任纽约太阳报驻伦敦的文艺通信员，为瑞典文艺杂志写“伦敦通信”，编过罗撒斯忒（Rochester）、唐纳（Donne）、斯威夫忒（Swift）、圣·挨夫勒门（St. Evremont）诸人的集，十九世纪诗选，十七世纪诗选等书，作有《英皇查理二世传》。他曾长期为《标准》（*Criterion*）、《泰晤士报》文艺副刊和其他重要刊物写批评论文，也是目录学家，兼伦敦出版公司顾问编辑。

全面战争：一个城市的心。

一 引 言

本文目的，要把一九三九年至一九四五年那五年战争期间英国散文学的成就(除却小说)，向英伦三岛外的读者作一个尝试性的报告。要做更肯定的批判，时间还没有到。因为这几年太逼近眼前，不容许我们高瞰远望，得其全貌。但凭目前所见，还不能评定文学价值。就是在和平的时候，研究现代文学，而要从这种任意划出的短期里，追究当时影响作者思想情感的种种交流，既非易事，也无益处。当然，英国这几年如果太平无事，这段时期就不成为文学上特殊时期，这篇临时性的报告也不必作了。但是那五年间英国陷于有史以来最危险的关头，有一个时期，独立无援，殊死战斗，只求不为敌国所灭。五年来整个民族精神上和物质上的能力，全用来维持国家生存。国家的需要超越一切。每个男女的活动与兴趣，虽未受国家规定，至少受它引导。

在全面战争状态之下，文学活动和其他一切活动一样，多少得顾到社会利益。为了国家的安全，文学要受到种种约束：发表思想，记载事实，要受统制或竟被抑止；书籍的原料，出版和分布书籍的资力，不得不尽力节省，移作更迫切的用途；许多出产书的人——作家、出版家、排字匠、订书匠、经售书籍商人，都忙着别的工作，有的投身军役，有的服务于大大扩充的政府各部。不仅在这几方面文学被全面战争所牵累,一切生活状态,都跟着战时社会的变态而更动。家庭的破裂;撤退人民,征用房屋,没人赚钱养家,因此产生的艰苦;工商业为了战时生产与运输的改组;失业和延长工作时间等问题;食物的单调和缺乏娱乐的烦闷;灯火管制时的意气消沉,空袭或期待空袭时的紧张——以上种种都造成生活状态的改变。这种惯常秩序的更动,当然深深影响到思想和感觉的气氛。

从一九三九年到一九四五年,国内情形这般艰难困苦,居然能有书出版,居然还有人著作,已是大可惊奇。而实际上却有大量书籍出版,只是出版的书虽多,还远不足以应付社会的需要。人民这般踊跃购书,因为许多人战时只能闭门家居,读书以外很少别的消遣,而电影或无线电节目只供一时娱乐,不如书本能长期享用。这情形虽属偶然,却也可见人民真正需要书来调剂精神,修养内心和发泄感情。为了满足这需要,出版界也用尽心力。他们抗议政府征收书税,又要求增加纸张配给的基本数量——那数量只有一九三八年至一九三九年间平均用量的百分之四十。买书税是免收了,但纸张配给并未增加,于是只能把配得的纸按照经济标准节约使用。可惜这种经济办法不免低落了英国出版界的声望。尤困难的是酌量分配原料,要出版的新书和需翻印的旧书,都使其得到适当的一份。整个战争期中,英国经典文学空前地得到读者喜爱。但是翻印经典的数量远不敷读者需要。因为出版家要顾虑到他们的商誉与前途,不能一味袒护已故的作家而忽略了现存的作家。著名丛书如“人人”(Everyman)和“世界经典”(The World's Classics)的出版人,尽力把他们所出版的书继续翻印,不使绝版。又有“企鹅”(Penguin)

翻版，异常便宜，辅佐他们供给翻印书本。最难取悦的读者也承认这便宜翻版不容轻视。可是战事虽已结束了好久，要买一本新翻印的小说，如瑾·奥司登(Jane Austen)或安东尼·特罗拉普(Anthony Trollope)所著的，还是难之又难。至于现在生存的作家，成名的当然受出版家推重，尤其是那类走红作家，作品风行畅销的。未出头的无名作者便少人眷顾。任是如此，现存作家的翻印本还总是供不应求。有几部当代名作销完之后，书店无力翻印，只好让它绝版几个月甚至一年多，才得翻印。作者的名誉和收入都受损失。这项金钱损失，文学史家也不该估计太低。新进作家的苦痛尤甚。多数出版家任务繁重，不能疏忽了旁的责任来捧一个新人。然而仍有少数新作家虽受排挤还能成名。这就全靠几位出版家，他们相信英国文学还要继续发展，翻印旧书虽然获利迅速容易，他们却不为所动，毅然把一部分纸张人力派作鼓励新进之用。

有好些人自命为出版家，利用战时机会开始营业。按照战时规定，凡战前已在营业的出版人都要受纸张管制司的管辖。这班战后开始营业的出版人却不受约束，可自由收买包工印刷处多余的纸或别处零星散纸。他们既没有跟成名作家缔结关系，又没有"店底"需要补充或扩大，似乎可以利用机会多提拔些新人才。但是他们只出版或翻印些毫无价值的文字，用最低生产额，求最高利润，销售给半通不通的读者。尤喜印儿童书籍，狡狯地卖作礼物替代品，儿童在战时照常希望礼物，大人不能拒绝，把书来替代最经济实惠。这事原也不值得提到，但是纸张如此缺乏，假如负责的出版家得了这许多纸，必能派作更有价值的用途，却被这些投机者糟蹋了。这些毫无价值的书增多了战时所出版书籍的总数。不知底里的人对于那几年的文学活动会发生错误的印象。

自一九三九年至一九四五年间出版的书目中极少新进作家。一个原因上文已经指出，因为缺少纸和人工(尤其是订书工人)，新作家绝少机会出头。另一方面也因为能写作的男女青年都已投身军役，服务国家，没机会致力文艺。除非在极困难的环境中断续偷得些空闲，能动动笔，不会有时间或财力能长篇大论的作文。他们不事夸张，偶有所得，发而为抒情诗、短篇小说，间或报告些时事，往往在杂志或选集中发表，如《地平线》(*Horizon*)、《企鹅新作品》(*Penguin New Writing*)和《伦敦诗刊》(*Poetry*〔*London*〕)之类。

时代的艰苦不利于未成名的年轻作家，可是经验丰富的成名作家也同样不幸。他们有战时工作，能不放弃写作已经大不容易。整个战期中，五十一岁以下的男女公民都有兵役义务，超过这年龄或是未征入伍的另有旁的任务，如国民自卫，预防火灾，辛苦的国内工作和种种自愿的服役。还有一事，我们如果要明了战时文学界情况，不可不知：有许多名作家和知识分子利用他们的特长，从事于促进战事的工作。这是件重要事实。因为这类工作一方面虽然训练人写作，但是这种工作的性质，又加工作时过度紧张，往往耗竭了作者的心思与才艺，使他不复有心情为快乐而写作。至于为生计呢，他们职务的薪水已足够维持，也不必写作。这里若指出那许多人的名字来倒很有趣，不过这是不必需的。他们都是有名的男女文人——批评家、书评家和教师，利用文才为下列工作服务：如宣传、情报、调查、新闻、广播和设计等等。

情报部雇用文人比政府其他各部为多。人所熟知的诗人、书评家、侦探小说作家、传记家、出版家,还有一位目录学家,都在情报部服务。梅里街(Malet Street)伦敦大学的塔分隔成蜂房一般,这许多作家,战时日日夜夜在那里工作:准备新闻报告,检查书报,供给各种宣传材料。不列颠广播公司(B. B. C.)也雇用文人。从作者的观点看来,它是最合脾胃的雇主,尤其是海外组和宣传组。因为他们的特殊节目上有传记文学,还广播戏剧,给作者一个难逢的机会,发挥他的想象力,恰如和平时候自动创作。广播公司战时的文学成绩虽不属本文范围,有两件作品可以提作例子,可见被征用的文人作品如何。爱德华·萨克维尔·韦斯特(Edward Sackville-West)把荷马史诗《奥德赛》(*Odyssey*)用诗体译成英文。路易斯·马克尼司(Louis MacNeice)把哥仑布故事编成戏剧。二书都已出版。

除了有关宣传的工作,除了为振作士气,奋勉人民而谨慎设计的娱乐,此外还有许多事需要知识分子的脑力与文才。许多国内最好的学者文人,大学里最好的教师,在乡下市镇里工作——整个战期隐蔽在秘密中的市镇,提到时只引用字首的字母。工作的性质,现在不便公布。这种工作需要专门学识和敏锐而明察的理解力。他们精力分散,文学方面的成绩当然减少。全英国的散文作品(特别是历史作品)产量减少,可能也是受了这个原因直接或间接的影响。将来一般读者或许能读到战时秘密文件和政府各部的秘史。几位名作家正从无穷尽的档案和已被遗忘的备忘录中编纂着这些文献。如果编纂成功,这几部散文巨著也足够补偿英国现代文学在战时的损失了。但是我们却不能乐观。许多人想把大堆记录削成简明可读的文章,想必这班人已不能对文学作更好的贡献。但是其中一定还有几人有创作才能,可求深造,不该如此消耗于公文废纸中。

时代的压迫使人民少自由,不能随意发展。这种情形之下,不宜写需要准备或深长思索的文章。战事变化无定,太磨折人。作者不易得到清净,可以从容地回忆过去,把经验综合起来。极少数人运气较好,他们的环境不全然阻碍创作。有的因为年龄或体力不合格,所以有闲暇写作。有的因为离开了家庭和朋友,没有交际分心,每日工作以后睡觉以前的那段时间,寂寞单调得无法排解,便写文章消遣。但是多数人从战局本身得到写作的动机,他们要写战事。在全面战争中所谓战事,不专指前线的战事。新式战争的前线包括后方辅助战事的各部分。从坦克车停车处、前部飞机场、军舰作战站,向后方延长。工厂、船坞、操场、农田、牧场,都是前线。耐着心排队买物的行列是前线,人家小小的后院,主人掘土种植,谦卑地尽他的力求胜利,这里也是前线。以上各处都有文艺的原料。战时英国全体人民的希望与恐惧,积极的工作,消极的忍受,都是文艺材料。

自一九三九年至一九四五年间,出版了许多关于战事的书和小册子。除了极少数,多半没什么文学价值。这类的书和小册子,有些是为了特别事故,作者受政府委托而写;有些是为了满足民众对某一件时事的好奇心而写。我们所要观察的整个时期内,宣传和报告两件事雇用文人最多。上文已经说过,政府雇用文人写宣传品,备无线电台广播之用;又写许多小册子,分配国内国外(包括敌区与沦陷区)。这篇报告结尾所附的书目,能使读者约略知道他们的成绩:政府委任的战地通信员,自动报告个人经验的作者,他们如何一致努力,辛勤工作。

书的慰藉:非武装参加国防工作者的流动图书馆。

大众文艺:企鹅丛书一亿册,还是供不应求。

在战事初期，又在德日侵略达到最高峰的时期，人民渴求明了法西斯主义，特别是纳粹主义。关于这些主义的起源与发展的书，最受欢迎。以前大家只求镇静，规避现实。这种病态时期已经过去。人民要知道他们怎样卷入了战争，为什么被卷入。开战的第一天，九月一个平静的早晨，他们受到警告要和"恶势力"(the evil things)战斗。所谓"恶势力"是些什么？哪里产生的？谁孕育的？若由它们得势，将有什么可怕的后果？一言以蔽之，他们要知道谁是希特勒，什么是希特勒主义。人民正在彷徨着，找寻一个新的道德标准。对于以上各点自然有好奇心，也应该有好奇心使他们有兴味研究。许多作者能尽其真知灼见，不胡猜妄测来解答以上许多问题。他们供给的报告全是他们在纳粹统治下身受的经验与知识，所以有真实价值。幸喜没一个英国人有这种经验。这是英大使汉德森爵士(Sir Nevile Henderson)在他的《使德辱命记》(*Failure of a Mission*)一书中显著证明的。有这种经验的人都是逃避在英美的欧洲难民。他们的作品不能在这里讨论。

战潮慢慢地转换方向，联合国渐占优势。于是一般人对于过去的好奇心，变而为对于未来的忧虑与希望。这时各处被毁坏的消息使人人惊恐厌恶。他们虽不能思想，却开始梦想如何从毁灭中重新建设。许多书和杂志的封面上都标着"设计与重建"这几个有魔力的字。但是理想国的幻象一霎即逝，面对着荒凉一片灰烬的现实，那几个字也失掉了大部分迷惑力。多数人民已变得冷漠，已经从迷梦中清醒，普遍地感觉到战后的萎顿。虽然如此，谋求公益的心已应时而生。战争后半期出版许多关于设计与重建的书与散文，都表现这现象。人民需要保障

路易斯·马克尼司(Louis MacNeice):无线电台广播底稿作者。

斯提芬·斯宾德(Stephen Spender):救火员,参与战时工作的作家。

社会安全的论文，和庞大的战略计划——如有名的《培弗利治报告》(*Beveridge Report*)。他们也需要灌输知识的书，要从书本上得到解释，如何把广泛的理论原则和信条——譬如《大西洋宪章》(*Atlantic Charter*)——付诸实行。

许多战后设计——往往不很准确的称为“蓝印图”(blue-prints)，划策一个美丽的新世界，讨论实行耕种，尤重农业理论。这些专论农村经济的文章似乎与本文不相关。假如作者因为多年来大家太不顾念将来，疏忽了泥土，深可惋惜，所以做文章鼓励大家种植土产粮食，增加产量，那么，这类论文的确和本文无关。但是实际上许多作者从更深的泉源汲取灵感。他们的结论也不凭目前需要，而是从他们信以为基本的原因结果中得来。其中最显著的，隐约表现一种泥土的神秘主义。这主义根据于古希腊罗马人对“自然母”的崇敬。孝敬“自然母”，人类方能得救，是他们的信念。如此着魔于活的泥土，心理学家认为是另一种情感的变相：是潜意识里对于新式科学工业的怕与恨，转而为对于泥土的敬爱，因为新式科学工业具有毁灭一切的可能性。用同样方法，在同一工厂，能制造坦克车、牵引车、铁甲车和联合刈禾机；能制造烈性炸药和人造肥料。在机械化战争的进程中产生这种泥土崇拜，很值得注意。这些传道人的热忱往往深切地透入他们的作品，使那些作品染到了文学气味，不像科学教科书。

广义的宗教信仰战时曾否在一般人心中重生，这事现在还无从断定。当时的确出版了不少信仰虔诚的文艺（并非讨论神学的著作），目的不在感化异教徒使他们认识上帝，而是为了解脱许多人的苦闷。他们得不到人世的安乐，只好向超自然的境

大英博物院图书馆:炸毁的书架。

念珠街:六百万册,毁于一夜。

界中求安慰。还有一事也值得注意。一九四〇年以后的几年间出版许多书,虽然没有特殊的宗教性,却流露出一种莫名其妙的精神上的企慕。这也许是信仰心重生的象征。人类发现原子分裂时发生惊天动地的能力,立刻加以滥用;这事使人类对超经验的希望与探求宇宙本体的心,究竟增强还是减弱,现在还不能知道。

许多读者,可能是大多数读者,想要逃避战时环境——像铁掌一般扼住人的环境。若不能逃避,但求那铁掌放松一下也好。一个比较容易的办法就是阅读自传或传记,暂时躲入另一个环境,随着书中的人物生活在一个比较快乐富裕的世界里。或者书中所记的人也在艰苦中颠沛,那么正可见过去和现在一样,每个时代都充满了苦难,读者由此可以领悟到人生向来不能如意,他的祖先曾经勇敢地忍受一切,他们也该勇敢地忍受,这样聊以自慰。这类忆旧的书加上小说,造成了大部分所谓逃避现实的文艺——有些人爱用这轻鄙的词语,他们认为文艺当如法国人现在所说的“入世”,这般“追寻失去的时间”(recherche du temps perdu)[①]多少是自认失败,是为了过去而叛弃现在。

以上粗略地举出了战时所发生的主要兴趣,也就是一九三九年至一九四五年间英国散文作品的题目。下文还要充实这大纲,评论这几年所出版的名著。不仅是论述时事的书,还有极少数无关战争,不受战事影响而同样是属于英国文学的书。

---

① Marcel Proust 的小说,总名为 *À la recherche du temps perdu*。——译者注

“除非一粒谷掉入地里而死掉……”

轰炸机:“家是我们的出发点。”*

---

* 译者注:T. S. Eliot 诗 *East Coker* 中句。

二 战 事

全球战争之后总有一个人生价值纷乱的时期。一九一八年休战后的那几年就是一例。由战事所启发而产生的战争文艺,战后立刻要评定它的价值,尤为困难。许多专述时事的书,特别是记载战时经验的作品,往往匆匆写成,不及修润,未经成熟的思考,只能一时引起读者兴趣,虽然装订得像一本书,其实只是战地记者的每日通信而已。这些目睹的报告现在没甚价值,将来是否永不会有价值,我们也不能肯定。至少有几本不仅是历史家搜集材料的书,它们本身自有价值,不致被人遗忘。一九一四年到一九一八年第一次世界大战,和这第二次世界大战同样情形:在战事后半期,这类战争文艺显然逐渐不流行。到休战前几月内,厌恶战争的读者对这类书几乎全无兴趣。它们成了书肆的滞货。这反感可能继续十年。第一次大战休战了十年之后,人民对战事又发生兴趣,又把战争作诗与散文的题目。一九三九年到一九四五年间出版了大量的战争书籍。有没有几本具有永久的文艺价值,我们还不能断定。不过我们可以有把握地说:这几年中,还不曾产生一个作者比得上第一次大战中的勃伦登(Blunden)或萨松(Sassoon)或格累夫斯(Graves)。

国内国外各方面的战事报告,也有几篇范围广大,记事连贯而文章很有才气。上文已经说过,许多当代的多才作者都被国家征用了去。一部分受情报部或英国文化委员会的翼助，委派给他们的工作是把英国的历史、制度、习惯和对于文化的贡献，报告英国的海外朋友们。另有些人由政府雇用，专把某战线某事件的官家情报，大做文章，制成官样报告。为官家办理出版的有“皇家出版注册所”(His Majesty's Stationery Office)，是政府各部的出版机关；尤重要的是情报部，他们的工作范围包括很大一部分出版事业。他们出版了一批风行畅销的书，很使商营出版界忧忌。因为情报部拥有无限配给纸，商家无从与他们竞争。这批书印刷精良，插图丰富，作者大多无名。只有一人——希勒利·圣乔治·桑德斯(Hilary St. George Saunders)不久出了名。他职业是公务员，照他的爱好，该说他是个小说家。他叙述官方史实，有名的确切清楚而生动，别人所不能及。作品有《不列颠的战争》(*The Battle of Britain*)、《轰炸机指挥》(*Bomber Command*)、《沿海防御指挥》(*Coastal Command*)、《不列颠上空的屋顶》(*Roof Over Britain*)——这是不列颠岛上的一个防空故事——还有些别的书。情报部还出版了些同类的书籍，吸引力不及以上几本，也写战时一般社会事业的特殊情形，如铁道和运输制度等等。

空中战争自始至终能捉握住作者读者双方的想象。这是作战术中唯一惊心动魄的方面。不上战场的平民也能目击身经，而且觉得跟自己休戚相关。就为这个缘故，在“不列颠战争”中，逼近伦敦上空的空战虽然光怪陆离，以警报作先驱的空袭尽管紧张，久而久之，所留印象之深反不如日常所见国内空军能力的种种表现：如到处皆是的空军人员；如暮色苍茫中一队队飞机和鸟翼形的轰炸机队，飞向欧洲目的地时那动人的声音与景象。

空战的早年局面(自一九三九年九月至一九四一年五月),名小说家兼是有经验的航空家大卫·加内特(David Garnett)在他所著《空中战争》(*War in the Air*)一书中溯述过。这书根据官方文件,作者对于题材之了解,用笔之审慎,无瑕可击。比了同时其他叙述,这书或者能流传久远。这位作家正在陆续发表他所著一部分战事秘史,又曾写过大半本《希腊和克里特的战事》(*The Campaign in Greece and Crete*),是"战争中的陆军"(The Army at War)一集中的一本,全集由情报部为军部发行。

以下是官方发行的海陆空军和它们附属各部的记录,都十分风行。如《前线》(*Front Line*)——非武装民众的防御故事;《联合作战》(*Combined Operations*);"第八军"(The Eighth Army)——记埃尔·阿拉眠(El Alamein)之役的胜利者;《皇家方舟》(*Ark Royal*)——海军部报告名航空母舰的战绩和《皇家水雷扫荡舰》(*His Majesty's Minesweepers*)。除了这类官方记载,还有大批个人报告战时服务经验的书。作者中也有女人。最好的几本是战地通信员的报告:如阿兰·摩黑德(Alan Moorehead)所写的《非洲三部作》(*African Trilogy*)和《蚀》(*Eclipse*),记载非洲、意大利和西部战事,不但把事情描摹惊人,还能传达出普通士兵心目中战争是怎么一回事。这一点,其他亲身阅历的作者极少能做到。这类的书中间唯有以上两本对于新式军队中《军人生活的困苦与伟大》(*Servitude et grandeur militaires*)①认识深切,描画生动。

---

① *Servitude et grandeur militaires* 是 Alfred de Vigny 所作描写军事生活的故事集,一八三五年出版。——译者注

理查·希勒利(Richard Hillary):不列颠战争中的战斗机驾驶员。

阿兰·摩黑德(Alan Moorehead):战地通信员。

老实说,大多数个人经验的记载只是草草记下一堆琐事,作者虽曾受过各种训练,最重要的写作训练却不曾受过。这缺点在空军人员中尤为明显。他们经历到空前的危险,而他们的生活是个奇异的凑合:在天上特别险恶,在地上特别安适。因此他们比陆军、海军人员勤于动笔作文。写个人空战经验的书,最有名的是《末了一个敌人》(*The Last Enemy*),这书写得还不是完全熟练。作者理查·希勒利(Richard Hillary)是不列颠战争中对多人有功的战斗机驾驶员。他只身与敌人战斗,这种经验使他年纪轻轻而心情苍老。他这本动人的遗作使人不忍批评。书中的弱点显而易见,但是这些弱点和作者的情绪交织太密,若单独挑剔出来,便要损坏全书的组织。并且这书所以受人爱好,有几分还借助于一个尚在胚胎中的"希勒利神话",使我们很难评定它本身究有多少价值。恰如第一次大战中的殉国诗人卢柏特·布卢克(Rupert Brooke),这第二次大战中的希勒利也被选来象征青年悲惨的命运和未实现的希望。《末了一个敌人》就把青年在战时的命运作题材,文笔新颖深刻,能使熟练的作家们妒羡,只是还不能算写得完全成功。阿瑟·科斯勒(Arthur Koestler)的作品,我们一看就知是富有经验的作家面对生死关头的产物,写作的方法与成就都高人一等。科斯勒是奥国的新闻记者又兼作家,他的散文《一个神话的诞生》(*The Birth of a Myth*)碰巧开始了希勒利的"神化"。他的《人间的渣滓》(*Scum of the Earth*)和《白昼的黑暗》(*Darkness at Noon*)二书写被摈弃的人,被驱逐的人和逃避他乡的人。作者富有热情,而见解明豁,描摹真切,值得这里提及,虽然严格说来不属于本文范围。

约翰·斯特瑞契(Rt. Hon. John Strachey, P. C.):一九四〇年地区防空主任,一九四五年入阁为次长。

圣乔治·桑德斯(H. St. George Saunders):官史编纂者。

从约翰·斯特瑞契(John Strachey)的作品中,显然可见一个有经验的作家如何运用技巧,纯客观地报告非常事故。例如他尚未收集的关于英国皇家空军的文章。最好的是《D营》(*Post D*),赤裸裸叙述伦敦闪电战中救护工作,文笔古典式的简约而庄严,记载身经目睹的战时小灾难,这是同类文章中少数值得记忆的一篇。同样气度,一般典雅的,有桂冠诗人约翰·美斯非尔德(John Masefield)所作《九日新奇事》(*The Nine Days' Wonder*),记英国军队自敦刻尔克(Dunkirk)撤退时虽受压迫,未曾屈服。还有乔治·密勒(George Millar)所作《游击队》(*Maquis*)①也表现作者有写作技巧。密勒是新闻记者,由降落伞入法国,帮助法国地下反抗运动。他在反抗运动中的职务不是报馆访员而是战士与破坏工作者。这书是他平安回国后所作,是一篇紧张的流浪汉小说体的自传。作自传看,可称为战时个人冒险故事中最好的书。

大体说来,文人对于战争的努力,大部分消耗在战事工作上,只一小部分用来写作关于战事的书。有一点可注意:英国最有名的现存作家,除了少数受官方委派专写战时各方面的状态,都不曾荒废他们"自己的园地"。下文便要提出他们名字并各人专长的科目,一一加以讨论。但是在结束这一节之前,还应当提到文斯顿·邱吉尔(Winston Churchill)在议会内外的演讲录,共有五册:《加入战争》(*Into Battle*)、《残酷的战斗》(*The Unrelenting Struggle*)、《开场的收场》(*The End of the Beginning*)《向

---

① 此字原意为"莽原",此处最浑成而贴切之译名为"伏莽",但恐误解为土匪,故从俗译。——译者注

胜利进行》(*Onwards to Victory*)和《解放的曙光》(*The Dawn of Liberation*)。但看这些题目便知道作者偏爱声调响亮的文字。至于运用这种声宏调亮的文字来感动人,他是现存作家中最成功的代表。

三　传记与自传

全面战争恰像诗人丁尼生(Tennyson)心目中的大自然,对于个人的生命毫不在意。[①] 为了生存竞争,个人被编入行伍,在领导之下,工作游戏都受管制。他必须放弃自我,为公共利益牺牲个人的自由行动。当战争一爆发,英国每个男女老少都第一遭领到一张身份证。这事实带些讽刺性,似乎每个人的身份没有这证明便不能存在。社会情形如此一改变,我们总以为讲述个人的书战时不会吸引广多的读众。谁知这时期出版的自传特别多。正足以表示作者们别处不能表现他们的自我人格,就非常现成的借文字来证实自我。上文已经谈到,读者要逃避现在躲入过去,喜欢追想往日,回忆中的往日总觉得美好,又喜欢把自己拍合书中的人物。凡是年龄或体力不合格而不能积极参战的人,正可以写自传或读自传。有年纪的人也比年轻男女有权利纵容自己回忆。

这类老辈中间,如人所料,有牛津和剑桥两大学的学者。他们的生活虽在战时仍能继续那沉静而习惯的方式。或许略有改变,看来仍是照常的。这些学院隐士的自传里,代表作有《维多

① 此见丁尼生诗 In Memoriam LV, stanza 2: So careful of the type she seems, So careless of the single life. ——译者注

利亚时代牛津回忆录》(*Memories of Victorian Oxford*),作者是名历史家查理·俄曼爵士(Sir Charles Oman);又有《牛津五十五年》(*55 Years at Oxford*),作者格伦提(G. B. Grundy)是道地的老辈大学教授。这些书从成熟而平静的头脑中产生,对这个变动不息的痉挛着的社会,还依恋地保留着一个永久而稳固的幻象。乔治·戈登(George Gordon)身后收集印行的书信集(Letters)也有同样性质,略多些都会气的活意和接触外界所得的琢磨。戈登曾任牛津穆德邻学院(Magdalen College)院长,是学者又是散文家。假如牛津没有用它的迷惑力把他催眠得滞钝,戈登不致单写那一点点儿。牛津惯把爱它而久住那里的人加以催眠。即如《短短旅程》(*Short Journey*)这本自传的作者吴德瓦德(E. L. Woodward)教授,他还比较年轻,参加过"四年战争"(Four Years' War),在牛津住下来以前曾有极广的旅行经验。但是他这本自传便富有牛津气味——褊狭而不切实际。剑桥虽然表面上比牛津更土气,却不像牛津有这般自尊自大的偏向。不过话又说回来,像《剑桥通信》(*Letters from Cambridge*)那样浅狭无味的作品,牛津从未产生过。这本通信是剑桥特林尼提学院(Trinity College)的教师高(A. S. F. Gow)每月给他朋友和从前学生的报告。

亨斯利·亨生(Hensley Henson)主教的自传叫做《回忆无关紧要的一生》(*Retrospect of an Unimportant Life*)。假如亨生博士还自称无关紧要,那么那许多大学生活的琐碎记录更自置何等呢?幸喜自传作者无须在书名上注明自己如何不重要。亨生博士在教会中有名望有权势的生涯,从永久的观点看来也许并不重要。但是作者心念中的读众并无权能批判他重要与否,书名上自称无关紧要会引起误会。这书写得很有技巧，作者描写自己无固无偏的精神如何热诚前进，经过人生旅程中种种风险。杰克斯（L. P. Jacks）博士所著《八十老人忏悔录》（*The Confession of an Octogenarian*），精神上，智力上，和亨生博士的自传有相似处。杰克斯博士曾多年编辑《希柏脱哲学杂志》（*Hibbert Journal*），极受人敬重。但是他这书是一个老人的回忆，老人的絮语，在在表现作者已经年暮力衰。

许多有名的文人战时写自传。因为一个人天生喜欢回忆，环境又迫人回忆。还有一个原因，写自己比写别的东西容易。已经结晶的过去比骚动的现在透明澄澈，易于描写。不用说，不少极有趣味的自传作者并非职业文人而是社会各界的名流。例如《混合的钟乐》（*A Mingled Chime*）的作者汤麦士·俾卿爵士（Sir Thomas Beecham）是个霸道的音乐指导；已故的南非洲高等官吏得尼斯·瑞次（Denys Reitz）是强干的办事人才，著有三本书：《水陆突击队》（*Commando*）、《爪痕辙迹》（*Trekking On*）和《马不停蹄》（*No Outspan*）。不过我这篇报告侧重于文人的自传。

一个能创造的作者如果太早写自传，就好比使用他经验的本钱，有危险消耗掉可以作诗作小说或其他文体的材料。也许在战争初期任何别体的文艺前途绝无希望，还要保留这些积聚的资本好像没甚意思。他们的经验是较好的环境中储蓄下来的。战时他们觉得那种环境一去不返，储蓄着的经验显然是愈来愈要贬值。便是战争结束，战前的环境决不能完全恢复。理智与情感都得转换方向。经验的资本也须重新收集。

这一个写自传的动机，比了回忆童年境地求慰藉的动机更有力量。童年经验的迷恋和回忆的快感，在以下许多自传中很优美地表现出来：赫柏特·李德（Herbert Read）所著《童年》（*Annals of Innocence and Experience*）；辛·俄开西（Sean O'Casey）的三部作品，作风很像乔埃斯（Joyce），写他灰暗的幼年，在达布林城的流浪和叛逆生活；柏纳斯勋爵（Lord Berners）记伊吞大学贵族式的学校生活；威廉·普罗墨（William Plomer）所著《两重生活》（*Double Lives*），记他在南非洲、英国和远东的生活；俄门内（F. D. Ommanney）所著《公园里的房子》（*The House in the Park*）；俄斯柏特·西特威尔爵士（Sir Osbert Sitwell）所著自传四大册，篇幅广阔，记一个已经消失的时代，已被淹没的贵族阶级，其中第一册《左手，右手！》（*Left Hand, Right Hand!*）最有趣。以上作者写这些自传的动机只因为顾恋过去。至于前一节所论，作者觉得战前的环境不会回复，还是及早记载下不能再得的情感，那么《不安静的坟墓》（*The Unquiet Grave*）是代表作。这书是坦白的自我分析，一九四四年秋季出版，作者化名"巴里奴如斯"（Palinurus）。许多人（还有几位审慎的批评家）都以为这本奇异的"文字连环"（Word-cycle）本质和形式新颖得无法归类，可算为战期英国散文作品中最重要的一书。另有些人把这书一笔抹杀，以为作者是个颓丧不健全而专事内省的神经病人，这书是神经病人的自我宣传。查理·摩根（Charles Morgan）便持此论。摩根在战时专事仲裁文艺价值，鉴别审美能力。他自号"米南德"（Menander），每星期在《泰晤士报》文艺副刊上颁布文学上的法令。《不安静的坟墓》一书在战时最引起有批评头脑的人热烈而有了解的讨论。它的优点、弱点曾被大大的争辩过。当这书初出版，印出册数有限。诋毁者嗤为一个小圈子里的宠儿。但是他们眼看这书一版再版，销掉了二万册，不免惊愕。这时

“巴里奴如斯”已经“验明正身”,原来就是文学月刊《地平线》的编辑,前进知识分子的领袖西利尔·空诺利(Cyril Connolly)。

“巴里奴如斯”象征一种趋向——自爱自怜,对消逝的快乐怀念伤感。不论人家对这种趋向如何不赞成或是憎恶,我们不能抹杀作者的技巧,能把爱文艺爱生命二者混在一起。从他巧妙的引用文句可知他爱好文艺,从他描摹到过的地方经过的事情,足见他爱好生命。他了解现代的知识分子,他们生在两次世界大战的夹缝中,幻象都已破灭,迷方失据,彷徨无着,心魂中充满了浪漫情味的苦闷。这种心境,挨芙林·窝(Evelyn Waugh)的小说《重访布赖兹黑德》(*Brideshead Revisited*)中间的自传部分也能道一二。除此之外,唯有《不安静的坟墓》一书把这种情绪最忠实最有力地传达出来。可是这书另有它可以传之不朽的基本性质。它的文笔贴配题材,作者时刻变化的心境在他光洁的文章上毫无歪曲地反映出来。现代作家中很少像空诺利这般注重文字,熟悉文字渊源,而运用时如此慎重的。从另一方面看来,这书还是件罕物——是一个有世界观念的英国作家的艺术品。新式旅行虽然迅速,有世界观念的英国人少得很,尤其在战时,不列颠岛和欧洲大陆完全隔离。现代作家所出版的作品中,空诺利的作品受欧洲影响最深,尤其是地中海区文化的影响。最广博最有趣的新出自传,一比《不安静的坟墓》,即使不显得十足土气,至少也衬得识见褊狭,器小易盈。

夹在两次大战中间那一段休战的时期里,出版了许多文人传记和历史人物的传记。我们且不问什么经济力什么心理原因产生这大量的传记,反正是有这需要便有不断的供给。极少作家不一试传记,便是最好的作家也受了出版界怂恿,为这个生财之道工作。战时传记的产量不免减少，和其他一切东西一样，传记也缺乏。大体说来这范围中并无甚出色的成绩。利吞·斯特瑞契（Lytton Strachey）写传记用讽刺方法。一九四四年故世的非利普·格代拉（Philip Guedalla）也学他这样写。但是许多忙于诋毁的传记作者把这方法用错了，所以在战前大家便瞧不起这种写法。于是传记家老老实实照传统方法描摹，加些心理解释。这种心理解释是否于传记有益，很可怀疑，因为它们多半是假定的，无关大体的。他们又依照法国技巧，借猜测假造和理想的谈话，写成“浪漫的传记”（vies romantiques），往往比真实的生涯浪漫得多。这一类传记的作者，最好的是彼得·魁内尔（Peter Quennell）。他著有《拜仑在意大利》（*Byron in Italy*）和《四幅肖像》（*Four Portraits*）——记菩斯韦尔（Boswell）、吉本（Gibbon）、斯忒恩（Sterne）和威尔克斯（Wilkes）。作者能洞察人物的个性与人格，又极明了社会上的价值和美学上的价值，对于文学有极锐敏的感觉。在他早年所作《波德莱尔与象征派》（*Baudelaire and the Symbolists*）一书中，可见他用字之讲究。可惜这般才华后来随便消耗于新闻事业上。还有一种传记是浪漫化的小说体传记，可称为传记体的私生儿。现存的最有才的代表作者是马加累特·厄尔文（Margaret Irwin）。还有几位女作家也和她同样熟练，我们这里不能细细讨论了。

一九三九年至一九四五年间考据精详的传记，最值得揄扬的有下列几本：弗基尼阿·武尔夫（Virginia Woolf）所著《罗哲·夫赖传》（*Life of Roger Fry*），这里可见一个感觉锐敏的艺术家端详描摹另一个艺术家；约瑟·洪（Joseph Hone）所著《叶芝传》（*Life of W. B. Yeats*），作者受叶芝家属委托而写，所以有些拘束；黑斯克斯·披尔生（Hesketh Pearson）所著《萧伯纳传》（*Life of Bernard Shaw*），记载的事实很有价值，可惜不曾连贯。赫柏特·哥尔门（Herbert Gorman）作哲姆斯·乔埃斯（James Joyce）的传，格兰特·瑞恰士（Grant Richards）记他个人对于豪斯门（A. E. Housman）的回忆，二书也都是富于史实而未曾贯串。还有庞生贝勋爵（Lord Ponsonby）记他父亲的《一生与其信札》（*Life and Letters*）；他父亲亨利·庞生贝爵士（Sir Henry Ponsonby）是维多利亚女皇的私人秘书。

这个时期新出好几本很神气的文人传记，如哈斯利特（Hazlitt）、瑟提（Southey）和狄更斯（Dickens）的传。至于历史人物的传，只有一本值得特别讨论。这是俄尔德斯·赫胥黎（Aldous Huxley）的《灰衣主教》（*Grey Eminence*）。所记的约瑟神父（Father Joseph）是黎塞留大主教（Cardinal Richelieu）幕后策划一切的阴险人物。他的性格和一生经历，书中分析得甚为细微。作者巧妙地证实了一条重要的真理：一个人不能同时忠诚地服侍上帝与财神。基督教社会中每一时代都得承认这道理。约瑟神父就是一个榜样。一个人效忠不专诚，总难逃不幸的结局。他一方面对宗教虔诚而尽责，同时又借残暴势力操纵政治，结果失去了灵魂，白白辛苦一世，也不曾获得人世的报酬。作者把一个人精神的腐化描写得很深刻，但这书初出版时，多数读者对书中所指示的教训往往忽略过去。赫胥黎在加里福尼亚山上的说教，①确也不易招人注意。而且人家住在战区，比不上他舒服安

---

① 这是借用《旧约全书·出埃及记》（Exodus）里摩西在西奈（Sinai）山顶上告诫犹太人民的故事。——译者注

全,不免忌恨他独能平静而超脱地默想永久的真理。我们这时代的人不曾体会赫氏的说教。战争的混乱中,精神方面的价值或是被人估计错,或被人忽略废弃,非要等到恢复了精神生活,重定下精神方面的价值,那时才能完全领悟他的意思。赫胥黎个人的宗教是一种新婆罗门主义,很精巧地交织在他这故事的织地中。至于这书是否能劝服人改信他的宗教,这问题不是我们所能答复的。

邱吉尔(Winston Churchill, O. M.):摄于唐宁街十号内阁会议室。

西利尔·空诺利(Connolly):前进大艺界领袖。

俄斯柏特·西特威尔爵士(Sir Osbert Sitwell)

四　散文与批评

文学批评论文在战争几年中，是严肃的散文作品中最盛行的一体。有种种原因值得注意：第一，环境不便利于冗长费力的工作。这种触机应景的短文最为合适。一篇批评论文比较费时不多，也不必深长思索。而战争情形下，多数作者都没有多余的时间与脑力。战时的书评在最有令名的杂志上标准也很低，还亏几位有经验的批评家抬高水准。他们战事工作之余还能写几百个字——纸张有限，也不容多写。第二，大概而论，能写这种文章的人比较多而易得。

大学校和其他学术机关往常是批评文学的中心，战时失去了许多活跃人才。例如一位研究乔叟(Chaucer)的专家被举入粮食部服务；一位教英国文学的教授做了陆军上校，转入陆军教育局服务；一位哲学家投入威尔斯卫队(Welsh Guards)做旗手。但是仍有一部分留在后方，他们照常能够读书作文。而且劳工部和国内服务部的政策是把文艺性的编辑职务归入"后备职业"，因此有职守的文人能继续办他们的报或杂志。

战时牛津和剑桥大学的生活非常复杂混乱，因为要适应环境种种严重需要。撤退的政府各部，撤退的伦敦大学全体教职员，要求居住和教育上的便利；海陆空军事机关要求训练航空人员，开设短期军政学科，研究军事管理学；从事科学研究的又有他们的特别要求。虽然如此,两大学对于文学批评的贡献斐然可观,尤其在牛津大学。他们所出的书即使在战前已经动笔或战前早有成竹,我们还是很可得意,五年之间居然出版了下列许多书,包拉博士(Dr. C. M. Bowra)所作《象征主义的遗产》(*The Heritage of Symbolism*)和《从维吉尔到弥尔顿》(*From Virgil to Milton*);提尔雅德博士(Dr. E. M. W. Tillyard)所作《伊丽莎白时代的景象》(*The Elizabethan World Picture*)和《莎士比亚历史剧》(*Shakespeare's History Plays*);大卫·塞西尔勋爵(Lord David Cecil)所作《小说家哈代》(*Hardy the Novelist*);巴齐尔·威利(Basil Willey)所作《十八世纪背景》(*The Eighteenth Century Background*)和路易斯(C. S. Lewis)所作《〈失乐园〉序》(*A Preface to "Paradise Lost"*)。

包拉博士的批评目光尖利而广博,尤为出众。路易斯在这方面也不弱,不过路易斯的文学观念逐渐被他的宗教信条所左右。他只从善恶的观点去批判文学,批判文学与人生的关系,而不由理智的美感的观点去批评。包拉博士观赏一切艺术作品,绝无偏见,也不存成见以为文艺应该有怎么样的最后目标和意义。他和大卫·塞西尔一样,批评一个文人,只问他是怎样的艺术家;批评一本书,只问它是怎样的艺术品。他的批评根本是古典派的,生长滋荣于古希腊文化之中。这位精研经典的学者,热诚而内行地为我们批评各体文学——自欧洲史诗至于欧洲现代新诗,实在是难能可贵。包拉又论后象征派诸作家如保罗·梵乐希(Paul Valery)、瑞纳·马利亚·里尔克(Rainer Maria Rilke)、斯梯芬·乔格(Stefan Georg)和亚历山大·布洛克(Alexander Blok)。这些文章是英文里介绍他们作品的最好的小引。

包拉博士(Dr. C. M. Bowra):诗学教授,牛津窝达姆学院院长。

大卫·塞西尔勋爵(Lord David Cecil):传记家兼批评家。

在一切泛论后期象征运动的著述里，包拉的最能启发人。如此广博地究讨大陆文艺，尤有益于英国读者，因为他们常有隔绝欧洲影响而孤立的倾向。包拉唤起读众对苏联诗的欣赏，这是英国人特别应当感激的。在这原子时代若要保存文化，那么民族与民族之间应当在文化上求充分了解。英语民族和辽远的苏联民族间很需要这种了解。

研究弥尔顿的兴趣战时又复活了。包拉博士在他那篇有识见的史诗辩护中，把弥尔顿和维吉尔、塔索（Tasso）、卡摩恩斯（Camoens）放在一起，就是一证。大概这种批评论文鼓励人阅读或重温《失乐园》。弥尔顿的诗在战时很风行，或者就因为批评家引起了兴趣。但是还有一个更合理的解释：当时普遍的心情是怀疑绝望，读了弥尔顿诗，也许能消除这种心情，满足灵魂上的企慕。事实很明显，这时期最精审的解释和批评的论文是弥尔顿的诗文所触发的。论弥尔顿的文章里最能启发人思想的，都不甚着意于文字和注释，而注重弥尔顿的意识和他对于诗的敏感。例如索拉特（Saurat）教授所著《弥尔顿之为人与思想》（*Milton, Man and Thinker*），书中检讨弥尔顿的神学哲学背景，深有事实根据。已故世的查理·威廉士（Charles Williams）在“世界经典”丛书中作一篇《弥尔顿短诗集》（*Minor Poems*）的引，从弥尔顿的《科马司》（*Comus*）歌剧中推论出一个贞操观念。又在《贝阿特利斯的影像》（*Figure of Beatrice*）（指但丁〔Dante〕的贝阿特利斯）一文中微妙地分析两性关系，再把前文所论贞操观念更详尽地讨论。路易斯的《〈失乐园〉序》分析这诗之所以为史诗，分析诗中的思想和神学意义，同时也涉及维吉尔，是英文里批评维吉尔最好的文章之一。威尔逊·奈特（Wilson Knight）

所著《愤怒之车》(*Chariot of Wrath*)是道地的浪漫作品。罗根·披也索尔·斯密斯(Logan Pearsall Smith)所著《弥尔顿与现代弥尔顿批评家》(*Milton and His Modern Critics*),文笔精致光洁,有挑拨性,而词气略有恼怒之意。作者是高贵的英国文学的保护人。他为弥尔顿作这篇强有力的辩护,原是针对利维斯(F. R. Leavis)博士对弥尔顿的攻击。利维斯博士冷静而有理智,剑桥批评家小圈子里的领袖。这派剑桥批评家专把从古到今的有名文人,毫无宽容地依次一个个攻击。他们的批评在《检察》(*Scrutiny*)杂志发表,使这本批评苛刻而有刺激性的杂志富有生气。

战时有几种重要批评文学的产生,全靠剑桥大学扶育之功。譬如《伊丽莎白时代的景象》和《莎士比亚历史剧》二书作者提尔雅德,曾写过一篇极有价值的弥尔顿评论。又如佐安·本内特(Joan Bennett)作过一篇简短灵敏的弗基尼阿·武尔夫专论。又如作《十八世纪背景》的巴齐尔·威利。三人都是剑桥大学英文系的教师。他们的作品绝无普通学院论文的狭窄与学究气。还有些批评论文是剑桥大学委请校外名批评家作的。此中最有名的是《克拉克讲座演讲集》(*Clark Lectures*),一部分尚未出版。这演讲一年举行一次,自战前一直维持过战期。其中有福尔斯塔夫(Falstaff)个性的巧妙解释,是专研莎士比亚的多弗·威尔逊(Dover Wilson)教授所讲。有大卫·塞西尔勋爵对英国最后一个地区小说家汤麦士·哈代的批评,于他的艺术与哲学体贴领悟。有路易斯所讲十六世纪英国人的生活与文学,渊博而多所引证。有瑞门·摩提麦(Raymond Mortimer)所讲维多利亚时代的一群"立异者"(dissidents),如巴佐特(Bagehot)、菲次泽剌德(Fitzgerald)、培忒(Pater)和梅列笛斯(Meredith),议论曲折诡异而有机智。

牛津剑桥以外也有批评之作,不过大部分是完成战前已经开始的书,或是把散见各刊物的文章和讲稿收集出版。属于前者,有两本批评性的研究极有价值:一是大卫·答格剌斯(David Douglas)所著《英国学者》(*English Scholars*)。这书写得非常之好,所讨论的学者是十八世纪初期的考古家,专研究英国和英国民族的起源与古迹的。另一本是汉符理·豪斯(Humphry House)所著《狄更斯世界》(*The Dickens World*),颇有趣味的社会学的检讨。作者把狄更斯小说中的理想世界跟当时实际社会生活状况比较。豪斯这种比较法的研究,表示近代文评上一种趋向,将来或许更加明显。它要把实际生活和文学联结起来,证明两者间的依附关联远比一般人所想的来得密切。那些以为文艺只须理智了解和审美感觉的人,当然反对这种方法。但是我们这时代社会革命逐渐发展,文艺与社会生活的关系一定会受人重视。流行的"民众考察"(Mass-Observation)恰好是这种批评方法的辅佐。考察所得的报告,关于英国人民的工作、娱乐等等,含有无限小说、传记和散文材料。用这种方法去批评文艺,虽未必加添作品的趣味,但能使描写生活的部分增加真实感。譬如我们研究莎士比亚戏剧,便把那时代英国经济情形弄明白。或者更精确些,把十六世纪末叶,御前大臣的仆从们在御前或他处演出《温色的风流妇人》(*The Merry Wives of Windsor*)一剧时,巴克歇一地的农工喝掉多少啤酒都计算出来。这种方法应用在文评上的可能性,已于奈特(L. C. Knights)所著《琼生时代的戏剧与社会》(*Drama and Society in the Age of Jonson*)一书(一九三七年出版)中透显。

一九三九年至一九四五年间,学者和教师出版的论文或演讲集里有几部可以提出:哲夫利·铁罗村(Geoffrey Tillotson)的博学的《批评与研究论文集》(*Essays in Criticism and Research*);已故的格拉弗(T. R. Glover)所作古典文学的《希腊之渊源与其他论文》(*Springs of Hellas and other Essays*);赫柏特·格利尔生爵士(Sir Herbert Grierson)的《论文与演讲集》(*Essays and Addresses*)——这位名高望重的批评家与斯密斯(J. C. Smith)合编的《批判的英国诗历史》(*Critical History of English Poetry*)颇嫌笨重,远不及此书;劳斯(A. L. Rowse)的爱国作品《英国精神》(*The English Spirit*);夫兰西斯·斯卡夫(Francis Scarfe)所作《自奥登以来的诗人》(*Auden and After*),拉杂而不失为有用的现代英诗向导 。这些集子至少证明学院批评虽在不顺利的环境中,还能一脉相延,继往开来。

概而言之,学院的批评家不像文人和报人深受到现代思想情感的波动。在战期中这分别尤为显著。报人文人只能在极困难的环境中写作,而这班学者在僻静的学院中没有这些困难。虽然如此,仍有几位书评界的领袖把他们的论文汇编成集。如普利契特(V. S. Pritchett)的《我爱好的书》(*In My Good Books*)。普利契特整个战时经常为知识分子的周刊《新政治家与国家》(*New Statesman and Nation*)写稿。这周刊的文艺编辑瑞门·摩提麦(也是英法文艺界的前辈联络员)出版一本论文集《海峡邮船》(*Channel Packet*)。西利尔·空诺利,《地平线》月刊的发起人兼编辑——许多战争所引起的最好的文章都在这刊物发表——他的论文集叫作《禁阻的操场》(*The Condemned Playground*)。保守派读众的文艺监督和精神导师查理·摩根有论文集《镜中反照》(*Reflections in a Mirror*)。这时期发表在刊物上的几篇最好的文章是杨(G. M. Young)和乔治·奥威尔(George Orwell)所作。杨是年长的批评家兼历史家,学问渊博,识力透彻。奥威尔作有《批评论文集》(*Critical Essays*)。在这两次大战中间的一代里他是理智力最成熟的批评家。杨的论文与书评还未收集成书。

这个书目里还该零星加进几本:路易斯·马克尼司所作《叶芝诗》(*The Poetry of W. B. Yeats*),是后辈诗人对于本世纪最伟大的天才诗人的研究;赫柏特·李德的《杂色衣》(*A Coat of Many Colours*),有广博的范围,堪为师范的了解,论及现代对于文学、艺术、政治、建筑、社会等的反响;又有弗基尼阿·武尔夫的遗作《飞蛾之死及其他论文集》(*The Death of the Moth and Other Essays*),是优劣不等的批评杂锦,但都表现她特有的缥缈的风韵。

目前还不能评断艾略特(T. S. Eliot)在战时对于文学批评的贡献。他早被公认为诗人。一九四三年出版了《四部合奏》(*Four Quartets*)之后,更增加了他诗人的声誉。他自一九三九年来散见各刊物的批评论文与演讲稿还不曾收集。最著名的是论《约翰生〈诗人传记〉》(*Johnson's Lives of the Poets*)的演讲。我们现在不能零碎片段地衡量他对批评的成就。有几篇已经分别出版:如《古典文学与文人》(*The Classics and the Man of Letters*),是一九四二年他在"古典学会"(Classical Association)的会长演说;《何谓古典?》(*What is a Classic?*),是他在"维吉尔学会"(Virgil Society)的第一篇会长演说。以上两篇就职演讲都表示他全心贯注于欧洲文化的传统。这一点早已是艾略特批评信仰主要信条，虽然他到一九二八年才公开承认自己在文学上是经典主义者。艾略特也许就为着重英国文学与欧陆文化的不能分割，故意把他一九四四年为《斯堪的纳维亚人》（*The Norseman*）杂志写的《文人与欧洲的将来》（*The Man of Letters and the Future of Europe*）一文，另在英法美三种刊物上重载。一九四三年他在“英瑞学会”（Anglo-Swedish Society）上讲《文化关系的性质》（*The Nature of Cultural Relations*）已提出这个题目。他正在写一部作品，还要更广博地讨论这点。其中几节已在《新英文周刊》（*The New English Weekly*）发表，题目是《文化定义的几个解释》（*Notes Towards a Definition of Culture*）。《基督世界的前途》（*Prospect for Christendom*）讨论集（一九四三年出版）中间有他一篇《人类秩序中的文化形式》（*Cultural Forms in the Human Order*），大概也是那部作品中间的一段。

艾略特零零碎碎的批评也值得如此注意，因为他是批评家又兼诗人，在现代整个文艺界上有非常的权威。他的影响在三个时代上都是至要的：他自己一代，下一代——就是奥登、斯宾德（Spender）、马克尼斯、戴·路易斯（Day Lewis）、挨姆普生（Empson）的那代和现在的一代青年。现存的英国作家中没人像他这般被人崇拜景仰，而且被批评家敬重。唯有他作品中所产生的一种思想与情感的气氛，最能影响近二十五年来英国文艺的形式与内容。

艾略特(T. S. Eliot):在瑞典京城为英国文化委员会演讲所摄。

普利契特(V. S. Pritchett):小说家兼批评家。

瑞门·摩提麦(Raymond Mortimer):批评家。

五　历史与政治

近年来历史作品渐趋专门。历史家把材料十分专门地分析研究，他们的作品只配在学术杂志上发表。这般用科学方法去研究和解释历史事实与历史观念，由专家著作，供专家阅读，结果会使历史变成一串专论，除了专家，谁也不耐烦读它。假如这可虑的预言成为事实，那么历史的艺术（假如还能称为艺术）不复需要，只须统计家、经济家或者调查年尾年初洋芋市价如何升落的研究工作者，把调查统计所得，笨实地归纳一下便可算历史。像下列两部广博的书便不可再得：一部是特累未利安（G. M. Trevelyan）所著《英国社会史》（*English Social History*），一九四四年出版以来已有几万人阅读欣赏。它内容甚广，描写生动，记载英国五百年来的家庭生活。另一部是阿塞·布赖安特（Arthur Bryant）所著《英国传说》（*English Saga*），不如《英国社会史》完备可靠，记一八四〇年到一九四〇年一百年间英国民族的故事。

历史专家们只顾积聚史料，所关涉的范围愈广，愈难消化融合。他们只在辩驳着几个本行上的疑难问题，例如，英国民权党的历史观是否真实等等。我们总希望为一般读众的利益起见——虽然在专家们心目中这类读众的数目并不大——历史仍能够一方面给人教训，一方面供人娱乐。

一九三九年至一九四五年间写作和出版的历史书籍，大多是分析和解释这次战争的原因——关于政治、经济、社会的普通或特别原因。这些原因曾经决定或似曾决定战事爆发前的局面。有几部著作如哈罗尔德·巴特勒(Harold Butler)的《失去的和平》(*The Lost Peace*)和阿塞·布赖安特的《未完成的胜利》(*Unfinished Victory*),以为第一次大战的胜利国未能造成应有的和平条件,所以引起第二次世界大战。卡尔(E. H. Carr)的一本重要著作恰巧叫作《和平的条件》(*Conditions of Peace*),目的是要及时使民众明了情势,并且——假如人力可以做到——要使议和诸公不致在一代里一误再误。此外有罗柏特·格累夫斯(Robert Graves)和阿兰·荷治(Alan Hodge)合作的《长的周末》(*The Long Week-end*)。这讽刺性的题目,惟有讲究周末消遣的英国人才能欣赏。格累夫斯是诗人,也是“四年战争”中的历史家。还有《时光留影》(*Time Exposure*),是塞西尔·俾吞(Cecil Beaton)利用摄影的报告,上有彼得·魁内尔的随帧解释。这书记载一九一九年春至一九三九年秋两次战灾中间整整二十年的无聊社交生活。

这二十年的“不宣之战”证实了国际联盟的崩溃,孤立主义在西半球的增长,国家自足主义的逐渐树立,侵略性的国家主义的兴起。国际关系陷入毫无办法的无政府状态。一九三〇年左右左倾理想家热心主张的国家联盟和集体安全主义,并无机会被采用实行。第二次大战只是时间问题。便在第二次大战开始之后,国际合作似乎在一个时期并未做到:欧洲被纳粹军队占据时是孤立的;法国政府已倒;美国联邦还在踌躇,不敢轻于举足;苏联在因循迁延。不列颠共和国在敦刻尔克之役退兵以后是孤立无援的。一九四六年的史实在英国历史上加入了灿烂而又阴沉的一页。那时英国的危险和拿破仑行将侵入英境时一样，只是危险的程度又深得多。有许多作家这般比拟过：例如卡罗拉·俄门（Carola Oman）在她所作《不列颠抵御拿破仑》（*Britain against Napoleon*）一书中，阿塞·布赖安特在他所作《忍受的几年：自一七九三至一八〇二年》（*The Years of Endurance*，1793—1802）和《胜利的几年：自一八〇二至一八一二年》（*Years of Victory*，1802—1812）二书中。直到苏联和北美联邦加入战争以后，联合国的团结方成为实际有益的事。为了利害相关，至少暂时复兴了国际合作精神。

因此英国人要知道别国情形，要认识别的民族，也愿外国人知道他们国内的情形。这一点正表现国际合作精神之复活。许多对外国人的报告是情报部翼助之下准备好的宣传。英国人而能宣传得这般有效，或许可怪。因为他们仅可尊重自己，不过对方若无知人之明，他们向来不喜欢把自己的美德自吹自唱。宣传作品中有一辑《图画中的英国》（*Britain in Pictures*），共有一百余册，简括而可信地论英国人民生活与思想的各方面。这是审慎的宣传品中模范之作（最初是商业性的投机），正是英国文化委员会辅助而推行的出版物。另一方面，国内人民要知道世界概况。世界大战像长期的地理课，激起了这求知的愿望。外国政府机构、外国兵士、外国难民，在英国城镇和家庭里都可以见到，这些增加了英国人对外国的兴趣。有几部极好的散文稍能满足人民这项求知欲。最风行的是《牛津世界大事小册》（*Oxford Pamphlets on World Affairs*），由各专家著作集合成一种论国外大事的简约百科全书，读后可学到地理学、地政学、经济学等学问的精华而毫不费力。

布罗根（D. W. Brogan）教授在战事初期出版的《新法兰西

的发展》(*The Development of Modern France*)被公认为论第三共和国最广博的政治史。作者还大胆地向英国人解释美国人,向美国人解释英国人,而很成功。在这双重职务上他能坦直地论英美人而不怕得罪他们,因为他虽然生长英国,却在美国居住甚久,而他血脉中只有苏格兰、爱尔兰人的血。他的《美国问题》(*The American Problem*)与《英国民族》(*The English People*)二书对于民族性格和民族特性都有透切的分析。英美人读了可了解彼此,也可以了解自己。布罗根教授比其他政论家明白这一点:若求国际间互相了解,必须从别国人目光中看自己本国。

人类历史在现阶段中,相敬相忍这二个和平要素不易求得。原子能力的滥用威胁着要灭绝全人类。布罗根促进国际谅解的作品对于这战后的困难时期,功效较大。至于埃内斯特·巴克(Ernest Barker)所著《论政府》(*Reflections on Government*),或古许(G. P. Gooch)所著《外交研究》(*Studies in Diplomacy and Statecraft*),只是颇有学识的政治理论。又如凡西塔特勋爵(Lord Vansittart),自己虽然性格和平,战时所著的书与小册子只是对公敌的苛刻谴责,都无所补益于这时代的。

不论何时何地,若要铲除丑恶,讽刺至少和报仇的呐喊一样有力,而激起的危险较少。这艺术在英国几乎不复存在。恐怕在任何人手中,讽刺是太脆弱的武器,不足以与社会的各种仇敌战斗。乔治·奥威尔大概相信讽刺的力量,所以写了一篇寓言:《畜生农场》(*Animal Farm*)。这讽刺电光般照彻了战争六年中笼罩一切的阴暗。斯威夫忒书中"渺小可憎的虫豸"不如奥威尔所写的猪可恶。那猪制定法令:"一切畜生,天生平等;但是有些畜生天生比别的畜生更平等。"

乔治·奥威尔(George Orwell):文艺与社会的批评家。

布罗根(D. W. Brogan):国际关系专家。

六　宗教·哲学·科学·考据

应用科学使人类实际上掌握着为善为恶之权。这样的世界上，精神的价值当然逐渐减低。教堂里讲台上的常谈，总说科学上的发明在几十年间已经超过了人类二千年来偃蹇不进的道德。人类愈来愈着重方法，愈轻忽目的。一九四五年原子能第一次的应用，把一个社会的男女老幼全部扫灭，这是个恶兆，是个可怕的病征，现露人性中可致命的危症。现在英国人民普遍鄙恶道德规律，宗教信仰与教仪的遵奉也随着衰落。英国国教虽算是“法定”的（这称谓会使外国人诧异），但不像罗马教会那样有领导精神或世事的权力。它不能强迫教内人民遵奉仪式，所以近年来影响大为消减。如果不上教堂便算没有宗教信仰，这一代的青年差不多全不信教了。当然这是不能作准的。即使再引一个证据——现代青年很世俗化，我们还是不能率然下结论说他们对于灵魂的归宿毫无信念。近来改信罗马教的人增多，或参加“英国罗马教运动”以求精神的约束，都足以证明在有些人的心里宗教信仰还存在。

战期的道德标准不免更加低落。英国人民信奉宗教的心很不稳定。道俗两界的作者注意到此都很关切。他们对于这状态的诊断和预测，各各不同。有的偏重于神学方面，有的偏重于社会学方面，或单独以个人为标准，或以国际为标准。偏重于神学方面的理论,一九四四年在马尔弗恩(Malvern)——后来变成测定无线电侦察器位置方向的研究中心——道俗两界全体大会上辩论过。结论纷歧,发表在《一九四一年马尔弗恩会议》(*Malvern 1941*)和续集《马尔弗恩会议及其后》(*Malvern and After*)二集中。偏重于社会学方面的理论,已故坎脱培里大主教威廉·泰姆普尔(William Temple)在他所著《基督教与社会秩序》(*Christianity and the Social Order*)一本小册子上论得很清晰。这本宗教论文在企鹅丛书中出版,流传甚广。泰姆普尔不幸早故,于教会于整个社会都是个不可弥补的损失。有几方面责备他干涉政治经济,因为他谴责商人①志在牟利,又提倡卫生和改良屋舍。基督教社会中好事从家里做起,也在家里实行。由此观念,他期望英国教会把教会的房子和平民的房子收拾整齐。假如他没死,能和第一个稳固的社会主义政府合作,这期望可能及早成为事实。可怪的是非议泰姆普尔的正是教会自己,尤其是教会中对于神学有特别兴趣的一部分人。其实这也不足为奇。关于宗教的事,世人不熟悉不在意罢了;有些基督徒的确把教条仪式视为宗教的精髓,而人民的贫乏冻馁受人剥削侵夺,他们以为无关宗教。艾略特所作《基督教社会的观念》(*The Idea of a Christian Society*),一篇出类拔萃的论文,便冷静地论教条,解释一个新的阶级制度。他也许故意要推翻通俗的谬误,以为宗教只是把保养肉体的原理推广到精神领域去。还有英国罗马教运动的理论家在《基督教的前途》讨论集中,有十七篇论文,

① 原文为 money-changers,《新约·马太福音》记耶稣进耶路撒冷圣庙,推翻兑换钱币者的桌子,此处借以泛指牟利的商人。——译者注

也都毫不通融的以理智为至上。他们这种态度代表近代一般基督教意识，暗示将来对于宗教的领悟会像欣赏艺术一般，成为少数特殊阶级的秘密。

从另一方面看来，人民精神上的郁抑，普遍的道德崩溃，这状态更可能激起一个大众化的宗教复兴运动。如成事实，这运动不会从空虚无人的教堂中发动。那里只有些绝望的教士们，利用电影舞乐或让人寄存摇篮车与狗等等方法来吸引街上或篱外的行人。这运动也不会起源于留居外国那一派人的超经验的学说。那派作者有俄尔德斯·赫胥黎、哲赖尔德·赫德（Gerald Heard）和克里斯多弗·伊歇吴德（Christopher Isherwood）。他们信奉的新婆罗门主义需要默想，与世隔绝。在美国金黄色的西部比较容易传行，而在英国北方灰色的工业区里是行不通的。

牛津学者路易斯在他所著《魔鬼通信》[①]（*The Screwtape Letters*）中，巧妙地重申基督教义。这书不仅滑稽发笑，还是极有机智的寓言，销路非常好，可见这一类的通俗传道确有可能性。路易斯是个熟练的辩论家，他有诀巧能把基督教道德说得中听动人，可与流行的“反教律主义”[②]（Antinomianism）旗鼓相当。可是一个时代中只有这样孤单单一本小册子，不足造成宗教复兴。这本风行畅销的册子大概只能教人避开魔鬼，还不够指示通达上帝的路。

---

① 共信三十一封，Screwtape 乃写信魔鬼之名，收信之魔鬼名 Wormwood，皆“地府”（The Lowerarchy）（一〇二页）大魔鬼手上之“特务”，引诱世人背叛上帝者。二人之关系，于私为舅甥或叔侄，于公为“引诱部次长”与下属（二四页）。——钱锺书注

② 这一派基督徒以为上帝天恩浩荡，他们不必遵守教律。——译者注

佐德(C. E. M. Joad)著《上帝与罪恶》(*God and Evil*)一书,不由宗教的直路而绕道由哲学去接近上帝。他是个通俗的哲学家,在"英国广播公司专家顾问团"(B. B. C. 's"Brains Trust")中颇有权威,所以对于民众的影响很大,拥有许多听众,听他临时发表对于人生的深奥的断语。这样他大概也推广了自己书的销路。好多人并不能深思,不过既是有生含灵之物,自然有时感觉到迷惘的忧闷。他们在黑暗中,对任何一线的光亮都很感激。佐德博士发现一个人到中年以后,总会受到暗示,觉得世界有一个神圣的目的,他自己都不能用理智来消除这点感觉。这个发现或许能扶助宗教信仰,却未必能促进对于宗教仪式的遵奉。但是就像佐德公开赞许的这个空泛的有神论,也可帮助人类恢复对于自己以及最后归宿的信仰,原子能还替代不了的。这种信仰能把隔绝上帝和人类的崇山峻岭移掉。

一个没有信仰的时代,把社会安全看得比灵魂得救更为重要;研究个人与社会的关系也比研究个人与上帝的关系更为有用。关于个人与社会的关系:已故的科林吴德(Collingwood)教授所著《政治新论》(*The New Leviathan*)中有学院式的详细讨论;肯内斯·窝克(Kenneth Walker)博士著《人的诊断》(*Diagnosis of Man*),像诊病医生一般神气活现而议论空泛;迈克儿·罗柏特(Michael Roberts)著反喜宾格勒(Spengler)的《西方之复兴》[1](*The Recovery of the West*),怀有基督徒的情感与希望;卡尔·曼海姆(Karl Mannheim)著《人与社会》(*Man and Society*),

---

① 德 Oswald Spengler 第一次大战后著《西方之衰亡》(*Der Untergang des Abendlandes*),一九一八年出版。——译者注

深有宗教的信仰与哲学的了解。在战后一切都要重新收拾的困难程序中,大家对于个人与社会的关系一定发生浓厚的兴趣,尤其在英国,因为工党政府正在实行社会主义政策。至于这问题是否直接或间接有所贡献于文学,现在还不知道。一本公文式的白皮书除了它特有的用途,可以有很高的文学价值。如《斯各特报告》(*Scott Report*)关于《农业区土地的使用》(*The Utilization of Land in Rural Areas*),读后使人惊奇它文学价值之高。就文学而论,"个人与社会关系"这题目,小说家比社会学家更能发扬光大。美国早已有此现象,如《愤怒的葡萄》(*The Grapes of Wrath*)那一类的小说,重心不在个人而在社会关系上。

科学的文艺——假如科学配称为文艺——在战时受到裁制,因为《职务秘密法》(*Official Secrets Act*)禁止一切描写科学发展的文字,除非只是极空泛的叙述。并且科学家也无暇及此。譬如柏纳尔(J. D. Bernal)和窝丁吞(C. H. Waddington)(企鹅丛书中《科学态度》〔*The Scientific Attitude*〕的作者)战前曾著书讲述他们的工作,同时切记着他们对社会所负的责任,战时便忙得无暇著书了。但是哲姆士·基恩士爵士(Sir James Jeans)继续著作,使地球上的人稍稍明白一些这神秘的宇宙。所著《物理与哲学》(*Physics and Philosophy*)一书,能使好学深思的人暂时休息一下,把注意力从人类自身移向星球;作者又暗示天地间的东西远非现代科学梦想所能及。朱理安·赫胥黎(Julian Huxley)作《演化:新的综合》(*Evolution: the Modern Synthesis*),是战时科学对于文学的唯一重要贡献。自从他祖父赫胥黎(T. H. Huxley)故世之后,生物学上的研究与进步由作者巧妙地组成系

佐德博士(Dr. C. E. M. Joad):为一般人说法的哲学家。

路易斯(C. S. Lewis):为一般人说法的道德家。

统。我们需要同样范围而写得同样好的书，但并非要把科学通俗化。近年来科学已经通俗得够了。我们要使有头脑的人对于科学研究所牵涉的各方面，对于科学态度与人生，有一些普通观念。《基督教的美妙》(*Genius of Christianity*)有沙托勃良(Chateaubriand)娓娓申述①；科学的美妙还未有人这样的讲过。新科学的综合福音还待人写。同时一般人亟应去除谬见，以为科学(不论纯粹科学或实用科学)只是“专门”的别名，而它的目标只是本分地发展或供给新式利器——或者供给司令部原子弹和无线电侦察机，或者供给主妇们电视传递机和玻璃丝袜。我们还该记着，科学应用不当可能发生更可怕的结果，会大量产生智力薄弱的人。

整个战期中科学研究进步不已，文学研究差不多停顿了。考据比较任何别体的文艺尤深受战事的害。本文上述的战时不利于文学的种种，特别阻碍考据工作。最困难的是得不到材料，使英国学者无从继续工作。珍贵的书与手稿战时散藏各处，难于得到，除非从海外得到些影本。他们又不能和海外的同行磋商，有时甚至于国内的同行都不能一同切磋。直接得到欧陆的资料是绝不可能的。若不是有些研究工作在战前早已动笔，休战之前未必有甚考据书籍可以出版。所以我们还能有下列几种著作尤觉可庆。格累格(W. W. Greg)博士著有《英国戏剧目录》(*Catalogue of English Plays*)的第一册，是庞大的书目提要。塞林古(E. de Selincourt)教授编的多罗

① Chateaubriand作*Le Génie du Christianisme*。一八一五年英译为*The Beauties of Christianity*，极切该书内容。——译者注

塞·渥兹渥斯(Dorothy Wordsworth)的《日记》(*Journal*)和她哥哥的早年诗。格累姆(W. Graham)收集编纂的《约瑟·爱迭生信札》(*Letters of Joseph Addison*)。许多人新加注释的蒲伯(Pope)诗第一二三册。赫柏特·得维斯(Herbert Davis)教授所编《斯威夫忒散文集》又续出了几册。附带还要提到两本重要的经典考据,虽然这二书也可在批评一节里讨论:包拉博士的《索福克利斯的悲剧》(*Sophoclean Tragedy*)和哥姆(W. A. Gomme)博士的《修西提提斯的历史论释》(*A Historical Commentary on Thucydides*)第一册。再要加上一个声明为本节作结:战时研究学问的杂志,如《图书杂志》(*The Library*)、《英文研究杂志》(*The Review of English Studies*)和《古典学杂志》(*The Classical Review*),里面学者随手写的稿子丝毫不曾减色;专家们为报纸写的文章,无论关于神学、哲学、科学,也一般保持着原来的品质。

七 结 论

回顾现在所讨论的时期，一个不经意的观察者也会觉到这是一个不断努力的时期——努力战胜了庞大的障碍，排除了重重著作史上所未有的困难。能在这般境地中出版大量著作，虽最严苛的批评家也一定要嘉许的。但是批评不问量的多少，只问质的好坏。一篇文章的文艺价值全凭它的品质。我们得承认，英国在一九三九年到一九四五年间的出版物大多没什么文艺价值。便是除掉了毫无价值的纯关时事或商业上投机的书，多数还不过是老老实实的只供给些情报或专门学说或消遣品或愉快的梦想。几千本书中间，只有几本形式上和内容上都能满足文艺的主要条件。只在这几本书里，现代的思想与情感融合为一，由最贴切的文字表现出来，使“这个时代能照见自己的形形色色”。① 当然这并非说现在所讨论的时代异乎寻常地缺少文艺作品。短短六年中生不出文艺巨构原是极平常的事。

一本书的文笔好坏，很少人在意，能辨别的尤少。因此作者对于修辞不免也随随便便。现在大多数读者只求作者达意而能捉握住他们的兴趣。多数作者也只求如此，懒得讲究文笔。留

① 原文出莎士比亚 *Hamlet* 剧中第二幕第三景：“The very age and body of the time his form and pressure.”——译者注

意修辞的只是少数例外。相形之下,真正文艺与只能达意的著作,界划分明。若依照《基本英文》(*Basic English*)的提倡者,英文只需一千个没有动词的基本字便足够传达意思。那么达意与文艺间的区别就更加明显了。

反过来说,与其对俗人唱阳春白雪,何如下里巴人之曲还能得他们留意。这种论调不啻老实承认,作者的任务只是供给大众“阅读物”(reading matter)。报章、杂志、无线电、电影都间接鼓励这论调。它们的影响在多方面损害文艺,激使文艺变成少数人的寄托。有人硬说电影与无线电能鼓励人读好书;读众的增多,大部分因为电影或无线电激动了他们的心思和感情。可是这些人读书并不为书的本身兴趣,只因为那书是电影或无线电节目中的故事,是用文字来讲的。一般民众读书只要得到知识,要知道故事,或是电影、无线电中看到听到的要在书本上详细准确地重温一遍。对这样的大众而指示他们欣赏文艺的方法,如瑞恰士(I. A. Richards)所作《如何阅读》(*How to Read a Page*),或斯庄(L. A. G. Strong)所作《为愉快而读的英文》(*English for Pleasure*),或孟脱格姆利·培尔金(Montgomery Belgion)在德国俘虏营中所写的《开卷有益》(*Reading for Profit*),似乎大可不必了。

识字的人增多,产生了一等新的读者。这都是报章、杂志、无线电、电影鼓励出来的。它们只求大众兴趣上的“最低公约数”,所以是优美作品的仇敌。尊重文字的价值和满足人民需要,二者不能兼顾。但是文艺假如要维持它在社会上的文化势力,应当不仅保守传统,还须发展它的能力,响应时代的需要。书籍的销路这么好,文艺前途正未可限量,应当设法控制这蓬勃

约翰·雷门(John Lehmann):出版家、编辑、诗人兼批评家。

阿塞·布赖安特　约翰·美斯非尔德　特累未利安

(Arthur Bryant)(John Masefield)(G. M. Trevelyan. O. M.)

的书市。否则只可降而为少数人向鹜的“为艺术的艺术”,只可与世隔绝,留存于象牙之塔或隐僻的小天地里。

文艺退化到如此褊狭,目前还无此危险。但是这样的病征已经显露。战期出版许多《小评论》(*little reviews*)一类的短命刊物,都是专事内省的知识分子的喉舌。那时期有两种刊物极力反抗这种倾向:空诺利所编辑的《地平线》和约翰·雷门(John Lehmann)所编辑的《新作与日光》(*New Writing & Daylight*)。它们维持英国与欧陆间的思想关系:《地平线》着重与法国的关系,《新作与日光》着重与中欧和巴尔干的关系。若没有这脆弱的联络攀连着欧洲思想,英国文艺将有好多年失掉一个有活力而能供给活力的泉源。英国民族虽然外表上有岛民的褊狭,他们的文艺却生根于欧洲文化,和本根不能分割。如要英国文艺将来欣欣向荣,必须强固它和本根的联系。近来有些人对于英国文字中的《法国文化狂》冷嘲热骂,其实他们该分析一下原因,西洋文化本来是同一根源的。

假如文艺要在识字群众间推广它的使命,假如它不愿成为特殊阶级的神秘信仰,它应当使人看清它的价值,不论何种阻碍:要坚持它价值之绝端重要性。它可能有很大的阻碍;因为报章、杂志、无线电、电影以及供给“阅读物”的商人,都把作者吸引到反对方向去,只要作者肯出卖才力来迎合大众。报界大王和电影巨子早已证明他们若要把作家任意差遣,并非难事。无线电虽然实际上并不指挥作者,却能巧妙地管束他们的思想。这许多潜伏的恶势力能毁坏作者的意志,都有害于文艺的价值。作者应当从自己内心分泌出抗毒素来保护自己的品性。

这并不是说,文艺若要继续表现人生,记载人生活剧,便应当有政治意识,如欧陆一派作者所坚持的;也并不是说文学应当参与政治党派。英国这一类辩论文章在一九三〇年左右已经够多了。足以证实文艺在象牙塔中固然不能滋育,在露天讲台上也一样地不能发展。一个作者要保全他的品性,抵住一切冲散他意志的势力,最好对于俗人和俗人的一切作品,坚持一种绝不妥洽态度。假如我们要从混乱中重建价值标准,失望中重新寻得一个活的信仰——相信文字能表现人类最优美的思想与情感,那么不仅在战后几年内文人应当抱绝不妥洽态度,便在更远的将来,人类精神要求复兴的困难时期中,还当坚持这种精神。

参考书简目

(1)关于战事的书

一九四〇至一九四一年——Lord Chatfield: *The Navy and Defence.* Winston S. Churchill: *Into Battle* (Speeches). A. Duff Cooper: *The Second World War.* Cyril Falls: *The Nature of Modern Warfare.* E. M. Forster: *Nordic Twilight.* David Garnett: *War in the Air.* Philip Gibbs: *The Amazing Summer.* Nevile Henderson: *Failure of a Mission.* John Pope-Hennessy: *History under Fire.* Inez Holden: *Night Shift.* Julian Huxley: *Democracy Marthes.* Collie Knox: *Atlantic Battle.* Arthur Koestler: *Scum of the Earth*, *Darkness at Noon.* Eric Linklater: *The Cornerstones.* Lord Lothian: *American Speeches.* John Masefield: *The Nine Days' Wonder.* David Masters: *So Few.* Ministry of Information: *The Battle of Britain*, *Bomber Command.* Elinor Mordamt: *Blitz Kids.* Dilys Powell: *Remember Greece.* George Schuster and Guy Wint: *India and Democracy.* J. M. Spaight: *The Battle of Britain.* John Strachey: *Post D.* Leo Walmsley: *Fishermen at War.*

一九四二年——B. B. C. : *Calling All Nations.* Cecil Beaton: *Winged Squadrons.* Alan Brodrick: *North Africa.* Stanley Casson: *Greece Against the Axis.* Winston S. Churchill: *The Unrelenting Struggle* (Speeches). D. M. Crook: *Spitfire Pilot.* J. F. C. Fuller: *Machine Warfare.* Philip Guedalla: *The Liberators.* B. H. Liddell Hart: *This Expanding War*, *The British Way in Warfare.* Richard Hillary: *The Last Enemy.* Gordon Holman: *Commando Attack.* E. F. Jacob (Editor): *What We Defend.* David Masters: *Up Periscope.* Ministry of Information: *The Campaign in Greece and Crete*, *The Abyssinian Campaigns*, *The Saga of San Demetrio*, *Ark Royal*, *The Highland Division*, *Transport Goes to War*, *Front Line, 1940—41*, etc. M. A. Sargeaunt and Geoffrey West: *Grand Strategy.* G. L. Steer: *Sealed and Delivered*, *When We Build Again.* Derek Tangye (Editor): *Went the Day Well.* Brian Tunstall: *The World War at Sea.* Alexander Werth: *Moscow '41.* Flying Officer "X" (H. E. Bates): *The Greatest People in the World.*

一九四三年——A. B. Austin: *We Landed at Dawn.* Hector Bolitho: *Combat Report: The Story of a Fighter Pilot.* Winston S. Churchill: *The End of the Beginning* (Speeches). Alexander Clifford: *Three Against Rommel.* Cyril Falls: *Ordeal by Battle.* C. S. Forester: *The Ship* (novel). Margaret Goldsmith: *Women at War.* E. Tangye Lean: *Voices in the Darkness.* Compton Mackenzie: *Wind of Freedom.* David Masters: *With Pennants Flying.* F. O. Miksche: *Paratroops.* Ministry of Information:

Fleet Air Arm, *Northern Garrisons*, *Coastal Command*, *Roof Over Britain*, *His Majesty's Minesweepers*, *Combined Operations*, *1940—42*, etc. Alan Moorehead: *The End in Africa*. Ian Morrison: *This War Against Japan*. A. C. Pigou: *The Transition from War to Peace*. J. B. Priestley: *British Women go to War*. George Rodger: *Red Moon Rising*. Owen Rutter: *Red Ensign*. Amabel Williams-Ellis: *Women in War Factories*.

一九四四年——Winston S. Churchill: *Onwards to Victory* (Speeches). Philip Guedalla: *Middle East*, *1940—42*. David Halley: *With Wingate in Burma*. Joseph Kessel: *Army of Shadows*. R. B. MeCallum: *England and France*. Ministry of Information: *The Mediterranean Fleet*, *The Air Battle of Malta*, *The Royal Marines*. Alan Moorehead: *African Trilogy*. Hilary St. George Saunders: *Per Ardua*. Godfrey Talbot: *Speaking from the Desert*. Alexander Werth: *Leningrad*. H. A. Wyndham: *Britain and the World*.

一九四五年——Winston S. Churchill: *The Dawn of Liberation* (Speaches). Richard Dimbleby: *The Waiting Year*. R. C. K. Ensor: *A Miniature History of the War Down to the Liberation of Paris*. Bernard Fergusson: *Beyond the Chindwin*. Simon Harcourt-Smith: *The Fate of Japan*. George Millar: *Maquis*. Ministry of Information: *Arctic War*, *Atlantic Bridge*, *Merchantmen at War*, *His Majesty's Submarines*, *By Air to Battle*. Alan Moorehead: *Eclipse*. W. B. Kennedy Shaw: *Long Range Desert Group*. Stephen Spender: *Citizens in War*. Flora Stark (Editor): *An Ita-*

lian Diary. J. E. Taylor: *Northern Escort*. Anonymous: *Arnnem Lift: The Diary of a Glider Pilot*.

一九四六年——Winston S. Churchill: *Victory* (Speeches), *Secret Session Speeches*. General Dwight D. Eisenhower: *Report by the Supreme Commander to the Combined Chiefs of Staff on the Operations in Europe of the Allied Expeditionary Forces: 6 June 1944 to 8 May 1945*. Field-Marshal The Viscount Montgomery of Alamein: *Operations in North-West Europe from 6 June 1944 to 5 May 1945*; and other Reports.

其他——*Hutchinson's Quarlerly Record of the War* (Ronald Storrs: *The First Quarter*, *The Second Quarter*; Philip Graves: *The Third Quarter to The Twenty-Second Quarter*—2 further volumes in preparation). Edgar McInnis: *The War: First Year*, *The War: Second Year*, *The War: Third Year*, *The War: Fourth Year*, *The War: Fifth Year*. "Strategicus": *The War for World Power*, *From Tobruk to Smolensk*, *The War Moves East*, *From Dunkirk to Benghazi*, *To Stalingrad and Alamein*, *The Tide Turns*, *Foothold in Europe*.

(2)传记与自传

William D'Arfey: *Curious Relations*. Thomas Beecham: *A Mingled Chime*. Lord Berners: *A Distant Prospect*. Elizabeth Bowen: *Bowen's Court*. John Buchan: *Memory Hold-the-Door*. Algernon Cecil: *A House in Bryanston Square*, *Metternich*. Cyril Connolly

("Palinurus") : *The Unquiet Grave.* G. G. Coulton : *Fourscore Years.* Guy Eden : *Portrait of Churchill.* E. M. Forster : *Virginia Woolf* (Rede Lecture). Eric Gill : *Autobiography.* T. R. Glover : *Cambridge Retrospect.* George S. Gordon : *Letters.* Herbert Gorman : *James Joyce.* A. S. F. Gow : *Letters from Cambridge, 1939—44.* G. B. Grundy : *55 Years at Oxford.* Philip Guedalla : *The Two Marshals.* G. H. Hardy : *A Mathematician's Apology.* Una Pope-Hennessy : *Charles Dickens.* H. Hensley Henson : *Retrospect of an Unimportant Life.* James Hone : *W. B. Yeats, 1865—1939.* Joseph Hone (Editor) : *J. B. Yeats : Letters to his Son, W. B. Yeats and Others.* Aldous Huxley : *Grey Eminence.* L. P. Jacks : *The Confession of an Octogenarian.* Marie Belloc Lowndes : *"I, Too, Have Lived in Arcadia", Where Love and Friendship Dwelt.* C. M. Maclean : *Born Under Saturn* (Hazlitt). John Masefield : *In the Mill, New Chum.* Sarah Gertrude Millin : *The Night is Long.* Sean O'Casey : *I Knock at the Door, Pictures in the Hallway, Drums Under the Windows.* Charles Oman : *Memories of Victorian Oxford.* F. D. Ommanney : *The House in the Park.* Hesketh Pearson : *Bernard Shaw.* William Plomer : *Double Lives.* Lord Ponsonby : *Henry Ponsonby.* Peter Quennell : *Byron in Italy, Four Portraits.* Herbert Read : *Annals of Innocence and Experience.* Forrest Reid : *Private Road.* Denys Reitz : *Commando, Trekking on, No Outspan*, Grant Richards : *Housman : 1897—1936.* V. Sackville-West : *The Eagle and the Dove.* Siegfried Sassoon : *The Weald of Youth, Sieg-fried's Journey.* Jack Simmons : *Southey.* Osbert Sitwell : *Left Hand, Right Hand !* Enid Starkie : *A Lady's Child.* C. V. Wedgwood : *William the Silent.* Denton

Welch: *Maiden Voyage*, *In Youth is Pleasure*. E. L. Woodward: *Short Journey*. Virginia Woolf: *Roger Fry*.

(3) 散文与批评

Montgomery Belgion: *Reading for Profit*. Joan Bennett: *Virginia Woolf, Her Art as a Novelist*. Elizabeth Bowen: *English Novelists*. Maurice Bowra: *The Heritage of Symbolism*, *From Virgil to Milton*, *Sophoclean Tragedy*. Lord David Cecil: *Hardy the Novelist* (Clark Lectures). Cyril Connolly: *The Condemned Playground*. Alan Dent: *Preludes and Studies*. David Douglas: *English Scholars*. T. S. Eliot: *What is a Classic? The Classics and the Man of Letters*; *Addresses in Paris*, *Stockholm*, *etc.* (unpublished). William Gaunt: *The Pre-Raphaelite Tragedy*, *The Aesthetic Adventure*. T. R. Glover: *Springs of Hellas and other Essays*. Herbert Grierson: *Essays and Addresses*, *A Critical History of English Poetry* (with J. C. Smith). Humphry House: *The Dickens World*. Wilson Knight: *Chariot of Wrath*, *The Olive and the Sword*. Constant Lambert: *Music Ho!* C. S. Lewis: *A Preface to "Paradise Lost"*, *Hamlet: The Prince or the Poem?* (British Academy Lecture), *Clark Lectures* (unpublished). Robert Lynd: *Things One Hears*. Louis MacNeice: *The Poetry of W. B. Yeats*. Charles Morgan: *Reflections in a Mirror*. Raymond Mortimer: *Channel Packet*, *Clark Lectures* (unpublished). George Orwell: *Critical Essays*. V. S. Pritchett: *In My Good Books*. Herbert Read: *Education through Art*, *A Coat of Many Colours*. Forrest Reid: *Retrospective*

Adventures. I. A. Richards: *How to Read a Page*. A. L. Rowse: *The English Spirit*. Denis Saurat: *Milton, Man and Thinker*. Francis Scarfe: *Auden and After*. Edith Sitwell: *A Poet's Notebook*. Osbert Sitwell: *Sing High, Sing Low! A Letter to My Son*. Sacheverell Sitwell: *Sacred and Profane Love, Splendours and Miseries, Primitive Scenes and Festivals, British Architects and Craftsmen*. J. C. Smith: *A Study of Wordsworth*. Logan Pearsall Smith: *Milton and His Modern Critics*. Stephen Spender: *Life and the Poet*. Adrian Stokes: *Venice: An Aspect of Art*. L. A. G. Strong: *English for Pleasure* (Broadcast Talks). Geoffrey Tillotson: *Essays in Criticism and Research*. E. M. W. Tillyard: *The Elizabethan World Picture, Shakespeare's History Plays*. L. P. Wilkinson: *Horace and his Lyric Poetry*. Basil Willey: *The Eighteenth Century Background*. Charles Williams: *Figure of Beatrice, Introduction to English Poems of John Milton* (World's Classics). J. Dover Wilson: *The Fortunes of Falstaff* (Clark Lectures). Virginia Woolf: *The Death of the Moth and Other Essays*. G. M. Young: *Essays and Reviews* (unpublished).

(4)历史政论与游记

Ernest Barker: *Reflections on Government*. Cecil Beaton and Peter Quennell: *Time Exposure* (enlarged edition, 1946). William Beveridge: *Social Insurance and Allied Services* (The "Beveridge Report"), *Full Employment in a Free Society, Price of Peace*. D. W. Brogan: *The Development of Modern France, The English People, The*

American Problem. Arthur Bryant: *Unfinished Victory*, *English Saga (1840—1940)*, *The Years of Enduranee (1793—1802)*, *Years of Victory(1802—1812)*. Harold Butler: *The Lost Peace: A Personal Impression.* E. H. Carr: *Conditions of Peace.* John Clapham: *The Bank of England: A History.* R. Coupland: *The Future of India.* Lindley Fraser: *Germany Between Two Wars.* W. A. Gomme: *A Historical Commentary on Thucydides.* G. P. Gooch: *Studies in Diplomacy and Statecraft.* Robert Graves and Alan Hodge: *The Long Week–end (1918—1939)*. Harold Laski: *Reflections on the Revolution of our Time.* A. D. Lindsay: *The Modern Democratic State.* J. T. MacCurdy: *Germany, Russia, and the Future.* Pierre Mailland: *The English Way.* David Mathew: *Naval Heritage.* Charles Morgan: *The House of Macmillan, 1843—1943.* L. B. Namier: *Conflicts: Studies in Contemporary History.* P. Nathan: *The Psychology of Fascism.* Carola Oman: *Britain Against Napoleon.* Bernard Pares: *Russia.* Herbert Read: *The Politics of the Unpolitical.* H. M. S. O. Publications: *Scott Report*, *Uthwatt Report*, eco. B. Seebohm Rown–tree: *Poverty and Progress: A Second Social Survey of York.* A. L. Rowse: *Tudor Cornwall*, *The Spirit of English History.* Freya Stark: *The Southern Gates of Arabia*, *The Valleys of the Assassins*, *East is West.* G. M. Trevelyan: *English Social History*, *Trinity College: An Historical Sketch.* F. A. Voigt: *Pax Britannica.* F. Kingdon Ward: *Modern Exploration*, *Assam Adventure.* Rebecca West: *Black Lamb and Grey Falcon.*

(5)宗教哲学科学等

E. B. Balfour: *Living Soil.* K. Barlow: *The Discipline of Peace.* F. W. Bateson (editor): *The Cambridge Bibliography of English Literature.* ① A. C. F. Beales: *The Catholic Church and International Order.* J. D. Bernal: *The Social Function of Science* (Jan. 1939). R. G. Collingwood: *The New Leviathan.* T. S. Eliot: *The Idea of a Christian Society.* Michael Graham: *Soil and Sense.* Gerald Heard: *Man the Master*, *The Code of Christ*, *A Preface to Prayer.* H. Hensley Henson: *The Church of England.* Julian Huxley: *Evolution*, *On Living in a Revolution: Fifteen Essays.* James Jeans: *Physics and Philosophy.* C. E. M. Joad: *Philosophy for our Times*, *God and Evil.* Ronald Knox: *God and the Atom.* John Laird: *Mind and Deity* (Gifford Lectures). C. S. Lewis: *The Screwtape Letters.* Karl Mannheim: *Man and Society.* Lord Moran: *The Anatomy of Courage.* Leslie Paul: *The Annihilation of Man.* M. B. Reckitt (Editor): *Prospect for Christendom* (*Anglo-Catholic Symposium*). Michael Roberts: *The Recovery of the West.* Bertrand Russell: *The Conquest of Happiness*, *An Inquiry into Meaning and Truth.* John Russell: *Agriculture To-day and To-morrow*, *English Farming.* William Temple: *Christianity and the Social Order*, *Malvern 1941* (*The Malvern Conference*), *Malvern and After.*

---

① This great work of reference, though published in 1940, was completed before the war.

C. H. Waddington: *The Scientific Attitude*. Kenneth Walker: *Diagnosis of Man*. H. G. Wells: *The Fate of Homo Sapiens*. Charles Williams: *Witchcraft*. P. H. Winfield: *The Foundations and Future of International Law*.

杨绛生平与创作大事记

1911 年

7 月 17 日,生于北京。出身开明知识分子家庭。父母籍贯江苏无锡。父亲于 1910 年获美国宾夕法尼亚大学法学硕士回国,执教北京政法学校,兼为清室肃亲王善耆讲授法律。我已有三个姐姐。大姐寿康长我十二岁,二姐同康长我八岁。她们同在上海启明女校上学,寄宿校内。三姐闰康长我五岁,依祖母及大伯母居无锡老家。我是第四个女儿,名季康。不久辛亥革命,父亲辞职回乡照顾祖母等,父母旋携我到上海避难。后迁居上海宝昌路。

1912 年

大弟弟宝昌生。据我大姐说,父亲当时在上海操律师业。

1913 年

父亲任江苏高等审判厅长,驻苏州,举家迁居苏州大石头巷。

1914 年

父亲因国家法令,本省人不得为本地司法官,调任浙江高等审判厅长，驻杭州，举家迁居杭州保俶塔附近。大姐二姐自学校归，三姐自无锡由大伯母送归，小弟保俶生。

1915 年

父亲因杭州恶霸杀人案坚持司法独立，与督军、省长意见不合，调任北京高等检察厅长。居东城，房东为满人，我初见满族妇女服装及发式。我已四岁，在贝满幼儿院上幼儿班。后我家迁居西城东斜街，我在西单牌楼第一蒙养院上学前班。大姐二姐仍在上海启明上学，我与三姐同校上学。

1916 年

七妹杨桼生。

1917 年

5 月间，父亲因传讯交通部总长（总长有受贿之嫌），受到惩戒，停职停薪，但不久复职；交通部总长去职。1917 年 5 月 25、26 日《申报》要闻，全文登载司法部呈大总统文及《杨荫杭申辩书》。秋季，我在第一蒙养院学前班毕业，在辟才胡同女师大附属小学上一年级。当时我国学制，一学年分两学期。秋季开始为第一学期，春季开始为第二学期。10 月 17 日，二姐在上海广慈医院病亡，年十五。我母亲携七妹从北京赶到上海看望二姐，后携大姐七妹同回北京。这年张勋复辟。

1918 年

秋季始业，升初小二年级。

1919 年

5 月 4 日,亲见五四运动大学生游行喊口号。秋季始业升初小三年级。秋杪,我父亲弃官南归(辞职尚未获照准),举家回无锡,不住老家,租居沙巷裘氏宅。父亲大病几殆。家贫,好友陈光甫、杨翼之资助我家。我在大王庙小学上学。

1920 年

父亲于年初(旧历大除夕)勉强能起床,坐饭桌旁陪家人同吃年夜饭。2 月间,我随大姐三姐到上海启明女校上学,寄宿校内。大姐已中学毕业,留启明任教员。暑假后,我家迁居上海静安寺路爱文义路迁善里。父亲在上海《申报》馆任职,兼营律师业。

1921 年

在启明上学。

1922 年

小妹妹杨必生。我在启明上学。

1923 年

在启明上学。父亲决意在苏州开律师事务所。举家迁苏州,先租居潘氏宅,父亲随即用他的人寿保险费买得庙堂巷一大破宅(占地五亩),拆去许多房子,扩大前院后园。我暑假随姐姐回苏州住租居的潘氏宅。秋季始业,三姐和我考入苏州振华女中。我以初中一年级学生入学,寄宿学校,两个月后,三姐因病辍学回家,我仍寄宿学校,周末回家。

1924 年

在振华女校上学,家已迁入大破宅;破宅在修建中,由父亲留美时专攻建筑的学友苏州人贝季美设计画图。

1925 年

跳一级,暑期初中毕业。学校是六年制,初、高中各三年。校长王季玉先生向我说明:我是五年修毕六年功课,因为我太不用功。

1926 年

在振华上高中一年级。庙堂巷新宅修建完工。

1927 年

升高中二年级。北伐成功,女子始剪去长发。学校尚不许剪发。三姐在家中剪去辫子。三姐 12 月间订婚,我亦剪去辫子。

1928 年

岁尾或早春,地震,震塌后园芍药花栏台。4 月春,三姐结婚,我做伴娘。

7 月,高中毕业。暑假期间,考取南京金陵女大及苏州东吴大学。我想考清华大学;清华大学开始招收女生,但此年不到上海招生，只好作罢。上大学是大事，父母师长亲友，都为我选择学校。为了开阔视野，活泼思想，大家认为男女同学胜于女校。秋季始业，我到东吴大学上大一级，寄宿学校。

1929 年

在东吴上大学，秋季升入二年级。

1930 年

在东吴上大学。好友蒋恩钿已考入清华，劝我转学清华。暑假期内，她陪我到上海交通大学报考转学清华，已领到准考证。我大弟患肺结核病，暑天忽转为急性结核性脑膜炎，当时是不治之症。我帮助母亲和大姐轮班守夜。大弟病亡，不前不后，正是清华招生考试的第一天凌晨，我恰恰错过考期。秋季升入大学三年级，此年曾走读一学期。

1931 年

在东吴上学，秋季升入大学四年级。学期将终，大考前，学生罢考闹风潮。

1932 年

东吴大学因风潮停课。开学在即，我级是毕业班。我与同班学友徐、沈、孙三君（皆男生）及好友周芬（女生）结伴到燕京大学借读。当时南北交通不便，过长江，旅客须下车由渡船摆渡过江，改乘津浦路火车。路上走了三天。2 月 28 日晚抵北京，有我们旧时东吴学友转学燕京的费君来车站，接我们一行五人到燕京大学东门外一饭馆吃晚饭，然后踏冰走过未名湖，分别住入男女生宿舍。我和周芬住二院。我们五人须经考试方能注册入学。3 月 2 日（日期或小有舛错），考试完毕，我急要到清华看望老友蒋恩钿，学友孙君也要到清华看望表兄，二人同到清华，先找到女生宿舍古月堂，孙君自去寻找表兄。蒋恩钿见了我大喜，问我为何不来清华借读。我告诉她：东吴、燕京同属美国教会，双方已由费君居中接洽，同意借读。蒋恩钿说，她将代我问借读清华事。孙君会过表兄，由表兄送往古月堂接我。这位表兄就是钱锺书。他和我在古月堂门口第一次见面。偶然相逢，却好像姻缘前定，我们都很珍重那第一次见面，因为我和他相见之前，从没有和任何人谈过恋爱。钱锺书自回宿舍，我与孙君同回燕京。蒋恩钿立即为我办好借读清华手续。借读清华不需考试，只需有住处。恩钿的好友袁震（后来是吴晗夫人）说，她借口有肺病，可搬入校医院住，将床位让给我。我们一行五人在燕大考试及格，四人注册入燕京，我一人到清华借读，周芬送我搬入清华。周芬和恩钿、袁震等也成了朋友，两校邻近，经常来往。

7 月，在清华借读大四级第二学期卒业，领到东吴大学毕业文凭，并得金钥匙奖。暑假本想留清华补习外语系功课，投考清华研究院外语系。钱锺书指望我考入清华研究生院后，可与他同学一年，他将是本科大四级。但我补习时方知清华本科四年的功课，一个暑假决计补不上，我得补上了再投考，所以就回苏州寻找职业。由亲戚介绍，在上海工部局华德路小学为小学教师，月薪 120 元，还有多种福利（人称“金饭碗”）。我自以为教小学当有余暇补习外国文学，欣然到上海就业。“福利”包含医疗。查身体合格后，教师都打预防伤寒针，共打三针，我打完第三针,大发风疹(荨麻疹)。我当了小学教师方知自己外行(我是走后门当上的),教小学是专门之学。同事俞、徐二女士是沪江大学教育系高才生,我认真向她们学习,天天又病又忙。10月10日放假我回苏州,父母见我风疹发的浑身满脸,就命我将“金饭碗”让给有资格且需要饭碗的一位亲戚,留我在家养病。这种病不算病,但很顽强,很困扰人。钱锺书不赞成我那年放弃投考清华。我无暇申辩,就不理他。他以为我从此不理他了,大伤心,做了许多伤心的诗。但是他不久来信,我们就讲和了。寒假期间,他特到苏州来看我。我介绍他见了我父亲。

1933 年

在钱锺书指点下,我补习外文系功课。钱锺书来信说,此届研究生考试,需考三门外语。我自习法语已多年,得此消息,忙又自习德语,自习三个月,勉强能读《茵梦湖》。暑期,应清华研究院考试。考试地点在上海交通大学。学校于考试日公布,只需考两门外国语;第三门外语免试。我临时抱佛脚学了德文,白费功夫,还荒疏了法文。但应考还是被录取了。

我与钱锺书在苏州一饭馆内由男女两家合办订婚礼。我随后就到北京清华大学研究生院上学,住静斋(女生宿舍)。钱锺书已毕业。他蓄意投考英庚款留英奖学金,而应试者必须有为社会服务两年的经历,所以他急要教书,取得应试资格。他应上海光华大学之聘为英语讲师(共两年),月薪90元,每年以十个月计算。

1934 年

得清华优秀生奖,每月奖学金20元,学期开始之月为30

元，因需交学费10元。当时女生饭堂包饭每月7元，我每月饭费仅5元。

春假，钱锺书到北平春游，住清华学堂大楼（即一院），我陪他游览各处名胜。

我请温德（Robert Winter）先生为导师。父亲小中风。

1935年

钱锺书考取英庚款留英奖金。我办好自费留学手续。7月13日，我在苏州庙堂巷我家大厅上与钱锺书举行婚礼。我父亲主婚，张一麐（仲仁）先生证婚，有伴娘伴郎、提花篮女孩、提婚纱男孩。钱锺书由他父亲、弟弟（锺英）、妹妹（锺霞）陪同来我家。有乐队奏《结婚进行曲》，有赞礼，新人行三鞠躬礼，交换戒指，结婚证书上由伴郎伴娘代盖印章。礼毕，我家请照相馆摄影师为新人摄影；新人等立大厅前廊下，摄影师立烈日中，因光线不合适，照片上每个人都像刚被拿获的犯人。照相毕，摆上喜酒，来宾入席，新娘换装，吃喜酒。客散后，新娘又换装，带了出国的行李，由钱家人接到无锡七尺场钱家。新人到钱家，进门放双响爆仗、百子爆仗。新娘又换装，与钱锺书向他父母行叩头礼，向已去世多年的嗣父母行叩头礼（以一盆千年芸、一盆葱为代表，置二椅上）。叔父婶母等辞谢叩头，行鞠躬礼，拜家祠（叩头），拜灶神（叩头），吃"团圆昼饭"。晚又请客吃喜酒，唐文治老先生、唐庆诒先生父子席间唱昆曲《长生殿》（定情）助兴。新人都折腾得病了。钱锺书发烧，病愈即往南京受出国前培训。我数日后即回娘家小住。我累病了，生外疹，又回无锡请无锡名医邓星伯看病。病未愈，即整理行装到上海。我住三姐家，不记得钱锺书住何处。出国前,二人有好多应酬。

8月13日乘P&O公司邮轮出国。我由三姐送行,钱锺书有温源宁师、邵洵美先生送行,他们都坐小船直送上轮船。我的留学护照上是杨季康小姐,所以和锺书同船不同舱。同船有许多同届留英学生。

在香港遇飓风。过新加坡,英官方招待留英学生参观停在海上的飞机。我登上海陆两栖飞机。过锡兰(今斯里兰卡),参观蛇庙及一小乘教神庙。由苏伊士运河过地中海入大西洋,天气即凉爽。船上有人死亡,第一次参与海葬。三星期后,在英国上岸,先在伦敦小住观光,即到牛津上学。

1936年

暑假到巴黎小住,住我同班学友盛澄华旧寓所。我和钱锺书同到瑞士出席第一届“世界青年大会”,会址在国际联盟大会堂。钱锺书是国民政府特派三代表之一,我莫名其妙地当了共产党方面的代表,派我的人名王海经,同行有好几位共方代表,买车票等等都有照顾。秋季,与钱锺书同在巴黎大学注册入学(由盛澄华君代办)。我二人回牛津的寓所,继续在牛津读书。那时我们打算在巴黎大学读博士学位,需有二年学历,所以及早注册入学。

1937年

5月19日,女儿钱瑗出生。女儿出生第一百天,一家三口到法国,住巴黎近郊。我母亲在逃避日寇时在乡间患恶性疟疾,11月17日去世。

1938 年

秋，一家三口乘法国邮轮 Athos Ⅱ 回国。钱锺书在香港上岸赴昆明，我与女儿到上海上岸。父亲特从三姐家搬出另租屋，俾我能同住。我暂住辣斐德路钱家。后依父亲住霞飞路来德坊。母校苏州振华女中筹建上海分校，校长王季玉先生命我帮她办事。同时，我应李姓富商之请，为其女补习高中全部功课，从高中一年级补习至高中三年级毕业。

1939 年

7 月上旬，钱锺书由昆明回沪度暑假，住霞飞路来德坊我父亲寓所。10 月初旬，他奉父命赴湖南蓝田国立师院为英文系主任。苏州振华女校（沪校）正式成立，秋季开学。我任校长兼高三级英语教师，兼任李家补习教师。

1940 年

钱锺书暑假回沪，路途不通又退回蓝田。我仍依父亲居来德坊。

秋杪，小弟保俶在维也纳医科大学毕业回国。秋冬之交，我父亲携子女回苏州安葬我母亲于灵岩山绣谷公墓。

1941 年

夏，钱锺书回上海，住辣斐德路钱家；我和女儿亦搬回辣斐德路钱家。7 月，李家小姐高中毕业，我不复当家庭教师。振华（沪校）珍珠港事变后停办。

1942 年

我任工部局半日小学代课教员，业余写剧本。

1943 年

5 月，《称心如意》上演。我始用笔名杨绛。“绛”是“季康”二字的切音。秋，日本人接管小学，我辞去半日小学教职。

1944 年

《弄真成假》上演，《称心如意》出版。

父亲随我姐妹等观看《弄真成假》演出，闻全场哄笑，问我曰：“全是你编的？”我答：“全是。”父亲笑曰：“憨哉。”谣传美军将在上海地毯式轰炸，父亲年底回苏州寓所。钱锺书动笔写《围城》，共写两年。1946 年完毕，序文作于 1946 年底，1947 年出版。钱锺书写《围城》期间，我辞去女佣，兼任“灶下婢”。

1945 年

1 月，《弄真成假》出版。3 月 27 日，父亲在苏州寓所脑溢血去世。我夫妇到苏州与我姐姐弟弟等于 3 月 30 日安葬父亲于苏州灵岩山绣谷公墓母亲墓旁。4 月 1 日回上海。《游戏人间》上演，姚克导演，“苦干剧团”演出。《风絮》由“苦干剧团”登出预告，将由名演员丹尼女士任主角。4 月底或 5 月初，日本宪兵司令部不知杨绛何人，来我家搜查。我到日本宪兵司令部受讯。

抗日战争胜利，夜闻消息，举家乐极不眠。我思念父亲。

1946 年

秋季,我在震旦女子文理学院任外文系教授。

1947 年

《风絮》出版。钱锺书《围城》出版。钱瑗患指骨节结核,休养十个月后病愈。

1948 年

翻译《1939 年以来英国散文作品》,约翰·黑瓦德著,《英国文化丛书》十二种之一,朱经农作总序,商务印书馆 9 月出版。

3 月 18 日,钱锺书随代表团到台湾。

7 月,钱锺书祖父百岁冥寿,我和钱锺书携女儿回无锡老家,与家人欢聚。

1949 年

叔父命钱锺书三弟媳携子女三人来上海,住辣斐德路。适傅雷夫人之友有空房,在蒲石路蒲园,钱锺书与我及女儿钱瑗即迁居蒲石路蒲园。

解放战争胜利。我夫妇得清华大学聘书,8 月 24 日,一家三口动身赴北京,26 日中午抵京,暂住清华工字厅藤影荷声之馆。我为兼任教授,教大三级英国小说。

1950 年

住清华新林院。4 月,我从英译本转译的西班牙名著《小癞子》(*Lazarillo de Tormes*)出版。8 月至 1954 年 12 月,钱锺书调中宣部毛选委员会,英译《毛泽东选集》;在此期间每周末回原单位工作。

1951 年

三反(反贪污、反浪费、反官僚主义)运动开始。年底转为针对知识分子思想改造的重要运动,又名“脱裤子、割尾巴”或“洗澡”。钱锺书请假回清华“洗澡”。女儿钱瑗考入女十二中(旧称贝满)高中一年级,寄宿学校。

1952 年

“洗澡”结束,全国“院系调整”,我夫妇调入文学研究所外文组。文研所编制属新北大,工作由中宣部直接领导。10 月 16 日,举家迁入新北大新建宿舍中关园 26 号。

1953 年

2 月 22 日,文学研究所在旧燕大“临湖轩”开成立大会,郑振铎为正所长,何其芳为副所长,力扬为党支书。贵宾有周扬、茅盾、曾昭抡及新北大杨业治等教授及图书馆主任梁思庄。

1954 年

我译毕法国作家勒萨日(Lesage)《吉尔·布拉斯》(*Gil Blas*),在《世界文学》分期刊出。9 月,批判俞平伯的《〈红楼梦〉研究》。

1955 年

批判胡风。肃反运动。女儿钱瑗考入北京师范大学。

1956 年

俞平伯、钱锺书提升为一级研究员。

《吉尔 · 布拉斯》经大修大改，由人民文学出版社出第一版。大约这一年或次年，曾翻译亚里士多德《诗学》，根据英译“勒勃经典丛书”本并参照其他版本翻译，锺书与我一同推敲译定重要名称。我将此稿提供罗念生参考。罗念生译亚里士多德《诗学》序文中有“杨季康提出宝贵意见”一语。此稿为罗遗失。

1957 年

《论菲尔丁（H. Fielding）关于小说的理论与实践》研究论文在《文学评论》第二期发表。6 月 14 日所内开始反右运动。不记得是 1956 年或 1957 年因《吉尔 · 布拉斯》受好评，“外国古典文学名著丛书”编委会委我另一项翻译任务：重译《堂吉诃德》。

1958 年

双反运动。“拔白旗”运动。所内白旗共四面：一、郑振铎的文章；二、钱锺书《宋诗选注》；三、李健吾的文章；四、杨绛《论菲尔丁》文。

春，随潘梓年为首的队伍到昌黎“走马看花”。全国“大跃进”，参观各“大跃进”地区。

10 月至 12 月底，老知识分子改造思想，下乡（太和庄）学习

"社会主义好"。

冬,回所。我开始自习西班牙文。钱锺书为英译《毛泽东选集》定稿组成员。

1959 年

文学研究所始有宿舍,在城内东四头条 1 号。5 月 15 日,我家迁入新宿舍。女儿钱瑗北师大毕业,留校为助教。我写研究萨克雷(W. M. Thackeray)的论文:论《名利场》(*Vanity Fair*),全文欠"红线贯穿",又受批判。

1960 年

3 月 29 日,读毕《西班牙文入门》,始阅读拉美的西班牙文小说。我与钱锺书第一次任全国文代会代表。

1961 年

3 月,查出胸部瘤子,不能断为良性,医嘱先观察一个时期。

1962 年

8 月 14 日,迁居干面胡同文研所宿舍(在学部新建大楼内)。9 月住北京医院,切去腺瘤。

1963 年

7 月,"五反"开始。小妹妹杨必大病,我到上海看望,访问傅雷夫妇,谈到翻译的一些问题。钱锺书为英译《毛泽东选集》四卷定稿毕。

1964 年

9 月 24 日，文学研究所外文组自文研所分出，成为“外国文学所”。钱锺书为毛主席诗词翻译组成员，后因“文化大革命”，工作中断。所内“年轻人”皆下乡“四清”，我留所为部分“年轻人”修改文章，年底到上海接小妹妹杨必到我家养病。

1965 年

1 月中旬，《堂吉诃德》第一部翻译完毕，译第二部。9 月 15 日，杨必回上海。

1966 年

钱锺书病，气喘。“无产阶级文化大革命”开始。8 月 9 日，我被“揪出”，我在宿舍院内扫院子，在外文所所内扫厕所。8 月 16 日，钱锺书被“揪出”。8 月 27 日，被迫交出《堂吉诃德》全部翻译稿（第一部已完毕，第二部已译毕四分之三）。同日，晚间在宿舍被剃“阴阳头”。

9 月 10 日，献出财物。年底，宿舍内“牛鬼蛇神”劳动者逐渐请假，劳动队剩四人：近代史所钱宏、外文所戈宝权（队长）、卞之琳和杨季康，他们三人清除全大楼垃圾，我抬不动垃圾箱，扫大片地。我颈骨生骨刺，提出不再劳动，余三人同日亦自动停止宿舍院内劳动。

1967 年

4 月 24 日，外文所免我劳动。6 月 8 日参加群众活动（即

“下楼”或“走出牛棚”),为革命群众抄大字报,到大街上叫卖《斗私批修》报。

钱锺书6月8日停止文学所劳动。

12月31日,女儿钱瑗与王德一登记结婚,住我家。

1968年

3月4日,小妹妹杨必急性心脏衰竭,在上海去世,8日火葬。

12月,军、工宣队进驻哲学社会科学部(称“学部”)。

1969年

全学部人员集中住学部办公室内,每室住8至10人不等。每日分三单元(上午、下午、晚间)学习,由工人师傅领导;每日练军操,由解放军指挥。不久后,老弱者得回家住宿。工宣队于各所揪出“5·16”逼供信阶段、学部人员下放干校之前,全部撤走。

5月19日,革命青年夫妇携婴儿保姆住入我家,分房两间。

11月11日,钱锺书为“先遣队”下放河南罗山干校,不久干校迁息县。

1970年

6月1日,《堂吉诃德》译稿由前组长张黎同志为我索还。

6月13日,女婿王德一被极左派诬为“5·16”自杀身亡。

7月12日,我下放干校。

12月1日,妹婿孙令衔在天津大学自杀去世。

1971 年

4 月 4 日，干校迁明港“师部”。

5 月，余震同志到学部加强军宣队领导“支左”。余震同志到学部后发现清查“5 · 16”扩大化。他停止运动，解放干部，在学部工作四年期间，为学部做了许多好事。这是一般群众的看法。此年我在干校。

12 月 7 日，我在郑州治目疾，反致泪道堵塞，干校不准请病假，我请得事假回京治目疾。

12 月 24 日，携女儿钱瑗同到明港探亲（女儿时单身，可享受探亲假）。钱锺书于我返北京期间哮喘病发，我与钱瑗到干校后方退烧，渐渐痊愈。

1972 年

钱瑗与父母在干校同过元旦节，1 月 4 日回北京。

3 月 12 日，钱锺书与我随第二批“老弱病残”者回北京。在北京的研究人员及干部仍在“学习”（即开会，不工作）。

8 月，我又从头翻译《堂吉诃德》，因中断多年，需从头再译。

学部干校学员全部返京。

1973 年

12 月 9 日，以“掺沙子”住入我家的强邻难于相处，我家三人逃亡，避居钱瑗北师大宿舍。12 月 23 日，迁入北师大小红楼，翻译《堂吉诃德》工作暂停。

1974 年

1 月 8 日，钱锺书哮喘大发，送北医三院抢救。后因大脑皮层缺氧，手、脚、舌皆不便，如中风状。

5 月 4 日，钱瑗与杨伟成登记结婚，钱瑗仍住北师大伴父母。

5 月 22 日，我夫妇迁入学部 7 号楼底层西尽头一办公室居住。我继续翻译《堂吉诃德》。钱锺书舌已恢复，手亦能写字，但不能走路，继续写《管锥编》。

11 月初，袁水拍来，传江青令："五人小组"当继续进行翻译毛主席诗词工作，钱锺书乃"五人小组"成员。我强调钱锺书病，足不能出户。小组就在我们住的办公室工作。

1975 年

4 月 5 日，《堂吉诃德》初稿译完。

5 月 16 日，初校毕，再校改。

8 月，军宣队全部撤出学部。林、刘、宋三位新领导来，在我所各组办公室门口向室内工作人员露露面。

冬，钱锺书和我煤气中毒，幸及时起床开窗，得无恙。

1976 年

1 月 8 日，周恩来总理去世。6 月，朱德同志去世。

2 月底，《堂吉诃德》第一部定稿。

7 月 28 日，地震（唐山大地震），晚又震。我夫妇所住办公室乃危险房，有裂缝，避居学部大食堂。

8 月 12—17 日，住钱瑗及女婿家。24—28 日，住学部汽车房，28 日回危险房。31 日，钱瑗到大兴劳动。

9 月 9 日，毛泽东主席去世。

10 月 6 日，“四人帮”被粉碎。

11 月 20 日，《堂吉诃德》第一、第二部全部定稿。

危险房内架防震桌。

11 月 21 日，到钱瑗及女婿家小住，24 日回危险房。

1977 年

2 月 4 日（立春），迁居三里河南沙沟新居。

5 月 5 日，《堂吉诃德》稿交人民文学出版社出版排印。

5 月 13 日，《小癞子》从原文重译定稿。

8 月，何其芳同志去世，胡乔木、夏衍、周扬皆出席追悼会。

10 月，胡乔木来访钱锺书。

11 月，钱锺书《管锥编》手稿交中华书局出版。

学部改为中国社会科学院，胡乔木为院长，邓力群、于光远、周扬为副院长。

写《大笑话》毕。

1978 年

4 月底，《堂吉诃德》出版。

5 月底，西班牙记者求见。

6 月，西班牙国王、王后来中国访问。

6 月 3 日，见西班牙先遣队记者。15 日，参加国宴，邓小平同志为我介绍西班牙国王、王后，行握手鞠躬礼。小平同志问《堂吉诃德》什么时候翻译的，我一握手间无暇细说，但答今年出版的。

钱瑗应公费留英全国性考试,5 月 25 日发榜,钱瑗被录取;9 月 7 日,集中培训,9 月 12 日飞英。

8 月 12 日,钱锺书随代表团访问意大利,9 月 23 日归。

9 月 8—18 日,第四届全国妇女代表大会开会,我为此届妇女代表。30 日,出席人民大会堂国庆招待会。

从原文翻译的《小癞子》由人民文学出版社出版。

自 5 月至 9 月,右手大拇指痛,不能作字。

11 月 9 日,右眼见黑圈。

写《玉人》毕。

1979 年

钱锺书 4 月随代表团赴美,8 月 18 日归。

6 月 5 日,我随代表团访问法国,6 月 28 日归。

写《鬼》毕。

10 月,《春泥集》由上海文艺出版社出版。

1980 年

写《事业》毕。

2 月,写论文《事实—故事—真实》,5 月发表。

8 月 12 日,钱瑗回国回家。

11 月,钱锺书随代表团访问日本。

12 月,写完《干校六记》,钱锺书写小引。

钱锺书《围城》年底在人民文学出版社重又出版。

钱锺书当选为全国政协委员。

1981 年

《倒影集》年初在香港文学研究社出版，2 月 13 日，收到样书十册。

《干校六记》4 月 13 日在《广角镜》发表，5 月在香港出版。

《玉人》在《上海文艺》发表。

《鬼》在《收获》发表。

周奶奶又大病，告归，由子女接回家。

5 月，胡乔木来访，对钱锺书说：请看在我的面子上，给社科院撑撑场面，当个副院长。

《旧书新解》在《文学评论》第四期（8 月份）发表。

6 月 20 日，寄出《喜剧二种》修改稿。

《干校六记》由葛浩文（H. Goldblat）译为英文，澳大利亚人白杰明（J. Barme）译为另一英文本；日本汉学家中岛碧译为日文。

钱锺书《围城》畅销。

1982 年

4 月 23 日，北京大学举行塞万提斯逝世 366 周年纪念会。我到会发言，因西班牙大使指名要我发言（后写成《人间一年，天上一日》）。7 月 30 日，西班牙大使设宴正式邀请访问西班牙。我婉谢，因我的西班牙文是专为翻译《堂吉诃德》而自习的，不擅口语，多数人不知笔译与口译的区别，会对我产生误会。

5 月，钱锺书与我被邀请加入“笔会”。

6 月 7 日，钱锺书被胡乔木召去开会，任命为社科院副院长。

10月31日，七妹妹杨桼去世。

《干校六记》葛浩文英译本出版。

《有什么好》（论 Jane Austen 文）年初发表。

1983年

《喜剧二种》由福建人民出版社出版。

《干校六记》白杰明英译本出版。

程西禾去世，李健吾去世。

11月2日，新任西班牙驻华大使吴士谊见我后，知我通西班牙文，先征得社科院院长马洪同志同意，派遣访问西班牙代表团，我随代表团访问西班牙；先到苏黎世休息两日，5日抵马德里。20日离马德里到英国伦敦。12月5日回国回家。

1984年

《干校六记》有法译本两种，先后在巴黎出版。

12月，重新审校已出版三次的《堂吉诃德》。

试图写《洗澡》。散文集《将饮茶》抄清，请钱锺书审阅。

1985年

获《小癞子》原文最新版本，校订旧译，4月，校完。

《干校六记》中岛碧日文译本在东京出版。

7月，结婚五十周年。

12月23日，《堂吉诃德》校改毕，稿二包，亲送人民文学出版社。

1986 年

4 月 5 日，动笔写《洗澡》。

10 月 6 日，西班牙国王颁给“智慧国王阿方索十世十字勋章”，典礼在西班牙大使馆举行，钱锺书出席。

10 月 30 日，英国女皇来访，行前曾阅读钱锺书牛津大学论文。钱锺书与我皆赴国宴。

《干校六记》又有旅美中国学者章楚在美出版英译本。

《小癞子》校订本由人民文学出版社出版。

《回忆我的父亲》《回忆我的姑母》《记钱锺书与〈围城〉》出版。

《丙午丁未年纪事》在《收获》第 6 期发表。《失败的经验》在《中国翻译》第 5 期发表。

11 月，《关于小说》由三联书店出版。

1987 年

《将饮茶》由北京三联书店出版。《风絮》于 2 月发表于《华人世界》第 1 期。

《堂吉诃德》校订本出版。《干校六记》由索罗金（V. Sorokin）翻译的俄文译本，在苏联科学院《远东问题》双月刊 1987 年第 2、3 期发表。

4 月，所内号召高级研究员及满退休规定年龄者退休。我所高级研究员退休者仅我一人。

9 月，写完《洗澡》，12 月 19 日，杀青涂改完毕。

台湾《联合文学》第 38 期（第 153—235 页）有“杨绛专卷”。

1988 年

11 月，香港出版《洗澡》。12 月，北京出版《洗澡》。

白杰明译我散文，书名为《陆沉》。

1989 年

《堂吉诃德》繁体字本在台湾出版。

1990 年

女儿钱瑗 3 月 31 日赴英，在新堡大学（New Castle upon Tyne）为客座教授，9 月底回国。

《将饮茶》在台湾出版。

《洗澡》由郁白（H. Chapuis）译为法文；白杰明译为英文（但未见出版，从此与白杰明失去联系）。根据钱锺书《围城》改编的电视剧上映。《写在人生边上》重印。

1991 年

写《第一次下乡》及《顺姐的自由恋爱》。

10 月，《将饮茶》由社科出版社出版校订本。

11 月 1 日，动笔写《软红尘里》。

1992 年

2 月，法译本《洗澡》及《乌云的金边》在巴黎出版。

3 月 28 日，大彻大悟，毁去《软红尘里》稿 20 章。

整理父亲杨荫杭遗作，题名《老圃遗文辑》，写《前言》。

7 月，散文集《杂忆与杂写》交花城出版社。

9月,胡乔木同志去世。

1993年

钱锺书住院动大手术,去一肾,住院两个月,我陪住两个月。我得冠心病,又患左心室劳损。整理《老圃遗文辑》毕,又整理我父亲年表。3月底,《老圃遗文辑》校完(时陪住医院)。10月,《老圃遗文辑》由长江文艺出版社出版。助钱锺书选定《槐聚诗存》。10月,《杨绛作品集》三册由社科出版社出版,先后六次印刷。10月21日,写《记似梦非梦》,时在病中。

1994年

1月,手抄《槐聚诗存》毕。我病中抄诗,由钱锺书自校。我抄诗错字百出,钱锺书皆未校出。我二人皆老且病矣。

3月,补贴钱锺书记《石语》。

5月,心痛头晕,我手录的锺书《槐聚诗存》(错字不少)出版。

7月,香港三联书店出版《杂忆与杂写》繁体字本,钱锺书末一次为我题签。台湾传文文化公司出版《杂忆与杂写》繁体字本。

7月30日,锺书肺炎高烧住院,我陪住。

8月19日,锺书动手术,割除膀胱癌三个,手术成功,但肾功能急性衰竭,抢救。

9月30日,我病不支,请得生活护理住医院照顾钱锺书;我在家做后勤工作,做鼻饲鸡鱼菜蔬泥及炖各种汤。

10月18日,三姐闰康去世。

11月19日,钱锺书反复发烧。

12 月,《杨绛散文》由浙江文艺出版社出版。

1995 年

3 月,钱锺书《槐聚诗存》由三联书店出版。

9 月,百花文艺出版社出版《杨绛散文选集》。

11 月 27 日,大姐寿康去世。

为《槐聚诗存》手抄本校改错字,错字皆友好读者校出,忙于修改,未及回信致谢,心甚不安。夏衍去世。

年底,钱瑗腰痛发病。

1996 年

1 月,钱瑗住温泉胸科医院。

7 月,有人呼吁在无锡建钱锺书纪念馆,钱锺书和我联名致函无锡市王竹平副市长,不同意建纪念馆。

11 月 3 日,胸科医院报钱瑗病危。我方知女儿患肺癌转脊椎癌,病发已是末期。

1997 年

3 月 4 日,钱瑗去世,8 日火化。

5 月,写《方五妹和她的"我老头子"》,《十月》杂志第 5 期发表。方五妹(假名)是我家阿姨,因丈夫中风,钱瑗重病时辞我回家照顾丈夫。她最称赏钱瑗孝顺父母,说她"世界路上只有一个",我因思念女儿而作此文。

钱锺书于香港回归甚关心,有兴看电视。后得知女儿去世,病转重。钱锺书病中有人屡次侵犯他的著作权,我不胜困扰,上诉国家出版局请予保护，得三个“致歉声明”：《光明日报》11 月 3 日有一个“致歉声明”，11 月 27 日有两个“致歉声明”。

8 月 8 日，写《答宗璞〈不得不说的话〉》。

1998 年

5 月，将钱瑗存款 6 万元捐北师大外语系。

连日有人打电话问“钱先生去世了吗？钱夫人入院了吗？”有人来我家对我说“听说你脑溢血”，要为我照相。有谣言流传，说是李赋宁说的，钱锺书离开西南联大时公开说：“西南联大外文系根本不行；叶公超太懒，吴宓太笨，陈福田太俗。”而李赋宁却郑重声明：“我从未听见钱锺书先生说‘叶公超太懒，吴宓太笨，陈福田太俗’或类似的话，我也从未说过我曾听见钱先生这样说，我也不相信钱先生会说这样的话。”

9 月，写《钱锺书离开西南联大的实情》。

11 月 21 日，钱锺书 88 岁生日，社科院领导来医院祝寿。

12 月 19 日 7 时 38 分，钱锺书去世，21 日火化。我按他的遗嘱办事：少数亲人送送；不举行任何仪式；不留骨灰；敬辞花篮花圈等一切奠仪。

1999 年

向社科院交还钱锺书专车。

翻译《斐多》（12 月 18 日译完）。

写《从“掺沙子”到流亡》，1 月 17、18、19 日分三期发表。

整理钱锺书笔记，集成《钱锺书手稿集》，计划从 2003 年起由商务印书馆陆续影印出版，约 45 册。

2000 年

1 月，中国青年出版社出版《从丙午到流亡》。

4 月，辽宁人民出版社出版《斐多》。香港天地图书公司出版《斐多》繁体字本。

暑期，德国汉学家莫芝宜佳女士（《围城》德译本译者）来，助我编定钱锺书外文笔记。

7 月 17 日，社科院领导为我 89 岁暖寿（祝 90 岁生日）。

7 月，香港三联出版《从丙午到流亡》繁体字本。

11 月 17 日，为影印出版《钱锺书手稿集》与商务印书馆订约。

胡绳去世；柯灵去世；王岷源去世；卞之琳去世。

12 月 14 日，买房交款。

2001 年

写《钱锺书手稿集》序文，并题写书名。《钱锺书集》由北京三联书店出版，包括下列十种：《谈艺录》《管锥编》《宋诗选注》《七缀集》《围城》《人·兽·鬼》《写在人生边上》《人生边上的边上》《石语》《槐聚诗存》。

9 月 7 日，设清华大学"好读书"奖学金，签协议书。

9 月 10 日，领到房产证。

10 月 10 日，写《难忘的一天》。

10 月 22 日，动笔写《我在启明上学》。

2002 年

2 月，钱锺韩去世。

3 月 20 日,《怀念陈衡哲》定稿。

5 月,台湾时报出版公司出版《斐多》繁体字本。

7 月,高莽为《我在启明上学》作插图。

8 月 10 日,《我在启明上学》定稿。

8 月 19 日,夜闻风雨声,耳始聋。《我们仨》改定题目,分定段落。

9 月 30 日,《我们仨》初稿完毕。

10 月 7 日,写《记我的翻译》。

12 月 22 日,冬至,《我们仨》定稿。

12 月 30 日,改写《失败的经验》,题目改为《翻译的技巧》。

2003 年

修改《杨绛作品集》,散文及短篇小说皆经修改。整理女儿钱瑗信。我曾对钱锺书说:"等我练好了字,为你抄诗。"自忖书法不会再有进步,2 月 4 日起,抄《槐聚诗存》至 3 月 10 日抄完。急急抄写,字仍恶劣。

2 月 12 日,选定《我们仨》的附录和照片。

3 月 12 日,将《杨绛作品集》修改处誊写在另一套《杨绛作品集》上,誊写时将所记事实一一考订。与人民文学出版社谈出版《杨绛文集》事。

3 月 14 日,与外语教学与研究出版社签约,授权该社在国内和世界华语地区出版发行《围城》英译本。

3 月 20 日,国家博物馆举行"求学海外,建功中华——百年留学历史文物展"。我未往参观,但为这次展览提供了父亲杨荫杭与南洋公学留美同学合影,誊录了父亲为这张照片所作题记。另外还提供了钱锺书和我留学英法的照片,并将牛津大学发给钱锺书在校时所穿黑布背心捐赠国家博物馆。

3 月,西葡拉美文学研究者林一安在 3 月 5 日《中华读书报》上发表文章《堂吉诃德及其坐骑译名小议》称,杨绛先生将堂吉诃德的坐骑 Rocinante 译作“驽骍难得”是绝妙佳译,可这种译法,并非杨绛首创,而是采纳了西四译作中的译法。其文说:“我们的译文是这样的:……说时迟,那时快,堂吉诃德将他的坐骑驽骍难得夹了一夹,矛头一低,就向他假想的敌人猛冲过去。(《译文》1959 年第 6 期第 90—94 页,《马德里之夜》,穆尼奥斯·阿科纳达作,西四译,孟复校)从我们的译文中可以看出,当年我们就把 Rocinante 译成音义兼顾的‘驽骍难得’了,不过,也要承认,那时我们尚不具备驾驭西汉两种语言的能力,一定是我们的老师孟复先生的创造,我们绝不敢掠美。”“西四”者,乃林一安和他的大学四年级西班牙语同学的笔名。见到此文,我十分诧愕。幸有“好事者”纪红朋友愿对此一探究竟。他将核查的结果以《在不疑处有疑》为题,发表在 3 月 26 日的《中华读书报》上,文章说:在林文所注明的《译文》1959 年第 6 期“第 90—94 页”上,并没有上述引文。那段话实际上是在第 96 页上,而在林文所谓“驽骍难得”的位置上,却是“洛稷喃堤”四个字。也就是说,不论是林一安和他的同学,还是他们的老师孟复,在这里并没有将 Rocinante 译作“驽骍难得”这样“音义兼顾”的名称。尽管林文注明了出处(刊物、时间、页码),看似十分中肯,然而不是事实!

4 月 6 日,仔细校阅外研社拟附录《围城》英译本中的《钱锺书与〈围城〉》英文译稿,提出修改意见。

4 月 8 日，写《陈光甫的故事二则》。

4 月 11 日，与美国新方向出版社签约，授权该社在除中国和英联邦以外地区重新出版 Jeanne Kelly 和 Nathan K. Mao 合译的《围城》英译本。

4 月 16 日，与人民文学出版社签约，授权该社出版《围城》汉英对照本。

4 月 22 日，《杨绛作品集》改定本三册交人民文学出版社责编。

5 月 14 日，为《围城》汉英对照本写序，约 800 字，并题写书名“围城”二大字。

5 月 16 日，根据我的记事本，写《杨绛生平与创作大事记》；以后又陆续补写。

5 月 19 日，交人民文学出版社责编长长短短文章共 9 篇。

5 月 23 日，为《围城》汉英对照本的出版，记下些旧事，作为该书的前言发表。

6 月 24 日，《我们仨》由北京三联书店出版。

7 月，牛津大学出版社在香港出版《我们仨》繁体字本。

《钱锺书手稿集》（第一部分）《容安馆札记》三册由商务印书馆影印出版。

7 月 15 日，写《杨绛文集》自序，并选定书信三封收入此集。

8 月 25 日，台湾时报出版公司出版《我们仨》繁体字本。

9 月，趁《堂吉诃德》收入《杨绛文集》之际，改正几处误译。

9 月 20 日，中央电视台经济频道《对话》栏目导演周武兵、徐松涛和摄影师来访，准备制作一台关于《我们仨》的节目。我跟他们聊天，但坚持不出镜。我说：“你们可以拍客厅、书房，但请一定不要拍我，钱锺书曾说：‘给丑人照相是残酷的，给丑人照了相还要示众就更加残酷了。’”

9 月 30 日，看望周奶奶，探病。

10 月初，《围城》汉英对照本由人民文学出版社出版。

10 月 12 日，央视 2 频道对话栏目播出《书里书外：我们仨》。

10 月 15 日，写《洗澡》新版前言。

10 月 18 日，与人民文学出版社签约，授权该社出版《洗澡》新版。

11 月 7 日，会见清华大学外语系教师和“好读书奖学金”获奖学生。

11 月，《围城》英译本，由美国新方向出版社重新出版。此译本 1979 年曾由美国印第安纳大学出版社出版。

12 月，面对国内和世界华语地区读者的《围城》英译本，由外研社出版。书后附有我所写《记钱锺书与〈围城〉》英译文。

2004 年

1 月 4 日，《我们仨》获台湾《中国时报》开卷有益好书、《联合报》读书人最佳书。

1 月 9 日，日本宋代诗文研究会译注的钱锺书《宋诗选注》日文译本，由日本平凡社出版四卷本第一卷。

3 月 1 日，《洗澡》新版繁体字本，由时报出版公司在台湾出版。

3 月 31 日，撰《写给〈文汇读书周报〉的几句话》，该报于 4 月 2 日发表。此文《南方周末》于 4 月 1 日刊出时，取我概括三联书店特色的一句话为标题《不官不商有书香》。

4 月 18 日,为《钱锺书英文文集》写《前言》(英文)。

4 月 23 日,与外研社签约,授权该社出版《钱锺书英文文集》。

5 月,《杨绛文集》(八卷本)由人民文学出版社出版。

6 月 10 日,与新方向出版社签《围城》合约补充条款,同意授权英国企鹅公司出版《围城》英译本欧洲版。

6 月 17 日,复函美国 Judith Amery,已读完她所译《洗澡》第一章,同意她翻译《洗澡》成英文。

8 月 11 日,钱瑗的学生张仁强等来访。张仁强现在香港经商,为纪念老师捐款 100 万港元在母校北师大建立钱瑗教育基金,奖励本校优秀教师。

8 月 20 日,写《尖兵钱瑗》。

8 月 27 日,同意香港牛津所属启思出版社《中学语文课本》收入《记杨必》。

9 月 1 日,同意台湾麦田出版社将钱锺书《草山宾馆作》收入麦田版《台北山水诗集》。

9 月,《杨绛文集》(八卷本)由人民文学出版社重印。

10 月 14 日,同意 Longman 课本收入《读书苦乐》与钱锺书写的《窗》,免费使用。

11 月 13 日,与外研社签约,授权该社出版钱瑗著《实用英语文体学》(英文)。

12 月 25 日,感冒发烧,在小区门诊部输液不见好转。

12 月 30 日晚,住院治疗。

2005 年

1 月 6 日，中午出院回家。开始写《走到人生边上——自问自答》，边读书，边写作。

3 月 21 日，为公公钱子泉老先生整理编纂的《复堂师友手札菁华》写“启事”一则，题为：《手札若干纸失窃启事》。

4 月 20 日，宋代诗文研究会译注的钱锺书《宋诗选注》日文译本，全四卷已由日本平凡社出齐。

5 月 27 日，与外研社签《钱锺书英文文集》合约补充条款，授权第三方出版海外版。

8 月，《我们的钱瑗》由三联书店出版，我写的《尖兵钱瑗》被作为该书代序。

9 月，《钱锺书英文文集》由外研社出版。

10 月 27 日，在友人陪同下，到北师大校园走走，在敬师松旁小坐。

2006 年

1 月 20 日，与台湾时报出版公司签约，授权该公司出版《干校六记及将饮茶等篇》中文繁体字本。

1 月 25 日，与中国国际广播出版社签约，授权出版《斐多》汉英对照本。建议责编采用“勒勃经典丛书”本的英译文。

2 月 27 日，《干校六记及将饮茶等篇》繁体字本，由时报出版公司在台湾出版。

3 月 27 日，与香港大学出版社签约，授权出版《洗澡》英译本。

5 月 11 日，德国莫芝宜佳、莫律祺夫妇来访。他们说这次来华，主要看望老朋友，特别是我。

6月，《斐多》汉英对照彩色插图本，由中国国际广播出版社出版。

8月28日，写信给中华书局总编辑李岩同志、副总编辑徐俊同志，要求归还钱锺书《管锥编》原稿，因我已承诺将此原稿捐赠国家博物馆。

9月20日，与台湾大地出版社签约，授权出版钱锺书《围城》繁体字本。

2007年

2月，Judith M. Amery 和 Yaohua Shi 合译的《洗澡》英文译本，由香港大学出版社出版。

台湾大地出版社出版《围城》繁体字本。

2月5日，收到中华书局2月2日的信，通报钱锺书《管锥编》原稿清查情况，称：一、经过细致清查，至今尚未发现《管锥编》原稿；二、《管锥编》出版已二十多年，原责编周振甫也已去世多年，此稿原始状态，编辑排校细节及书稿流向等，大家普遍记忆不详；三、书局将本着认真负责态度，继续关注此事，利用一切机会追查此稿的下落。

6月3日至10日，中央戏剧学院为纪念中国话剧百年，排演历史上所有主要剧目。该院2004级三班同学在中戏北剧场演出《称心如意》，导演王丽娜送我演出录像。

6月28日，与人民文学出版社签约，授权出版《洗澡》汉英对照本。

8月15日，写完《走到人生边上——自问自答》，交商务印书馆出版中文简体字本。

8 月 28 日，商务印书馆出版《走到人生边上——自问自答》。

8 月 31 日，授权台湾时报出版公司出版《走到人生边上——自问自答》繁体字本。

9 月 1 日，时报出版公司总经理莫昭平女士来访。

9 月 15 日，为《走到人生边上——自问自答》繁体字版的出版，给台湾和香港、澳门的读者朋友写几句话。

授权上海话剧中心·上海滑稽剧团为纪念中国话剧百年，重新演出我 1943 年旧作《弄真成假》。

9 月 17 日，中央组织部干部一局吴云华同志来访，谓：中组部领导让我们专程看望您，转达中央领导胡锦涛、温家宝、曾庆红和贺国强对您的问候。中央很关心您的身体，批准您享受住院医疗照顾（副部级医疗待遇），这样您的身体会更好。祝您健康长寿！我表示感谢。

9 月 27 日，写《“杨绛”和“杨季康”——祝贺上海纪念话剧百年》，《文汇报·笔会》于 10 月 15 日刊出。

10 月 8 日，《走到人生边上——自问自答》繁体字本由时报出版公司在台湾出版。

11 月 15 日，同意匈牙利 NORAN 出版社将钱锺书《魔鬼夜访钱锺书先生》收入《二十世纪中国短篇小说和散文选》。

11 月 15 日至 18 日、22 日至 24 日，《弄真成假》在上海艺术剧院上演。此次演出由孙雄飞策划，杨昕巍导演。

12 月，《洗澡》汉英对照本由人民文学出版社出版。

12 月 5 日，会见来访的清华大学“好读书奖学金”获奖学生。

2008 年

1 月 14 日，与德国 Schirmer Graf 出版社签约，授权该社出版莫芝宜佳译《围城》和《我们仨》德文译本。

4 月 18 日，收到商务印书馆《走到人生边上——自问自答》一版九次印刷样书。此书自 2007 年 8 月出版已印行 18 万册。精装本 2 万册，同年 4 月出版。

5 月 12 日，汶川大地震，死难同胞八万余人。

6 月 5 日，同意香港牛津初高中语文教材中收入《风》及《老王》。

6 月 7 日，为吴学昭所著《听杨绛谈往事》作序。

6 月 20 日，杨伟成母亲去世，103 岁，喜丧。

7 月 1 日至 17 日，通读和修改《听杨绛谈往事》稿；此前已逐章细读并为之修改和补充。7 月 25 日，为《听杨绛谈往事》题签，繁体和简体字两种。

7 月 23 日，莫芝宜佳在《今日中国》(德文网站)发表两篇文章，分别介绍重新出版的《围城》和即将出版的《我们仨》德文译本。

7 月 28 日，钱瑗好友钱青、陶洁来看我，留她们吃晚饭。

8 月初，新版《围城》德文译本出版。

8 月 11 日，复函美国新方向出版社，不同意授权企鹅出版公司出《围城》电子版图书。

9 月，《钱锺书英文文集》海外版，由 CENGAGE LEARNING 出版集团在新加坡出版。

11 月 15 日，收到时报出版公司出版的《听杨绛谈往事》繁体字本,封面照片被浓妆艳抹。

12 月,《走到人生边上——自问自答》获国家图书馆 2007 年文津图书奖。

2009 年

1 月 24 日,写《剪辫子的故事》。发表于《当代》杂志第 3 期。

2 月,香港盲人辅导会函告台湾时报出版公司:该会依据香港政府 2007 年版权条例,已将《走到人生边上——自问自答》制成点字版本,供残障人士阅读使用。

5 月 31 日,为莫芝宜佳翻译的《我们仨》德译本作序。

6 月,《杨绛文集》(八卷本)第三次印刷。

8 月 12 日,授权朗文香港教育出版的《初中中国语文》教科书收入《风》。

9 月,中国出版集团未经授权许可,将我所作《干校六记》《将饮茶》《杂忆与杂写》,编为《杨绛散文选》,收入其编辑出版的"中国文库"中。我收到样书始知此事,致函该集团请即停止侵权行为。中国出版集团派员登门道歉,而不肯出致书面道歉声明。

《杨绛文集》四卷本(创作部分),由人民文学出版社出版。

10 月 26 日,法兰克福书展首次为翻译中国小说颁奖,莫芝宜佳为《围城》德译本获奖,我去信祝贺。

12 月 4 日,莫芝宜佳母亲百岁生日,我写信祝老人长寿。

12 月 18 日、19 日,台湾"中央大学"举行"钱锺书教授百岁诞辰纪念国际学术研讨会",汪荣祖教授主持。参加的有 86 岁的叶嘉莹,学人兼作家余光中,还有傅杰、张健、王次澄、黄维梁、张龙溪等教授,《管锥编》英译者艾朗若(Ronald Egan)及来自意大利的狄霞娜(Tiziana Lici)。

12 月 21 日,授权许可荷兰 Athenacum-Polak & Van Genep 出版社翻译出版钱锺书著《围城》荷语本。

2010 年

2 月 24 日,《魔鬼夜访杨绛》在上海《文汇报 · 笔会》发表。

3 月 10 日,《俭为共德》在上海《文汇报 · 笔会》发表。

5 月 26 日,吴学昭陪陈寅恪先生的女儿流求、美延来访,相见甚欢。我 1935 年在寅恪先生家看到过流求、小彭,美延则初见。美延与钱瑗同年同月生,只晚四天。她们送我三姐妹合著的《也同欢乐也同愁——忆父亲陈寅恪母亲唐筼》繁体字本。此书很好看,读后很难过。

5 月 31 日,香港《明报 · 世纪副刊》以《杨绛不放手中笔》为标题,转载《魔鬼夜访杨绛》《俭为共德》。

6 月 11 日,中篇小说《洗澡之后》初稿写成。

6 月 25 日,写赞赏汉字美短文《汉文》,寄香港《大公报 · 副刊》主编马文通先生。

7 月 4 日,香港《大公报 · 副刊》发表《汉文》短文一则,同时影印刊出本文原稿。

《漫谈〈红楼梦〉》发表于人民文学出版社 7 月出版的《当代》杂志第 4 期。

9 月 2 日,台湾时报出版公司总经理莫昭平来访。

10 月末,近日吟得诗六首。

11月,《钱锺书先生百年诞辰纪念文集》由北京三联书店出版。

香港牛津大学出版社随后出版《钱锺书先生百年诞辰纪念文集》繁体字本。

2011年

1月26日,江泽民同志来电来信,祝我健康长寿,信中附录其2001年访问古巴时赠卡斯特罗诗一首,送我留念。

1月末,贾庆林同志来看望,问我有什么事他可以帮忙。我于是谈了请中华书局归还钱锺书《管锥编》原稿无结果事,我原已允捐赠国家博物馆收藏。以后得知贾庆林同志托付中国出版集团帮助追索。

1月,刘延东同志仍来看望,昔日"小师妹",今乃大领导矣!

新识铁凝,颇相投。

3月,三八妇女节,新华社记者求见,请我说几句话,因我乃最老之女性,我力辞得免。

3月21日,同意《数学与人文》主编将钱锺书《谈圆》收入该刊第6辑。

4月2日,《文汇报·笔会》主编周毅来信,拟以"百岁答问"形式出专刊为我祝寿,发来一批问题供我思考,希望笔答。我对所提问题满意,感到提问者有灵性,我愿答问。只是问题多,只能有选择地笔答。

4月13日,友人电告:听《南方人物周刊》记者说,罗银胜《杨绛传》新版(文化艺术出版社出版)已将网上胡编乱传的所谓"杨绛谈张爱玲……"全部收入。竟有如此作传者,可气!

4月19日，凤凰卫视要我就清华百年校庆出镜说几句话，婉言辞谢。

4月22日，日本勉诚出版社麻古黑己先生来电：因日本地震缺电，《我们仨》日译本将延期出版，要我别着急。

4月23日到5月16日，试答《笔会》编者问。

5月27日，锺书外甥女、全国政协委员石定果来，转告了全国政协要中国出版集团帮助查找《管锥编》手稿的情况。得见中华书局2011年5月18日关于此事写给中国出版集团总裁聂震宁的报告，内容与该书局2007年写给我的信相同，附有傅璇琮等四人的文字说明。曾看过校样的马蓉写道："记忆所及，《管锥编》的稿子是钱锺书先生亲自书写的，非常清晰整齐。其中外文部分有手写也有打字。似乎用的是16开的小稿纸。"

全国政协领导批示：请继续查找，说明情况。即使最后真找不到了，也要说清楚，究竟是哪个环节，什么人的责任。

我请石定果代向贾庆林同志和全国政协感谢给予的帮助，并以书面形式作了若干补充说明供领导参考。

6月9日，通信近十年的意大利翻译家贾忆华（Silvia Calamandrai）女士来访，热情洋溢，叙谈甚欢。她六岁随时任意共《团结报》记者的父亲来中国，在北京上小学，加入少年先锋队，九岁回国，后又来北京语言学院进修汉语。贾忆华送我西班牙精致的微型堂吉诃德和桑丘玩偶。

6月10日，写完"百岁答问"二稿待修订。

7月，汪荣祖主编的《钱锺书诗文丛说——钱锺书教授百岁纪念国际学术研讨会论文集》，由台湾"中央大学"出版中心及Airiti Press Inc. 出版，赠我一册。

7月4日，授权香港培生教育出版将《读书苦乐》收入中学生《中国语文》教材之列。

7月8日，《文汇报·笔会》发表《坐在人生边上——杨绛先生百岁答问》，新华网、人民网、凤凰网、中国广播网等先后转登。

7月14日，吴仪等同志来，谈笑甚欢。吴仪说，《文汇报·笔会》上的“百岁答问”，她是“一个字一个字看的，佩服得很”。她送我大把大朵鲜红的玫瑰，还有一块雕成桃形的奇石，祝我生日快乐。我送她一张在清华读研究生时的照片，题为吴仪小妹留念，因她称我“大姐”。

7月15日，台湾《中国时报·人间副刊》摘登《坐在人生边上——杨绛先生百岁答问》，题改为《坐在人生边上——与杨绛笔谈》。

7月20日，樱庭弓子译《我们仨》日语译本，由日本勉诚出版社出版。

7月21日，授权《读库》主编张立宪策划编辑的多雷《〈堂吉诃德〉插图集》，使用我所译《堂吉诃德》译文及所作译序。

8月16日，温家宝同志派员来称，温家宝同志拟近日来看望，我因健康欠佳，婉言辞谢。今日接温家宝同志信致问候之意。

8月28日，对外经贸大学张素我教授日前写来英文信为我祝寿，今天复信道谢，因她也是吴学昭的好友，我就仿《围城》里赵辛楣称方鸿渐“同情人”，称她“同友人”。

10月，《钱锺书手稿集·中文笔记》二十册，编辑工作历时三年有余，今由商务印书馆全部出版。

10 月 15 日,商务印书馆与首都图书馆在首图报告厅联合举办题为“走进钱锺书的读书生活”的座谈会,庆祝《钱锺书手稿集 · 中文笔记》出版,会上发言的有商务印书馆总经理于殿利,钱锺书和我的同事朋友李文俊、张佩芬、叶廷芳、薛鸿时等。我通过录音播放表达了我的兴奋和感激之情,我说:“钱锺书年轻时曾对我说过一句心里话:‘我志气不大,但愿竭毕生精力做做学问。’他的志愿不大,却也不小了。承商务印书馆的杨德炎同志有胆有识,为他立项出版一部不太可能热销的‘手稿集’,他今天准是又高兴,又得意,又惭愧,又感激。我是他的老伴,能体会他的心意。”

授权中国国际广播电台盛莉女士与斯里兰卡著名媒体人士萨芒阿乌德共同翻译《围城》僧伽罗语译本。

12 月,钱锺书《谈艺录》由商务印书馆收入“中华现代学术名著丛书”出版。

12 月 7 日晚,凤凰卫视中文台《我的中国心》播放《坐在人生边上——杨绛》,康宁编导。

香港中文大学《译丛》(*Renditions*)英文杂志第 76 期编辑出版“杨绛专辑”,内容包括雷勤风(Christopher G. Rea)所作序及所译《称心如意》第一幕,小说《大笑话》;方哲昇(Jesse Field)译《钱锺书与〈围城〉》、《我们仨》第一、二部及《走在人生边上——自问自答》“人生的价值”一章;梅珠迪(Judith Amory)与史耀华合译《记我的翻译》。

贾忆华寄来意大利 2011 年秋季 *Conférence* 杂志第 33 期,其中 277—297 页为其所节译的《洗澡》篇章。

12 月 28 日,为薛鸿时译《董贝父子》作序,题名《介绍薛鸿时君翻译的〈董贝父子〉》。

2012 年

1 月,贾忆华在意大利杂志发表《访杨绛》及所译吴学昭作《爱死你,杨绛!》。

1 月 13 日,贾忆华在意大利南部小镇 Tuscahy 演讲《杨绛和她的作品》,会上展出她以意大利语、法语所译的杨绛作品。

2 月 14 日,近闻中国出版集团正在组织力量筹办整理出版《钱锺书手稿集》排印本。据说是秉承全国政协贾庆林主席的意思(大概是有委员建议)。我于是立即写信给贾主席,感谢他的好意,尤其对钱锺书作品的关怀。“不过需要说明的是:钱锺书的手稿,只是供研究他的学问和研究中外文化的人所用,并非大众读物,无须普及。所以不用花费大力去请人辨认整理。再者,他的手稿虽基本上是中文写的,杂有大量外文,不下十来种;且因作笔记时反复增补修改,以致手稿上字句段落东勾西划,不易厘清;这样的手稿,找人整理而不失原作本真也难。为此,我恳请您招呼中国出版集团的同志不要继续筹办整理出版《钱锺书手稿集》排印本的事,谢谢他们的热心。”此事,后幸蒙贾庆林主席允准叫停。

2 月 19 日,《北京文学》月刊主办的“2011 年中国当代文学排行榜”揭晓,散文随笔类,《坐在人生边上——杨绛先生百岁答问》排名第一。

3 月 26 日,社科院陈奎元院长来看望。我提出三要求:一、我去世后,不开追悼会;二、不受奠仪;三、至多七八至亲送送。

陈奎元院长答:一、杨先生未来事,遵嘱。二、建议永久保存此居，供后学参观；钱先生、杨先生一应物件由杨先生处理，留下诸物件当陈列于此。对陈院长的建议，我当即表示不同意。

4月3日，莫芝宜佳、莫律祺夫妇来访，谈甚畅适，留他们吃午饭。他们此次来华，是为帮助商务印书馆同志整理编校《钱锺书手稿集·外文笔记》。

4月30日，莫芝宜佳、莫律祺此间工作已告一段落，明日将回德国，今上午来辞行。

5月13日，陈希、胡和平同志来。陈希送我一玻璃猪。我生肖属猪，自考此为聪明猪。

5月19日，钱瑗75岁冥诞。凤凰卫视中文台《我的中国心》今晚播放《痴气呵成珠玉声——钱锺书》，康宁编导。

5月25日，今晨8:30，胞弟保俶在上海去世。

6月，我用毛笔誊录的钱锺书《槐聚诗存》宣纸印线装本，由人民文学出版社出版。

7月8日，授权西班牙Et Alla Editorial St出版社翻译出版钱锺书所作《灵感》。

7月16日下午，商务印书馆总经理于殿利、总经理助理陈小文、《钱锺书手稿集》责任编辑陈洁来，祝我101岁生日。送我新版的《现代汉语词典》，正是我刚要去买的工具书。他们介绍这次收入许多新词，如"地沟油""宅男""宅女"等，我笑说："如此说来我就是'宅女'啦！"

7月22日，台湾时报出版公司总经理莫昭平来看我。她昨日傍晚在暴雨中飞抵北京，机场积水尺深，她与接站司机蹚水登车。她告我，今年台北书展，马英九来到时报出版展位，买了几本书，包括钱锺书和我的作品。

7月27日，授权上海世纪出版集团中西书局将钱锺书《林纾的翻译》一文，收入该社所编《林纾译著经典》中。

8月30日，莫芝宜佳荣获第六届中华图书特殊贡献奖，从波恩来北京受奖。她说这次本不想来，但能见我，所以来了。虽然笔谈（我耳背），心有灵犀，还是很开心。

9月27日，挑选钱锺书和我的作品55册，捐赠香港中文大学图书馆，其中一册签名盖章致意。此事由凤凰卫视中文台康宁转请该校荣休教授卢玮銮女士经办。

10月，杨必译萨克雷《名利场》，由商务印书馆收入"名著名译英汉对照读本"系列出版。

10月18日，授权中国盲文出版社为低视力读者出版《我们仨》《斐多——柏拉图对话录之一》大字本。

11月，与中华书局签约，将父亲的《杨荫杭集》收入该局所编"中国近代人物文集丛书"。

11月13日，香港中文大学图书馆馆长施达理先生，就我赠书该馆写来致谢函。

12月24日，莫芝宜佳翻译的《我们仨》汉德双语对照本在德国出版。

2013年

1月18日，铁凝同志来，丈夫华生同志同来。

1月21日，刘延东同志来。

1月24日，授权博睿出版社（Brill USA Inc.）翻译出版发行钱锺书《七缀集》英译本。

1月25日，陈奎元同志由陈众议同志陪同来。

1月28日，清华胡和平、白永毅同志来。

1月31日，现代文学馆同志来请我题字，无法推辞，只能遵命。

2月1日上午，俞正声同志来。下午，人民文学出版社社长管士光同志来。

2月2日，清华新老领导陈希、贺美英、胡和平、陈旭同志来。

2月4日，刘延东同志来，社科院王伟光同志陪同来。

2月17日，钱锺书家来许多人，晚饭后方尽去。

3月，中国盲文出版社《我们仨》大字本出版。

4月2日，莫芝宜佳、莫律祺再度来助商务印书馆校订《钱锺书手稿集·外文笔记》，4月1日上午抵京，2日来看我，相聚甚欢。

4月18日，公证遗嘱。

5月，中国盲文出版社《斐多》大字本出版。

5月14日，莫芝宜佳、莫律祺已结束钱锺书外文笔记的核对工作，即将回德国，下午来道别辞行。

5月20日，媒体连日曝光中贸圣佳国际拍卖有限公司将于6月22日在北京举行钱锺书、杨绛、钱瑗书信及手稿等共计101件作品专场拍卖会。包括66封钱锺书书信和《也是集》手稿，杨绛12封信和《干校六记》手稿，6封钱瑗书信等。拍卖公司公告，这批手稿信札将于6月8日在现代文学馆展出，拍卖公司印制了很多宣传册，制作、散发了钱锺书、杨绛全部书信的光盘。6月1日在现代文学馆召开相关研讨会，所谓的“钱学研究家”们兴高采烈，为拍卖公司造势助阵，在媒体和网站广泛披露宣扬钱杨私人书信内容。

我对隐私竟被拍卖很感吃惊！由于此次拍卖的主要是我们上世纪80年代与时任香港《广角镜》杂志总编辑李国强的通信，我立即给香港李国强打去电话，表示“当初给你书稿，只是留作纪念；通信往来是私人之间的事，你为什么要把它公开？”“这件事非常不妥，违背良心道德、公序良俗，也是法律不允许的，你为什么要这样做？”李国强有点慌，没有正面回应，只说“我会给您一个书面答复”。

5月23日，收到李国强自香港快递来“书面答复”，答非所问，仅谓拍卖不是他交给托办的。

5月25日，我函复李国强：你说拍卖不是你托办的，请解释清楚，这些书信文稿是如何从你家转移到北京中贸圣佳去的。李国强没有回应。

5月26日，我决定依法维权，发表公开声明：

近来传出某公司很快要拍卖钱锺书、我及钱瑗私人信件一事，媒体和朋友很关心，纷纷询问，我以为有必要表明态度，现郑重声明如下：

一、此事让我很受伤害，极为震惊。我不明白，完全是朋友之间的私人书信，本是最为私密的个人交往，怎么可以公开拍卖？个人隐私、人与人之间的信赖、多年的感情，都可以成为商品去交易吗？年逾百岁的我，思想上完全无法接受。

二、对于我们私人书信被拍卖一事，在此明确表态，我坚决反对！希望有关人士和拍卖公司尊重法律，尊重他人的权利，立即停止侵权，不得举行有关研讨会和拍卖。否则我会亲自走向法庭，维护自己和家人的合法权利。

三、现代社会大讲法治，但法治不是口号，我希望有关部门切实履行职责，维护公民的“通信自由和通信秘密”这一基本人权。我作为普通公民，对公民良心、社会正义和国家法治，充满期待。

5月27日，报载面对杨绛的强烈反对，拍卖公司有关负责人表示“拍卖仍然会如期举行”。为此，北京大学、清华大学、人民大学三所高校的民法、知识产权法和宪法领域的权威法律专家，对私人信件拍卖引发的诸多法律问题进行了专题研讨。与会专家一致认为：未经作者同意，拍卖私人信件严重侵害了作者及他人的隐私权和著作权，违反社会公序良俗，应依法禁止。

我授权律师代理诉讼钱杨书信手稿拍卖案。

代理律师致函北京中贸圣佳国际拍卖有限公司、李国强以及其他相关单位和个人，声明中贸圣佳公司公开拍卖钱锺书、杨绛、钱瑗致李国强私人信件，以及为拍卖举行的公开展览、公开研讨等行为，违反了中华人民共和国《宪法》《民法通则》《侵权责任法》《著作权法》等相关法律规定，已严重侵犯和势必侵犯书信人和他人的隐私权、著作权等合法权益。请立即停止侵权行为。权利人保留进一步采取一切法律手段维护书信人全部合法权益，依法追究中贸圣佳公司和李国强以及其他侵权单位和个人所有侵权责任的权利。

中贸圣佳公司收到我方律师函，没有回应，而在其官方网站公示，原定于6月22日举办的拍卖活动提前一天，改为6月21日至22日。

南沙沟十多位邻居老友从媒体上读到我的声明，联名写了一封信给我，表示对我维权的钦佩和支持。“为避免打扰老人生活，此信放入信箱而不入室面交”。

5 月 29 日，国家版权局表态，支持我维权。国家版权局版权管理司于慈珂司长谓，公众和媒体的相关争论已引起国家版权局的高度关注：“我们认为，钱锺书私人书信将被拍卖的行为可能涉及物权、著作权、隐私权、名誉权等多项权利。就著作权问题而言，书信作为文学作品，著作权属于作者，即写信人。拍卖活动的相关行为在对信件进行处分的时候，未经著作权人同意，不得对书信做著作权意义上的任何利用，否则涉嫌对著作权人合法权益的侵害。将书信的全部或部分内容公之于众，就可能涉嫌侵犯著作权人的发表权。”

中国拍卖行业协会也公开发出声明：中国拍卖行业协会高度关注有关“钱锺书书信手稿”拍卖事件引发的社会反响。“对此，我会深切理解并尊重杨绛先生的感受和反应。鉴于由此给杨先生带来的困扰，一方面，我会正协调相关人士，希望委托人能充分尊重杨绛先生的意愿；同时，建议并督促当事拍卖有关企业积极融通各方，在法律框架内，秉承杨先生一贯遵守的‘对文化的信仰’和‘对人性的依赖’精神，使问题尽早妥善解决。”

5 月 30 日，《文汇报》刊出记者对中国作家协会铁凝主席的专访。关于钱锺书杨绛私人书信被拍卖一事，铁凝同意《文汇报》载一些法学家的看法：这一行为侵犯了他人的隐私权。她认为“私人间的通信是建立在互相尊重、信任的基础上的，利用别人的信任，为了一己之私，公开和出售别人的隐私，有悖于社会公德与人们的文化良知。在当事人坚决反对的情况下，如还执意要这样做，是对当事人更深的伤害”。铁凝指出，钱锺书和杨绛是我国著名的文学大家、翻译大家，深受国内外众多读者的喜爱,对中国文学乃至中国文化产生了重要影响。杨绛先生是亲历五四运动唯一仍在世的中国作家。钱锺书杨绛二人把一生全部的稿费和版税捐赠给母校清华大学设立“好读书奖学金”,至今捐赠计逾千万元,受益者已达数百位学子。如今102岁的杨绛精神矍铄,身体康健,这是中国文学界和文化界的幸事和喜悦之事。拍卖事让这位年逾百岁的老人在安宁和清静中被打扰,她的情感、精神受伤害。让这样一位老人决意亲自上法庭,一定是许多喜爱钱锺书、杨绛作品的读者不希望看到的,一定也是善良的国人不乐意看到的。人心的秩序,人际关系中信任、坦诚这些美好词汇万不可变得如此脆弱和卑微。

5月30日下午,温家宝同志来,取回他2011年8月16日写给我的信,说是他要写书用。

5月31日,因中贸圣佳即将开始举行研讨会、预展等活动,时间紧迫,代理律师前往北京市第二中级人民法院登记立案,并向该院申请诉前禁止令。下午,北京市二中院召开庭前会议,拍卖公司副总裁及我方代理律师出庭。我方提出三项请求:停止召开研讨会;停止预展;停止拍卖钱杨书信手札。拍卖公司副总裁当庭表示立即停止召开研讨会,并在其官方网站上正式宣布。

6月1日,读报始知保利国际拍卖公司春季拍卖,亦有三封钱锺书杨绛信件将于6月3日上拍(一封是钱锺书1989年写给聂绀弩研究者包利民的信,另两封为1997年和1999年钱锺书、杨绛分别致魏同贤的信),记者昨日在预展中亲见三件拍品。

6月2日,代理律师上午向保利拍卖公司发函请立即停止侵害行为。

我亦于下午发出紧急声明,严词反对保利在内的拍卖机构拍卖钱锺书、杨绛书信，并表示绝不妥协，一定会坚持维权到底。各媒体网站很快播发。

当晚18时许，保利拍卖公司在其官网上公告，涉及钱锺书、杨绛三件信件撤拍。

6月3日，北京第二中级人民法院发出诉前禁令裁定，责令被申请人中贸圣佳国际拍卖有限公司在拍卖、预展及宣传等活动中不得以公开发表、展览等，复制、发行、信息网络传播等方式实施侵害钱锺书、杨绛夫妇及女儿钱瑗书信手稿著作权的行为。这是新民事诉讼法实施以来，该院作出的首例知识产权诉前禁令。律师电告：此禁令，中贸圣佳公司副总裁是上午10:30，亲到二中院来当面签收的。

北京传是国际拍卖公司发表公开声明，称其2013春季拍卖会“管领风骚——近现代文化名人墨迹”专场中，有一件涉及钱锺书先生的信件，该公司充分尊重和理解杨绛先生的意愿，同时响应中国拍卖行业协会等相关主管单位的号召，愿意以实际行动表达对两位先生在中国近现代文学史上作出重要贡献的敬意，在第一时间与作品委托方沟通之后，决定将这件图录编号为1992的作品撤拍。

中贸圣佳国际拍卖有限公司仍然没有反应。

6月5日，上海古籍出版社前社长魏同贤发表声明，称保利公司原准备拍卖的钱锺书、杨绛写给他的两封信都是伪造的，他未委托保利公司拍卖信件。原要被拍卖的所谓钱锺书书信，与他个人存留的钱锺书手迹对比，有很大差距，钱先生的字迹要圆润俊秀很多；而所拍的杨绛信，更是无稽之谈。“我从未与杨绛先生有过书信往来，亲友从网上找到这信影印给我，里面有杨先生与我‘聊家常’,这怎么可能?”魏同贤先生将他的声明寄我,意欲澄清此事。

6月6日,中贸圣佳拍卖公司在公司官方网站上发布声明,将停止“《也是集》——钱锺书书信手稿”公开拍卖活动。

中贸圣佳拍卖公司虽在法院发出禁令三天后宣布停拍,然其侵权行为已造成伤害,我方诉讼仍将继续。

7月4日上午,人民文学出版社管士光、胡真才、王瑞同志来,送我新出第五次印刷的《杨绛文集》(八卷本)样书。谈到我誊录的《槐聚诗存》线装本2012年6月版已售罄。该书近日将要重印,出版社希望我能为这次印行的版本加写一篇“前言”。他们还告我:《围城》重印160次,累计印数达550余万册;此外,我的《洗澡》单行本从2004年初至2013年初,共印16次,累计印数近20万册。

下午,陈希同志和清华胡和平、陈吉宁同志来。临别前,我叮嘱说:“学校很忙,生日时,就不要来了,替我吃一碗长寿面就行。”

晚饭后为《槐聚诗存》加写“前言”,至凌晨2时始完。

7月5日,吴学昭偕周晓红来,我示以夜间所写小文,她们觉得新颖活泼,顶有意思,建议先发《文汇报·笔会》,让读者先睹为快。我同意。

7月14日,清华大学贺美英同志、法学院院长王振民同志来。

7月15日,铁凝同志与作协党组书记李冰同志来,祝我生日快乐。

7月16日,商务印书馆总经理于殿利和陈小文、陈洁同志来，谈得很尽兴。他们给我看《钱锺书手稿集·外文笔记》工作进展报告，我对如此繁复艰难的编辑校对工作进展之快，十分欣慰，向商务同志表示感谢。

7月17日，今天我生日，在家平静如常度过。只是从早到晚海内外亲友祝寿电话不断，刘延东等同志也来电祝贺。

北京三联书店总编辑李昕同志来贺寿。

当日，《文汇报·笔会》以《锺书习字》为标题刊出我为《槐聚诗存》写的“前言”，同时配发了主编周毅所写《重温杨绛先生百岁谈自由》，其他报刊和网站很快转发，也有许多美好的祝愿。朋友们告诉我，今天清华陈吉宁校长还在本科生2013届毕业典礼上提议大家都去吃一碗长寿面，为清华的同龄人、我们的老学长杨绛祝寿，也为同学们的明天祝福，祝大家在坚持中成长，在选择中成熟……

我深深感激媒体和网民朋友的热情鼓励和祝愿，因为年老体弱，已难与大家沟通，只有心中默默为众祈福，自律自爱，过好每一天。

《围城》荷兰文版近日由Athenacum-Polakg Van Genep出版社出版，寄来样书。

8月8日，请薛鸿时同志借一本*Vanity Fair*，他买了一本送来。从今日起每天改改杨必《名利场》译本。

8月30日，下午，台湾时报出版公司莫昭平女士来访。

9月10日，写《回忆我的母亲》。

9月11日，写《老路》，未完。

9月12日，收李国强信，答非所问。

9月13日，《围城》荷兰文版译者林格（Mark Leenhousts）来信告,《围城》荷兰文版得到好评。读者认为作者是位大师,他的叙述风格、人物刻画和幽默备受赞赏。

9月24日,将近日所写回忆儿时的五篇短文:《回忆我的母亲》《三姊姊是我的“启蒙老师”》《太先生》《五四运动》《张勋复辟》交友人,请帮看看。

9月25日,听友人谈对《洗澡之后》稿的意见。

9月26日,下午,社科院新任副院长赵胜轩来看望,外文所所长陈众议陪同。

10月24日,汪荣祖教授来京讲演,求见,未见。托友人转告汪君,如为钱锺书作传,请勿公示私人书信内容。

10月25日,代理律师告知,钱锺书书信手稿拍卖案近日将开庭,我若不出庭,拟录像当庭播放。

10月26日,晚录像。我说:我是杨季康,笔名杨绛。今天法庭审理我的案子,我本该亲自出庭,身体不太允许,我录像中说几句:李国强先生将我们家人与他的私人通信转让给他人;中贸圣佳公司又将这些信件拿出来拍卖,我知道后非常生气!就像我开始声明的那样:事情发展到现在,我一直想不明白,朋友之间的书信是人与人之间的信赖,这么多年的感情,怎么可以作为商品去交易?我已经100多岁,对于这件事,在思想上完全无法接受,感情很受伤害!我打这官司,不仅是为我自己,也是为了大家,否则给别人的信都可以拿来拍卖,那以后谁还敢写信?社会上人与人之间的信任与承诺都没有了。对于两位被告,做了错事就应承担责任。我委托申卫星、王登山两位律师代表我诉讼,希望法庭依法判决,支持我的请求。

10月30日,上海《文汇报·笔会》以《忆孩时(五则)》的标题发表了我近日回忆儿时的五篇短文。

11月2日，台湾《中国时报·人间副刊》刊登《忆孩时》五篇小文。莫昭平女士电告：读者很喜欢呢！

12月14日，腰部出现红疱，痛。

12月15日，去医院皮科门诊，确诊为带状疱疹。我不愿住院，在家服药敷药。

12月16日，二中院法官来，笔录答问而去。

12月20日，带状疱疹发展。

12月27日，疱疹破，甚痛，仍不想住院治疗。

2014年

1月16日，可能患带状疱疹以来，运动减少乃至停止，排便困难。迄今已六日未排便。赴医院检查，被留住院。做腹部CT，诊断为不全肠梗阻。

1月29日，上午，刘延东同志来医院看望。

1月30日，在医院度过癸巳年除夕，迎接甲午年新岁。

2月2日，台湾九歌出版社来信，要求将我刊于《中国时报·人间副刊》的《忆孩时》收入该社出版的《二〇一三年散文选》。请莫昭平女士代为复函表示同意。

2月8日，肠梗阻已愈，上午出院回家。

2月17日，感冒发烧。下午去医院急诊，以肺部感染，被留院观察，旋再度住院。

北京市二中院一审宣判钱锺书书信手稿拍卖案。判定中贸圣佳国际拍卖有限公司停止侵害书信手稿著作权行为，赔偿杨绛10万元经济损失；中贸圣佳公司和李国强停止侵害隐私权行为,共同向杨绛支付10万元精神损害抚慰金,两被告向杨绛公开赔礼道歉。

中贸圣佳公司不服,向北京市高级人民法院上诉。

2月24日,下午陈希、陈旭同志来看望。

3月10日,下午出院,回家调养。

4月10日,陈希同志和贺美英同志来看望,劝我去医院复查。我自觉恢复不错,可暂不去。

代理律师告知,北京市高级人民法院已就我诉中贸圣佳公司、李国强侵害著作权及隐私权案作出二审裁定,驳回中贸圣佳公司的上诉,维持一审原判。至此,持续将近一年的案件,终于告一段落。我决定将所获赔偿金全部捐赠母校清华大学法学院,用于普法讲座。

4月14日,下午铁凝、华生同志来,说说笑笑,很高兴。

4月15日,《洗澡之后》决意不再继续修改,就这样交人民文学出版社发表。

5月14日,下午3时,莫宜佳(编者按:此为莫芝宜佳亲切称呼。)、莫律祺夫妇来见,十分高兴。我对他俩多次远来帮助商务印书馆同志整理编校《钱锺书手稿集·外文笔记》,深表谢意。

5月20日,下午3时,商务印书馆负责“钱锺书手稿集·外文笔记”项目的陈洁同志送《外文笔记》第一辑样书来。我很高兴能亲见此书出版。

5月29日上午,商务印书馆联合中国社会科学院、清华大学在商务印书馆礼堂举行《钱锺书手稿集·外文笔记》第一辑首发式暨出版座谈会。清华大学贺美英、谢维和到会。陈众议主持。参加会议的专家有莫宜佳、莫律祺、许渊冲、李文俊、张佩芬、黄宝生、郭宏安。为了表示对有关各方以及到会朋友们的感谢,我日前作一简短致辞录音在会上播放致意。

我说:钱锺书在国内外大学攻读外国文学,在大学教书也教外国文学,“院系调整”后调到文学研究所,也是属于外国文学组。但他多年被派去做旁的工作,以后又“借调”中国古典文学组,始终未能回外国文学组。他一直想写一部论外国文学的著作,最终未能如愿。他为此长期所做的外文笔记对他来说,已经“没用了”;但是对学习外国文学的人、对于国内外研究钱锺书著作的人,用处还不小呢!感谢商务印书馆继出版《钱锺书手稿集·容安馆札记》《中文笔记》之后,又投入大量人力、物力,精心编辑整理出版他的《外文笔记》。这是一项艰巨复杂的系统工程,包括七种语言,规模甚大,内容也极丰富。2011年,《钱锺书手稿集·中文笔记》出版时,我不敢指望,却十分盼望有生之年还能亲见《外文笔记》出版。承蒙德国汉学家莫宜佳和她的丈夫莫律祺热心帮助,清华大学、国家出版基金办公室支持,如今《外文笔记》出版了第一辑,全书问世也指日可待了!

6月1日,自知来日无多,加速清理、销毁日记、书信。外此,决续将杨必所译《名利场》于年内润泽修改(我称之谓“点烦”)完,了却一桩心愿。

6月4日,天气渐热,今起不再下楼散步,每日在室内走步5—6圈。

7月2日,连日整理准备捐赠中国国家博物馆的家藏珍贵文物,写就清单(一)(二)。

7月7日,晨起胸闷,憋气,救护车送协和急诊抢救。被留住院治疗。

7月16日，刘延东、陈希、陈旭、陈吉宁等同志来医院探视。

7月17日，在医院度103岁生日，协和准备了蛋糕为我庆生。

《文汇报·笔会》今日刊出《洗澡之后》的前言及第一至第三章。编者按语甚好。

7月18日，拒饮食，闹出院，院方勉强同意我“请假回家”。

7月22日，牛津大学 Exeter 学院 Frances Cairncross 院长来函称，有牛津校友愿捐资在该学院设立钱锺书奖学金，每年资助一名中国研究生赴牛津研习；问我是否愿意玉成此举。嘱吴学昭代为回复：“钱锺书生前淡泊名利，不喜扬名。对一切以他冠名的活动，都明确表示‘勿要！勿要！’我因而笑称他‘勿要先生’，惟其如此，恳请您们尊重他的遗愿，请勿使用他的姓名。请谅解。”

7月24日，晨因尿路感染，去协和空腹抽血，验尿，以脉搏过低(一度38跳／分钟)被留住院观察。

8月7日，出院回家，全身乏力。

8月12日，对杨必译《名利场》的点烦修润，今日全部完毕；心里高兴，又从头到尾细读一遍。

8月15日，吴学昭电告，已与中国国家博物馆商妥捐赠家藏珍贵文物事。馆方尊重杨先生的意见：无须举行捐赠仪式，不要报酬。约定下周一由该馆派员来家鉴定文物，登记，确认，取走。

8月18日，上午9:30，中国国家博物馆藏品保管部副主任陈禹、征集室主任馆员安跃华、馆员张明到，据我方所提清单，逐一清点，登记，取走第一批捐赠文物 47 件；留收据一纸，我作为经手人签名。吴学昭、周晓红监临。

8 月 27 日，日前承人民文学出版社同志告知：《杨绛全集》8 月 20 日出版，待《洗澡之后》出版后，同时发行。今日上午，胡真才、王爱民送《杨绛全集》及《洗澡之后》样书来，为他俩和苏福忠签名于《洗澡之后》扉页。

吴学昭、周晓红来，帮我登记校对第二批捐赠国博的文物。

8 月 29 日，上午 10 时，国博陈禹等同志来，取走第二批捐赠文物 14 件。包括锺书批注的《韦氏大字典》。周晓红监临。陈禹对我要求的所捐物品不得转让，答说：您老人家尽可放心。所提“捐赠要求”，加上不得转让一项。需要说明的是，捐赠物品凡收入国博馆内，没有转让一说。今甚疲惫，请国博同志收据作成后找吴学昭代签字。

9 月 12 日，因国博陈禹同志相告：该馆亦收藏今人文物，甚望能捐赠钱锺书的作品手稿、笔记、所批注的书本、用过的笔墨纸砚、印章、眼镜、手表等。今日即将近所整就的第三批捐赠物品 14 件，交付陈禹同志取去。

9 月 15 日，阅自己的《洗澡之后》，满意。校出若干个错字，个别文字改动；通知胡真才重印时照改。

9 月 16 日，为杨必译《名利场》点烦本写就 500 字的“前言”，说：杨必译完萨克雷的小说《名利场》，已心力交瘁，无力修改。当时她有钱锺书先生为导师，可保证无漏译误译，但全书尚待润泽修改。去年，我决意将她此书从头校对一遍；找来萨克雷原著进行校订文字语句，并加点烦。我的校改修润，不知读者能满意否。如蒙指出错误，我一定虚心接受改正。

9月18日,我将为杨必译《名利场》点烦本所写前言读给吴学昭听,她赞许。我笑说:"这个译本真可谓杨必师生、杨绛姊妹合作的'师生姊妹之作'!"

请吴学昭代为致函德国 Schirmer-mosel Vevlag 经理 Lotuar-Schirmer 先生,要求收回《围城》及《我们仨》的版权。

9月23日,潘兆平来,将赴美探亲,馈赠服用一年的"黄粉"(蛋黄卵磷脂)。

9月24日,下午,中国国家博物馆吕章申副馆长在陈禹陪同下来道谢,送来捐赠证书,并赠该馆所编收藏之珍品集。今又捐赠国博钱锺书印章28枚,由陈禹登记包装先取走18枚。我赠送国博《杨绛全集》一套,签名于上。

9月25日,国博陈禹同志持第四批捐赠印章28件收据来,将昨所剩10枚印章悉取去。捐赠一事完了,我可放心无虞矣。

9月27日,与外语教学及研究出版社签订出版《围城》《我们仨》汉德对照本及《杨绛散文》汉英对照本合约。

9月28日,陈希、陈旭等同志来,索我《杨绛全集》,并请签名。我皆签"存览",俟陈希则写"赐正"。陈希见《杨荫杭集》,大感兴趣,去眼镜翻阅,并带归,可见细心注意往昔文化界情况也。

9月29日,吴学昭即将赴美一年,而杨绛先生近来体弱多病,前次住院,院长曾言:杨老情况只会一次比一次差,不会一次比一次好。陈旭、贺美英等同志担心杨先生在吴学昭离境期间发生意外;由池净陪同来与吴学昭商议万一发生意外,后事处理办法。议决严格遵照杨先生的嘱咐,丧事从简,不设灵堂,不举行遗体告别仪式,不留骨灰。讣告在遗体火化后公布。讣告

（草稿）杨先生本人已看过，并曾与杨先生所属单位社科院外文所所长陈众议同志沟通。

10月2日，发出致台湾汪荣祖函，对其所撰《槐聚心史》一书不满。此信抄送中华书局徐俊同志，盖汪荣祖正与中华书局联系出版该书的简体字本。徐俊于本月14日回复："暂不会出版《槐聚心史》简体字本。"

吴学昭明日启程，特来辞行。我说：一年后尽快回来，不要当外国人！

10月7日，授权文字著作权协会与俄罗斯签署翻译钱锺书著《围城》。

10月8日，杨伟成全家来，谈笑甚欢，合影留念。伟成说，这只琴凳，他家还要的，将来还他。

10月20日，尿路感染，服药调理。食量大减。小吴说我任性，"想一出是一出"，还爱闹点儿小脾气。吴学昭好友、神经内科专家汤晓芙告小吴，这属老年人正常表现，不用大惊小怪，同情护理好就是。

11月3日，日前陈禹送来国博《馆讯》二册，上有我与该馆吕馆长的合影。陈禹谈及他毕业于北师大，在校见过钱瑗，我顿感亲切。他见我正读《走在人生边上》自存本，中有我校改的字迹，便说希望以后能有我亲笔修订的本子捐赠国博，我即将手中这本书交他转给国博。他写一欠条留下，今日送来正式收据换走欠条。

11月10日，近来尿路感染已愈，每天读点书，练几页字，看看电视，闭门谢客，日子过得平静。

恢复做八段锦，"盘手及地"二手不能着地，总差一寸许，今日做及格了。

11月16日，习字亦有进步。临睡称秤，净重73斤。

11月20日，吴学昭来电问候，我正吸氧，由小吴代告安好，未及通话。

11月26日，告胡真才，同意与俄罗斯、白俄罗斯签约，请资深高明的翻译家译《围城》和《洗澡》，不带《洗澡之后》。

12月19日，周晓红来，拿去我习字一纸（叫她妈妈学学我），羞死我也。

12月24日，陈希、陈旭、陈吉宁（清华校长）同志来看望。

全国政协茶话会，邀我出席，以年老辞谢。

12月28日，吴学昭来电问候，我说："我无时无刻不想念你；你不在，我没着没落的。你赶快回来吧，美国再好，没有祖国好！"

12月31日，除夕称重，76斤。

2015年

1月7日，胡真才电告：《出版人》杂志与北京开卷信息技术有限公司联合主办的第九届中国书业年度大奖于今日举行，我以《洗澡之后》获"年度作者"奖。

1月12日，接意大利翻译家 Silvia Calamandrai 函，赞《钱锺书手稿集·外文笔记》编印精美，惊喜其中录有意大利诗人、思想家 Giacomo Leonardi 之语。

1月15日，同意台北麦田出版社将《丙午丁未年纪事》收入该社所编《散文选》。

1月29日，作协铁凝主席和李冰书记来访。

1月30日，陈奎元老院长由外文所陈众议所长陪同来看望。

1月31日，吴学昭来电问候。小吴告以我体弱无力、尿少手肿、嗜睡。近日南沙沟小区已有两位老人“睡死”过去，以故她甚心忧。

2月6日，中央宣传部刘奇葆部长日前要来访，请陈众议同志帮助辞谢。今日由秘书送来两盆蝴蝶兰。

2月8日，胡真才电告：《杨绛全集》2014年8月初版，10月、12月已重印二次，甚受读者欢迎。明日拟陪人文社领导管士光来访，婉言辞谢。

2月9日，七妹杨桼的儿女孙衍广和湾湾特来看望。我将最近整出的七妹妹多年来写给我的信交他们带回天津。

2月10日，陈洁送新出版的《钱锺书手稿集·外文笔记》第二辑（3册）样书来，小谈。

2月12日，台湾时报出版公司来电：是否同意将《洗澡》及《洗澡之后》合在一起出版？明确答复：各出各的，不同意将两书合二为一。

2月13日，锺书甥女石定果陪俞正声、孙春兰同志来。

2月17日，下午3点，王伟光陪刘延东同志来。

下午4:30，陈旭陪陈希同志来。

吴学昭来电话拜年，我说：“我希望你好好的，快快乐乐过年。我很想你，想得要命，你快点回来吧！”

2月18日，今日旧历除夕，与小吴一家同吃年夜饭。

2月19日，丁伟志电话拜年。

2月21日，黄梅来拜年。

2月26日，贺美英同志由池净陪来看望。

3月2日，转念头作小说《长恨》。

陆璀在同仁医院去世，享年百岁。她女儿电话通知我。

3月3日，授权台湾时报出版公司出版《杂忆与杂写》及《洗澡之后》的繁体字本。

3月6日，张祥保来电话问候，王岷源已去世，现孑然一身。

3月18日，近来常不适，全身乏力，不想进食。傅妍来查体，血压、心脏未见异常，贫血，钠低，始隔日服保钠药一片。今日称体重72斤。

3月29日，大病：血压200／80，天旋地转。不肯去医院，在家休息。

4月1日，病略有好转。

4月4日，一觉睡到大天亮，未服睡药亦未醒。奇哉！

4月8日至10日，又病，在家休息，仍不肯住院。

4月13日，《上海书评》4月5日刊登范旭仑《“懒惰粗浮”的〈钱锺书手稿集·外文笔记〉整理者》一文，对《外文笔记》编辑整理者百般挑剔，攻击诋毁，不遗余力。深为《外文笔记》编辑团队和 Monika 夫妇抱屈不平，即寄发商务印书馆总经理于殿利一信，谓：范文不值一驳，不必理睬。商务出版《钱锺书手稿集》功不可没，请代向工作团队致意。又电吴学昭带话给 Monika，“别为小人生气”。

4月21日，陈洁偕田媛送来新出《钱锺书手稿集·外文笔记》第三辑（15册）样书。

4月29日起，病，不想住院，在家硬撑。

5月3日，下午，陈希同志由清华陈旭书记、邱勇校长陪同来看望。我将请求帮助找回钱锺书《管锥编》手稿的信交给了陈希。

5月15日，三联书店张健转来中央戏剧学院钮心慈教授要求授权发表该校毕业生周睿君改编的《围城》剧本，即请张健同志明确回复：不同意授权改编钱锺书著小说《围城》为剧本。

5月18日，病，去协和门诊，被留住院进一步检查。

5月19日，周晓红来医院探视，主管医师告她：杨老核磁共振显示脑部毛细血管有出血点陈迹。便中潜血待查。

6月1日，今日出院。医生说我主要是老年性心脑血管病，有点贫血，注意调养。腹部肿块检验结果良性，可以放心。

6月16日，上午，李铁映来看望。

6月29日，叶君健儿子来信请问是否可将钱锺书关于毛主席诗词的英译改稿交外文局发表？答复：不可以。

7月2日，下午3点半至4点半，外文所老同事李文俊、罗新璋、高秋福、董衡巽、薛鸿时来看望，相见甚欢。

7月7日，我阴历生日，陈希、陈旭同志来看望。

7月12日，做八段锦时跌一跤，小吴扶起，然后做"摇头摆尾"，幸未跌伤。

7月16日，铁凝来为我祝寿。

7月17日，我生日也。

7月23日，三联书店送来新出我的读书笔记，书名《"隐身"的串门儿》。

请周晓红代为回复三联王竞同志今日快递来信，明确表示不同意授权发表钱锺书、杨绛的书信。《出版史料》所刊钱锺书信未经授权，属侵犯著作权人权利的违法行为。

7月26日，今起上午和临睡各习字半小时。

7月29日，石定果、姗姗母女来。

8月4日，朱虹亲自送来钱锺书命其借书等的字条30多件。

8月7日，近每日习字40分钟。

9月1日，统战部领导同志来看望，授我抗战纪念章。

9月2日，八段锦未做完，摔一跤。

9月9日，做八段锦，未及“摇头摆尾”时，摔倒，小吴扶起。室内走步两圈。

9月10日，今天又摔一跤。

9月24日，陈希、陈旭等同志来家看望。

9月25日，称体重：84斤。

10月4日，傅妍来，她自同仁医院退休后，现在昌平泰康养老院，负责该院的医务工作。

11月，入冬以来全身乏力，嗜睡。

12月17日，下午3:30，温家宝同志偕生活秘书来看望，送花一盆。谈保健，嘱我如感不适，即去医院检查。请赠《洗澡之后》并签名；说他曾给我写信，至今还没留有我的字迹。我于《洗澡之后》扉页上写“家宝同志赐正”，下写“杨绛敬奉2015年12月17日”。

12月21日，丁伟志电话问候。

12月22日，陈洁送来《钱锺书手稿集·外文笔记》第四辑（10册）、第五辑（11册）样书。

12月30日，欣闻商务新出《钱锺书手稿集·外文笔记》第四、五、六辑，附索引1册。至此《外文笔记》48册，附1册（索引)已全部出齐;不胜欢喜。回忆2011年我百岁生日时,私心盼望有生之年还能看见《外文笔记》,不知是否奢望。今得此喜讯,怎能不深感慰藉!

2016年

1月8日,心颤,不适,脉搏每分钟105跳。傅妍从泰康来电指导小吴调药后缓解。

1月15日,铁凝同志来看望。

1月18日,以急性尿路感染急诊入住协和医院治疗。

1月26日,出院回家。

1月27日,陈洁送来《钱锺书手稿集·外文笔记》第六辑(6册)和总索引(1册)样书。

1月30日,刘延东来,说她自在统战部工作,即每年节日来看望,二十多年了,杨老健康如昔,望多保重。要我在送她的《钱锺书手稿集·外文笔记》书上,签上自己名字,居然写得还不错。

1月31日,傍晚极感不适,尿失禁,高血钾,脉搏缓至40跳/分钟,再度住院治疗。

2月1日,协和医院主管杨先生的医师约吴学昭、周晓红谈,谓患者年高体弱,器官功能全面衰退,全靠药物维持,随时有发生意外的可能。吴学昭仍按杨先生所嘱咐交代主管医师:不做开创性的检查治疗,病危时不抢救;并在有关协议书上签字。

2月3日,仍嗜睡,不愿进食。吴学昭来院看望,请示一些授权的事,我说:你自己做主,按照我遗嘱写的办。

2月4日,陈希、陈旭同志来协和医院探视,送我一猴儿玩偶,祝愿即将到来的猴年健康快乐。

2月8日,阴历年初一,吴学昭来拜年,床前近坐,执手聊家常。又交代几件后事,学昭戚戚,我劝说:“我走人,那是回家。你别太难过,说不定我们以后在天上还能聚聚呐。”

2月10日,汤晓芙大夫来看望,劝多住些时候,不要急着出院。

2月16日,近一段时间病情较平稳,医生精密观察,随时调整药物。

2月19日,连续两日低烧,不思饮食,输营养液,始插尿管。

2月25日,退烧,进少量流食,病情稍稍缓解,续留院观察。

3月9日,陈希同志来医院探视。

3月11日,吴学昭、周晓红来医院看望杨先生,主管医师和心内科主任黄森教授与谈:杨先生现病情平稳,治疗无进一步措施。本人强烈要求回家,情绪低落;陈希等同志来,一谈回家“两眼放光”。从人文关注考虑,满足其精神感情需求,可出院观察一段,不适时再来。

3月16日,杨绛先生执意出院,医生恐过于拂逆老人意愿,引起情绪波动,对病情不利,勉强同意回家。

3月20日,杨先生身上插有尿管,须定期去协和医院冲洗,而住所没有电梯,上下楼多有不便,清华领导乃请附属医院派员到家为做膀胱冲洗,更换新尿管,并就日常护理工作,对保姆小吴进行指导。

3月22日,商务印书馆自2003年出版《钱锺书容安馆札记》(全3册),2011年出版钱锺书《中文笔记》(全20册),2015年年底,出版钱锺书《外文笔记》(全48册,附1册);历经15

年，涵盖72册的《钱锺书手稿集》终成完璧。该集《中文笔记》及《外文笔记》责任编辑陈洁为纪念杨绛先生亲自参与整理的这一鸿篇巨制的完成，撰写《杨绛先生的梦圆了》一文，《文汇报·笔会》于今日刊出，题改为《杨绛先生的梦》。

3月24日，商务印书馆在京举行《钱锺书手稿集·外文笔记》出版座谈会，《文汇报》首席记者江胜信以《一座珠玉琳琅的矿藏》为题对该会作了长篇报道。

4月11日，晚间突喘得厉害，憋气，经与协和主治医联系，调药后明日缓解。

4月19日，甥女何肇琛力劝去泰康人寿之家——燕园小住，谓有傅妍大夫就近照顾，尽可放心。她且可陪我同住。我乃于今日住进泰康燕园。

4月30日，小吴电告吴学昭，说我嗜睡，情况时好时坏。

5月2日，腹痛难忍，晚8时，由救护车自泰康紧急送入协和医院，初步诊断为肠梗阻。

5月4日，连续禁食禁水，服石蜡油，灌肠。

5月9日，陈希、陈旭同志来医院探视。

5月18日，主管医师通报：杨老病情加重，情况不妙。周晓红即赴医院与主管医师谈，即使发生意外，请勿抢救。杨先生愿最后走得快速平静，不折腾，也不浪费医疗资源。

吴学昭即电请陈旭同志代向刘延东同志、陈希同志呈报杨先生对其丧事从简的意愿。

晚7时，陈希同志来医院探视，杨先生与握手久久，睁眼未言语。

众皆不知杨先生今晚是否能够平安度过，医院院长亦来看过。

5 月 19 日，晨 8:30，院长陪同刘延东同志来探望，杨先生张眼，与握手，延东说："我是您的小师妹……"合影留念，并院长同摄。

5 月 20 日，上午 11 时，温家宝同志来看望，杨先生与握手并短暂交谈。

5 月 23 日，院方通报杨绛先生病危，心衰、肾衰持续加重，随时可能恶化，发生意外。

吴学昭、周晓红立即写报告给刘延东副总理和陈希部长，陈述杨绛先生对于其丧事从简的交代，并附上经杨先生本人审阅同意的讣告（草稿），恳请领导知照有关各方打破惯例，给予支持。

5 月 24 日，下午 2 时至 8 时过，吴学昭偕池净去医院探望杨绛先生并陪伴。久久闭目养神的杨先生，居然睁大眼睛、微微点头招呼俩人，随即又闭上了双眼。据在旁照顾的保姆和护工说，此后到"走"，杨先生再也没有睁开过眼睛。其间，杨先生的侄媳和甥女也来看望，同听取主管医师和黄教授介绍病情。

当日午夜时分，医院报告杨绛先生病危，吴学昭、池净、周晓红、陈众议立从京城的四面八方赶往协和，一心想着亲送杨先生最后一程，待到达病房，凌晨 1:30，杨先生已停止了呼吸。所幸先生临走没有受罪，有如睡梦中渐渐离去。

吴学昭、陈众议等四人于恭送杨绛先生遗体去太平间安放后，即回病室，在此商议杨绛先生后事安排，至（25 日）凌晨 4 时始散。

5 月 25 日，清华大学学生自发举行追思杨绛先生的活动。随后不久，清华图书馆老馆两侧，飞起上千只白色纸鹤，寄托着清华学子对老学长的思念和祝福。

5月27日清晨，杨绛先生静卧协和医院告别室花木丛中，等待起灵。尽管没有通知，有关领导及杨先生的至亲好友仍来送别。吴学昭等乘坐灵车陪伴杨绛先生去八宝山公墓火化，陈众议所长留下向媒体发布讣告。

5月31日，晚11时，杨绛先生去世后头七，陈旭同志偕吴剑平、池净、刘立新，在杨绛先生的最爱——清华图书馆老馆前肃立、静默，向杨先生致敬。千百纸鹤飞舞，青青翠竹相伴，先生与清华同在。

6月1日，吴学昭、周晓红与清华大学党委书记陈旭同志派来的两位年轻助手：清华大学教育基金会的池净和清华大学校长办公室的刘立新，进驻杨绛先生寓所，按照先生嘱咐，清点处理遗物。此项工作，于本年10月圆满结束。

12月11日，周绚隆主编的杨绛先生纪念集《杨绛——永远的女先生》，由人民文学出版社出版，今日在商务印书馆涵芬楼书店召开新书发布会。

编者按：以上第一人称内容，均系杨绛先生本人手记或口述记录；第三人称内容（以仿宋体字印出者）为当事人据实记述。